W0251792

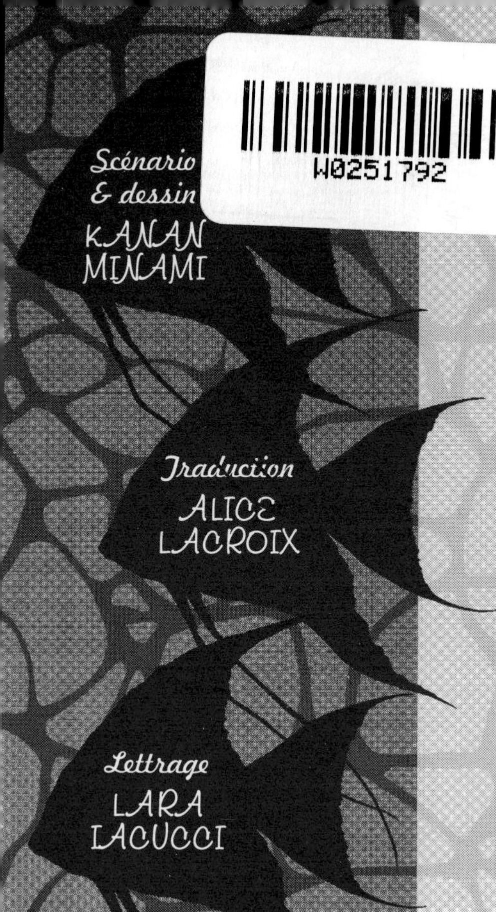

Scénario & dessin
KANAN MINAMI

Traduction
ALICE LACROIX

Lettrage
LARA LACUCCI

…ur de la publication
…AIN GUERRINI
…r division Publishing
…ASTIEN DALLAIN
…mité de direction
…A. GUERRINI
S. DALLAIN
H. FUMET
Directeur éditorial européen
MARCO M. LUPOI
Responsable éditorial
WALTER DE MARCHI
Responsable marketing opérationnel
MAGALIE BRUTIN
Chef des ventes
GUILLAUME COUÉ
Coordinatrice commerciale
VALÉRIE BRYNDZA
Contrôleur de gestion
JÉRÔME TASSEL
Communication et relations presse
SOPHIE CONY
Coordinateurs éditoriaux
MATTEO LOSSO
VÉRONIQUE PARRA
ANNA RODELLA
Supervision
LAETITIA SAMMARTINO
Rédaction
SANDRINE VAUBOIS
Rédacteur
MATTIA DAL CORNO
Directeur artistique
MARIO CORTICELLI
Conceptrice graphique
CHIARA BENASSI
Maquettiste
ALESSANDRA LUGLI
Responsable production
ALESSANDRO NALLI
Avec la collaboration de toute l'équipe de Panini.

RHAPSODY IN HEAVEN - L'INTÉGRALE
ISBN : 978-2-8094-2495-9

Un ouvrage PANINI MANGA / PANINI FRANCE S.A.

Commercialisation et relations médias :
PANINI FRANCE S.A. – Z.I. SECTEUR D - B.P. 62
06702 SAINT-LAURENT-DU-VAR CEDEX
www.paninimanga.fr - presse-bd@panini.fr
Tél. 04 92 12 57 57/ Fax 04 92 12 57 58

KYOUSOU HEAVEN Vol.1, 2, 3 by Kanan MINAMI. © 2007 Kanan MINAMI. All rights reserved. Original Japanese edition published in 2007 by Shogakukan Inc., Tokyo. French translation rights arranged with Shogakukan Inc. through The Kashima Agency. Pour l'édition française : © 2012 Panini France S.A. Droits de reproduction et de traduction réservés pour tout pays. Toute reproduction, même partielle, de cet ouvrage est interdite. Une copie ou reproduction par quelque procédé que ce soit : photographie, microfilm, bande magnétique, disque, Internet ou autre constitue une contrefaçon passible des peines prévues par la loi du 11 mars 1957 sur la protection du droit d'auteur.
Dépôt légal : juin 2012. PANINI MANGA est une marque déposée par PANINI FRANCE S.A. Impression : La Tipografica Varese S.p.A. 21100 Varese. Imprimé en Italie / Printed in Italy.

Attention !

Ceci est la fin du volume. Pour aller au début de l'histoire, commencez de l'autre côté et lisez les bulles de droite à gauche.

D'ACCORD. JE T'ATTEN-DRAI LÀ-BAS.
NOA ?
JE N'AURAIS JAMAIS CRU...
... QU'UN SIMPLE BAISER POUVAIT FAIRE CET EFFET...
FIN

OUAAAH !
あわわわわっ
Q-Q-Q-Q-QUI A OSÉÉÉÉ ?! MONTRE-MOI CE SALAUD !!
JE VAIS LE TUER !!
JE VAIS LE MASSACRER !
NE T'EN FAIS PAS. JE L'AI REMIS À SA PLACE MOI-MÊME.
MAIS JE COMPTE SUR TOI POUR VEILLER SUR MOI !
AH... MAIS JE...
C'EST PAS GRAVE !
TU VEILLERAS SUR MOI EN AUSTRALIE !
JE VIENDRAI TRÈS VITE TE VOIR !
TU ME MANQUERAS TROP !

PARCE QUE POUR LA PREMIÈRE FOIS...
... J'AI SOUHAITÉ ÊTRE LA COPINE DE QUEL-QU'UN...
NOA ? QU'EST-CE QUI TE PREND ?
TU ES VENUE ME DIRE AU REVOIR ?
CRÉTIN DE KAICHI !
TU N'ÉTAIS PAS LÀ POUR ME PROTÉ-GER...
... ET DU COUP, J'AI EU DES PRO-BLÈMES !!
QUOI ?!

*AÉROPORT DE NARITA

CONSEIL DES ÉLÈVES
GTACK !
GTACK !
POUAH !
HÉ, NON ! PAS SI VITE !
LE CONSEIL DES ÉLÈVES EST JUSTE LÀ !
OH, ALLEZ ! FAIS PAS TA PRUDE !
ÇA T'EXCITE, HEIN ?
J'AI TOUJOURS VOULU FAIRE ÇA DANS LE COULOIR.
TU AS UNE COPINE, NON ?
SI TU LE FAISAIS AVEC ELLE ?
TU BLAGUES OU QUOI ?
POUH !
MOI, FAIRE CES TRUCS DÉGUEU-LASSES AVEC ELLE ?
JE LA RESPECTE TROP POUR ÇA !

OUF ! ENFIN DÉBARRASSÉS DE CE PUCEAU !
ON EST LIBRES !!
MH...
SRT...
ス...
JE N'ARRIVE PAS À ME METTRE EN CONDITION...
AH...
JE NE CONNAIS QU'UN MOYEN...
... DE ME CALMER !
NOA ! ÇA FAISAIT UN BAIL !

GTACK...
ガタンッ
DU CALME !
POUR QUI IL SE PREND À LA FIN ?!
À CAUSE DE LUI, JE NE SAIS PLUS QUI JE SUIS...
COMMENT OSE-T-IL ?!
JE NE LUI PERMETS PAS DE ME METTRE DANS UNE SITUATION AUSSI EMBAR-RASSANTE !
JE SUIS TOUTE RETOUR-NÉE ET ÇA M'ÉNERVE !!

JE SUIS DÉSOLÉ, JE N'AI PAS PU TE RENDRE LA PAREILLE ...
NON MAIS VRAIMENT ! QUEL BOULET...
GTACK...
MAIS BON, CE N'ÉTAIT PAS QUE ÇA...
BONNE JOURNÉE...
... J'AI DIT QUE JE VOULAIS TE REMERCIER...
... MAIS EN FAIT, PENDANT TOUT CE TEMPS...
... J'ESPÉRAIS QUE TU TOMBERAIS AMOUREUSE DE MOI...

ET QU'EST-CE QUE ÇA CHANGE ?
ばっ
BLAF !
REGARDE! J'AI PLEIN DE BOUTONS !
C'EST À CAUSE DE TOI ! TU M'EMPÊCHES DE FAIRE L'AMOUR !!
PRENDS TES RESPONSABILITÉS !!
AH, JE VOIS... ÇA T'EST ÉGAL AVEC QUI TU COUCHES ...
MINCE ALORS...
POURQUOI ?
PARCE QUE... DEMAIN...
... JE PARS POUR L'AUSTRALIE !
AUJOURD'HUI, C'ÉTAIT MA DERNIÈRE CHANCE...
AH... AH BON...
SUPER ! JE SERAI LIBRE, ALORS !!
MAIS LÀ, TU NE DOIS PAS AVOIR LE TEMPS POUR ÇA !

EST-CE QUE TU M'AIMES ?
SI C'EST LE CAS, ALORS...
WUP
WUP
JE...
SI JE...
... T'AIME...
WUP

NOA...

PSH...
JE TE TROUVAIS JOLIE...
QUOIIII ?!
AH... DÉSO-LÉ...
ENFIN...

MAIS MON CŒUR BAT LA CHAMADE !
OOOH...
JE N'AURAIS JAMAIS CRU QUE C'ÉTAIT AUSSI JOLI...
NE ME DIS PAS QUE TU N'ES JAMAIS MONTÉE DANS UN TÉLÉPHÉRIQUE ?
OH, SI ! MAIS C'ÉTAIT TOUJOURS POUR FAIRE DES COCHONNERIES...
AH...
POUH...

FAIS ATTENTION !
C'EST FOU...
... JE N'AI JAMAIS MARCHÉ...
... MAIN DANS LA MAIN AVEC UN GARÇON...
J'Y CROIS PAS !
ET EN PLUS, C'EST KAICHI !

ドキ
WUP...
OUF ! JE SUIS CONTENT QUE TU APPRÉCIES !!
EH OUI ! ♡
ÇA RESSEMBLE BEAUCOUP AU SEXE, FINALEMENT !
AU SEXE...
OUH HOU HOU
OH, LÀ, LÀ ! JUSQU'AUX JAMBES QUI VACILLENT ! C'EST TOUT PAREIL ! ♡
ARRÊTE, NOA...
ドンッ BLOF !
KYAH !!
POUR QUI IL SE PREND, LUI ?!
NOA !!

TU PEUX HURLER TANT QUE TU VEUX ! ÇA FAIT DU BIEN !
GTACK !
BLIP !
HIAAAAAAAAAAAAAAAARGH !!!
ALORS ?
TU NE TE SENS PAS MIEUX ?
HÉ... ÇA VA ?!
SORTIE
...BURP...
AH ?
ENCORE UNE FOIS !!

AH... LE PARC D'ATTRACTIONS ?
MOI QUI PENSAIS À DU SPORT EN CHAMBRE...
OUI, ENFIN, J'AI TOUJOURS EU ENVIE D'ESSAYER DANS UN LIEU COMME ÇA...
QUI SAIT ? J'AURAI PEUT-ÊTRE UNE PARTIE DE JAMBES EN L'AIR AVEC ADRÉNALINE, ICI ?
MAIS...
ON FAIT QUOI, LÀ ?
BEN... ON FAIT UN TOUR DE JET COASTER, POURQUOI ?
TU N'AS JAMAIS ESSAYÉ ?

GRR !
キッ
NOAAA ! ON SE VOIT AUJ...
ARRÊTE DE ME COLLER, ESPÈCE DE PSYCHOPATHE !!
GRR !
キッ
NOA...
DIS PAS N'IMPORTE QUOI !
JE SUIS TON GARDE DU CORPS !
GRGN
JE N'AI PAS COUCHÉ UNE SEULE FOIS PENDANT UNE SEMAINE !
イラ
GRGN
イラ
MA PEAU EST AFFREUSE.
イラ
GRGN
イラ
GRGN
TU M'AS L'AIR BIEN ÉNERVÉE...
GNIH !
ギッ
À QUI LA FAUTE, SELON TOI ?!
D'ACCORD ! AUJOURD'HUI, ON VA FAIRE DES FOLIES DE NOS CORPS !!
POUR RELÂCHER LA PRESSION !
HOUA !
ぱあっ
DES FOLIES ?!

MAIS CE COUP-CI...
... JE SUIS LÀ POUR VOLER À TON SECOURS !
QUOIIII ?!
C'EST GRÂCE À TOI SI MIYU ET MOI...
... ON PEUT ALLER ÉTUDIER À L'ÉTRANGER !
LA FERME !!
J'AI TOUJOURS VOULU TE REMERCIER !!
JE VAIS TOUT FAIRE POUR ÇA !!
COMPTE SUR MOI !!
GLOP !
ÇA SUFFIT !
HÉ ! QUAND EST-ON ARRIVÉS ICI ?!
À LA BOUFFE !!

STOOP !
QU'EST-CE QUE J'Y PEUX !
QUOI ?
C'EST PAS MA FAUTE ! SI MON PÈRE N'AVAIT PAS AGI COMME ÇA, JE NE SERAIS PAS CE QUE JE SUIS !
MOUF...
NON... PAS D'INCESTE QUAND MÊME ?!
ENTRÉE AU COUVENT
ET J'ESPÈRE QU'ICI, TU APPRENDRAS À AVOIR DES PRINCIPES !!
NOOOON ! JE NE PEUX PAS VIVRE SANS GARÇONS !!
JE TE DÉTESTE, PAPAAA !!
QU'EST-CE QU'IL T'A FAIT ?
AH, JE VOIS...
ÇA A DÛ ÊTRE DUR POUR TOI...
JE COMPRENDS...

JE DEVRAIS ME RÉSERVER POUR QUELQU'UN POUR QUI J'AI DES SENTIMENTS...
... C'EST ÇA ?
ALLEZ ! TOI AUSSI, TU AS ENVIE DE MOI, AVOUE !!
GNF...
BLAF !
ÇA SUFFIT !!
MOI, JE NE VEUX PAS FAIRE ÇA AVEC QUELQU'UN POUR QUI JE N'AI PAS DE SENTIMENTS !
C'EST VRAI QUE C'EST UN CRÉTIN DE SPORTIF...
... MAIS IL A UN BEAU CORPS ...
TU DIS ÇA...
... MAIS ESSAIE ET TU CHANGERAS D'AVIS !!

ALLEZ...
QU'EST-CE QUE TU ATTENDS POUR SORTIR ?
QUOI ?
M-M-MAIS, JE...
ON A FINI, LÀ !
ALLEZ, DÉGAGE !
BON, AU PLAISIR, NOA !
VLAM...
NOA..
J'AVAIS L'INTENTION DE T'EN PARLER...
... MAIS CE N'EST PAS BIEN DE COUCHER AVEC N'IMPORTE QUI !!

ガチャッ
GTCHACK
ON T'ATTEND AU CLUB, JE TE SIGNALE !!
TU ES INSCRITE !
POUARF !
AH... C'EST TOI, KAI-CHI ? TOU-JOURS EN TRAIN DE MATER ?
P-PAS DU TOUT...
MH...
UN PRE-MIÈRE ANNÉE ? IL A ROUGI ...
IL SERAIT PAS PUCEAU, CELUI-LÀ ?

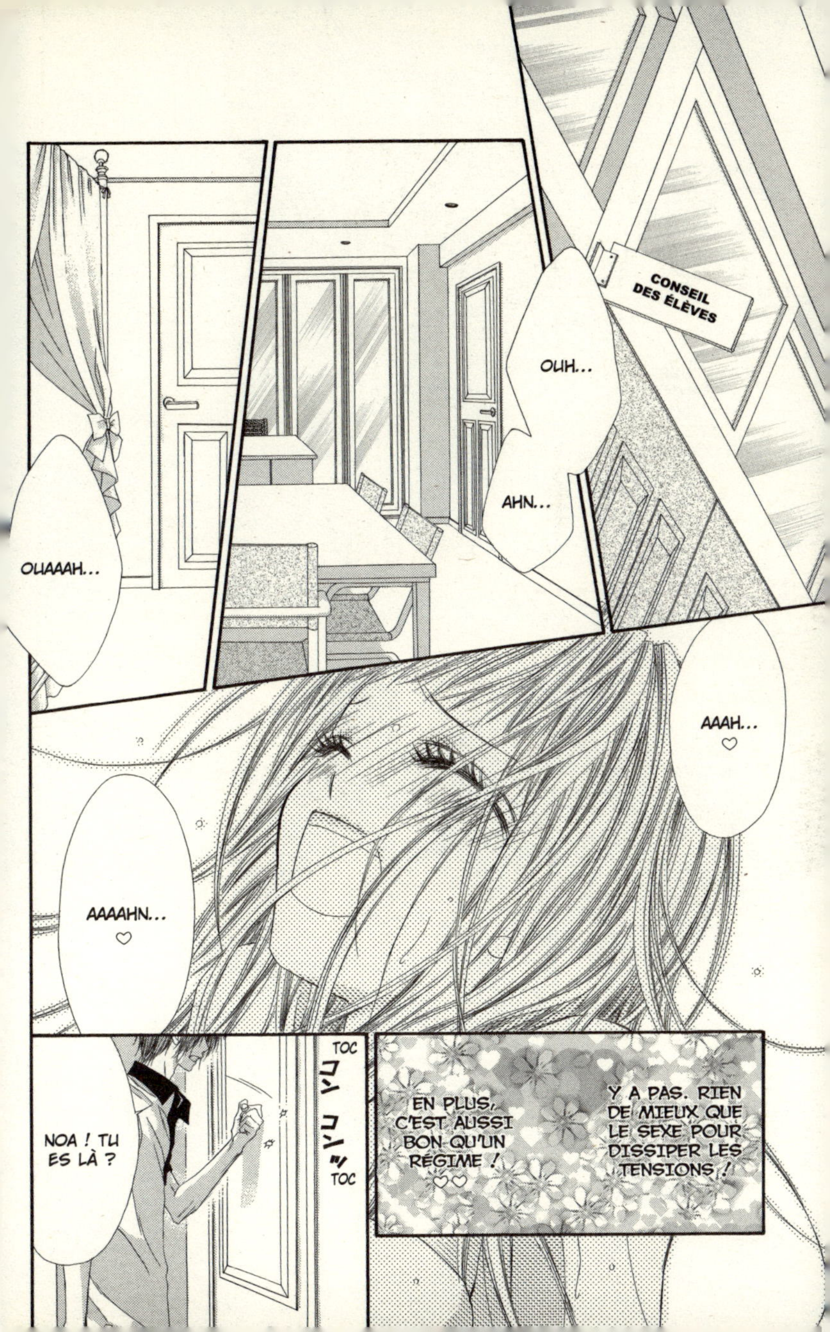
CONSEIL DES ÉLÈVES
OUH...
AHN...
OUAAAH...
AAAH... ♡
AAAAHN... ♡
Y A PAS. RIEN DE MIEUX QUE LE SEXE POUR DISSIPER LES TENSIONS !
EN PLUS, C'EST AUSSI BON QU'UN RÉGIME ! ♡♡
TOC
TOC
NOA ! TU ES LÀ ?

MON ORGUEIL EST EN MIETTES...
... DEPUIS L'ARRIVÉE DANS MA VIE DE MIYU TSUKASA...
... UNE OBSÉDÉE DE PISCINE AU PHYSIQUE QUELCONQUE...
DASH
BLDD
C'EST DU MOINS CE QUE JE PENSAIS...
MOI AUSSI, JE VAIS ALLER ÉTUDIER EN AUSTRALIE.
... JE VEUX VENIR AVEC VOUS !
... MA VIE EST TROP NUUUUUULLE !!!

L'ÉQUIPE DE
RHAPSODY IN HEAVEN

HARUKA TOMIOKA
MASAKO KUDO
MIKIKO MORI
CHIYO NABE ET CHIKA SHIINA
RINA TANIGUCHI ET MARIE IKEDA
MA RESPONSABLE ACTUELLE
MON EX-RESPONSABLE MAEDA MES PARENTS
À VOUS TOUS QUI AVEZ ACHETÉ MES LIVRES
À CHIHIRO MARU QUI A EU LE GRAND PRIX DU DESIGN D'UNIFORMES
ET À TOUS CEUX QUI ONT AIMÉ *RHAPSODY IN HEAVEN.*

POUR TOUTES VOS IMPRESSIONS ET OPINIONS,
VOICI OÙ M'ÉCRIRE :
T101-8001
TOKYO-TO CHIYODA KU HITOTSU BASHI 2-3-1
SHÔGAKKAN, SHÔJO COMIC
À L'ATTENTION DE MINAMI KANAN

LA LOGIQUE DE NOA

RHAPSODY IN HEAVEN, HORS SÉRIE

JE M'APPELLE NOA TENRYÛJI
ET IL N'Y A RIEN QUE JE NE PUISSE AVOIR !
LA LOGIQUE DE NOA
RHAPSODY IN HEAVEN HORS SÉRIE

ATTENTION, SPOILERS !

HORS SÉRIE : LA LOGIQUE DE NOA

ENFIN, NOA DEVIENT LE CENTRE DE L'HISTOIRE !
DANS LE VOLUME LUI-MÊME, ELLE ÉTAIT TOUJOURS DÉPENDANTE
DES HÉROS MIYU ET AOI... MAIS ICI,
ELLE A NETTEMENT PLUS DE SUCCÈS QUE DANS LA SÉRIE...
EN RÉALITÉ, J'AI ADORÉ LA DESSINER. VOIR L'HISTOIRE DE SON
POINT DE VUE EST UNE FAÇON ÉVIDEMMENT NOUVELLE DE
DÉCOUVRIR LA SÉRIE. MAIS BON...
C'EST UNE AVENTURE QUI NÉCESSITE QUAND
MÊME QUE L'ON AIT SUIVI NOA SUR TOUTE
LA DURÉE DU MANGA.
CET ÉPISODE DÉBUTE AU MOMENT OÙ AOI
ANNONCE À NOA QU'IL VA FAIRE UN HOME
STAY EN AUSTRALIE ET LE MOMENT OÙ IL PART
EFFECTIVEMENT, QUAND MIYU, KAICHI ET AOI
SE RÉJOUISSENT DE SE RETROUVER.
CE QUI SIGNIFIE BIEN SÛR QUE LE RAPPROCHEMENT
ENTRE KAICHI ET NOA A LIEU EN AUSTRALIE.

J'AI VRAIMENT ADORÉ DESSINER NOA.
NON SEULEMENT ELLE A UN SUPER LOOK, MAIS JE ME SUIS ÉGALEMENT
BEAUCOUP AMUSÉE À IMAGINER SES RÉPLIQUES. JE NE CROIS PAS
EXAGÉRER EN DISANT QUE L'AVOIR CRÉÉE AU COURS DE CETTE SÉRIE
EST L'UN DES PRINCIPAUX BÉNÉFICES QUE J'EN AI TIRÉ !
POUR DIRE LA VÉRITÉ !
QUAND L'ANNONCE DE LA FIN DE RHAPSODY IN HEAVEN A ÉTÉ FAITE,
LA QUESTION QUI REVENAIT LE PLUS SOUVENT ÉTAIT : ALORS,
ON NE VERRA PLUS NOA ? PARDON, MIYU, AOI... (RIRES)
C'EST POUR ÇA QUE FINIR AVEC ELLE ME REND SI HEUREUSE.
LONGUE VIE À NOA !! (RIRES)

UNE FORCE INDESTRUCTIBLE !!
FIN

DE CETTE FAÇON, NOS SENTI-MENTS...
... DEVIENDRONT INDESTRUC-TIBLES...
... ET PLUS RIEN NE NOUS ARRÊTERA !

... MAIS À PRÉSENT ...
... JE NE LÂCHERAI PLUS RIEN !
REGARDE-MOI !
TU DISAIS QUE TU AIMAIS...
... ME VOIR NAGER !
ALORS AIME-MOI ENCORE PLUS !

MAIS DÈS NOTRE PREMIÈRE RENCONTRE...
PRÊÊÊTS ?!
... JE SUIS TOMBÉE AMOUREUSE DE TOI.
TRIIII !
MES SENTIMENTS ÉTAIENT SI CONFUS...
... LA NATATION, L'AMOUR...
J'AI MÊME FAILLI TOUT ABANDONNER...

FINALE INDIVIDUELLE FÉMININE, 200 MÈTRES CRAWL !
LIGNE D'EAU NUMÉRO UN...
LIGNE NUMÉRO QUATRE ...
MIYU TSUKASA DE L'ÉCOLE TENKAI !
HÉ ! HO !
J'Y VAIIIS !!
DEPUIS TOUJOURS...
... LA NATATION EST LE CENTRE DE MA VIE !

国民体育大会水泳競技大会*
*COMPÉTITION NATIONALE DE NATATION
C'EST BIENTÔT LA FINALE !
ON COMPTE SUR TOI !
TU AS INTÉRÊT À REMPORTER LE TITRE COMME KAICHI...
... OU SINON, TU DEVRAS REMBOURSER TON INSCRIPTION !
PLOF !
CONTENTE-TOI DE T'AMUSER !
T'EN FAIS PAS ! AVEC MIYU, PAS DE PROBLÈME !

WARNING
5 29 8
AREA

RHÔÔÔ ! ILS SONT INTROU-VABLES !!
OH ALLEZ, LAISSE-LES UN PEU TRAN-QUILLES, NOA...
C'EST PAS MAR-RANT !
JE TE PARIE QU'EN CE MOMENT MÊME...
... ILS FONT DES COCHON-NERIES !
POUR UNE FOIS QU'ON EST SEULS.
ÇA TE DÉRANGE TANT QUE ÇA ?

UN JOUR, NOUS DEVRONS L'OFFICIA-LISER...
... PAR UN DE CES BAISERS MIRACULEUX QUI NOUS LIERA POUR TOU-JOURS.
DING
DONG
DING
DONG

LE MIRACLE DE NOTRE REN-CONTRE...
LE MIRACLE DE NOUS ÊTRE RECONNUS...
IL A FALLU CES DEUX ÉVÈNE-MENTS...

... NOUS AVIONS FAIT DES VŒUX DEVANT DIEU !

C'ÉTAIT COMME SI...
J'AI ENFIN PU T'EMBRAS-SER !

... NOUS AUSSI...
AOI ET MOI...
AH...
LE BAI-SER...
WUP
WUP
WUP

MIYU !
MH ?
ドキ
ドキ
WLIP
WLIP
ドキ
WLIP
VIENS VOIR !
カァァァッ
BLUSH...
OUAAAH ...
ELLE EST SI BELLE...
LA ROBE DE MARIÉE...
UN JOUR...

LÀ ! DIRIGE-TOI PAR LÀ !
OK...
FRSH !
ガサッ
C'EST DINGUE CE QU'ILS SONT COLLANTS !
ENFIN SEULS !
WUP !
ドキン
GWSH...
ギュッ

HÉ ! NOOOON !
ATTEN-DEEEEZ !!!
POC POC
AH NON ALORS !
T'ES QU'UNE LIMACE, KAICHI ! ON LES A PERDUS À CAUSE DE TOI !
AH NON ! N'IMPORTE QUOI !

ÇA VOUS DÉRANGERAIT DE NOUS LAISSER UN PEU SEULS ?
AH NON ! JE NE PEUX PAS LE PERMETTRE EN TANT QUE CHAPERON !!
JE SUIS LÀ POUR VOUS SURVEILLER ! ♡
SBLIFF !
べり
ARGH !
ALORS PAS LE CHOIX !
ON VA DEVOIR FILER À L'ANGLAISE !!

AH HA HA !
あははっ
TROP DOUUUX !! ♡
C'EST PAS DU TOUT COMME JE VOULAIS !!
DÉJÀ UNE SEMAINE QU'AOI EST ICI !
NOUS N'AVONS PAS EU UN SEUL MOMENT POUR NOUS !
PAS UN SEUL BAISER...
ON FAIT QUOI POUR LE REPAS ?
HUUUM... EN TOUT CAS, MOI ...
DÉSOLÉS, LES GARS !

SEULS TOUS LES DEUX... ♥
ALLEZ ! ON VA S'ÉCLATER ! ♡

OH, ÇA SUFFIT DE JOUER LES TIMIDES !
VOUS AVEZ DÉJÀ COUCHÉ ENSEMBLE, VOUS DEUX !
WOP !
ひょこっ
BANDE D'IMBÉCILES !!
COUCH ...
NO...
NOA ?!
JE PRENDS TES BAGAGES !
MERCI D'ÊTRE VENU ME CHERCHER, KAICHI !
JE SUIS LÀ EN TANT QUE PRÉSIDENTE DU CONSEIL DES ÉLÈVES POUR VEILLER À CE QUE TOUT SE PASSE BIEN.
JE VOUS TIENS À L'ŒIL !
JE SUIS TROP GÉNIALE !! ♡

MIYU !
TU...
ドキン ドキン
WLIP WLIP
ドキン
WLIP
ÇA FAIT UN BAIL !!
C'EST UN MEC OU QUOI ?
BLUUSH !
かぁ
GNIIIH !!
OUI, ÇA FAISAIT LONG-TEMPS !
くす くす
HA HA !

OH NON ! MOI QUI COMPTAIS SUR DES RETROUVAILLES EN SOLO !
HÉÉÉ ! C'EST SUZUKING, LÀ !!
WUP
OH, C'EST ÉTRANGE...
WUP
WUP
WUP
WUP
... POURQUOI CETTE NERVOSITÉ SOUDAINE ?
WUP
WUP
WUP

MIYU !!
AOIII !!
ÇA M'A TELLEMENT MANQUÉ !!
AH... NON, ATTENDS !
Y A PLEIN DE GENS, ICI...
OH, LÀ, LÀ, LÀ, LÀ !!
HI HI HI HI
HÉ HÉ HÉ HÉ
HÉ, MIYU ! ARRÊTE DE FAIRE CETTE TÊTE !
... AH... KAI-CHI ?
QU'EST-CE QUE TU FAIS À L'AÉROPORT ?
JE VIENS CHERCHER QUELQU'UN MOI AUSSI !

くぉら!!
HEEEY !!!
L'ENTRAÎNEUR TE PARLE, MAL-POLIE !!
EXCUSEZ-LA, MADAME !
ET POURQUOI ?
C'EST QU'AUJOURD'HUI...
... ÇA FAIT UN MOIS QUE JE N'AI PAS VU AOI !

DERNIÈRE LONGUEUR !!
GREAT !
BRAVO, MIYU ! TU AS TRÈS BIEN NAGÉ, AUJOURD'HUI !
TSUKASA ! CONTINUE COMME ÇA, ET...
ZRF !
スッ
DÉSOLÉE ! J'Y VAIS !

ON VA POUVOIR S'AMUSER ENSEMBLE LÀ-BAS, HEIN, SUZUKING ?!
わい YAHOU YAHOU わい
JE VEUX SERRER UN KOALA DANS MES BRAS !! ♡
ALORS JE RESTERAI TOUTE SEULE ?
わな GRR
わな GRR
わな GRR
C'EST TROOOOP NUUUUL !!
JUILLET, AUSTRALIE

JUSTE-
MENT !
C'EST POUR ÇA QUE J'AI DÉCIDÉ DE PARTIR MOI AUSSI...
JE SERAI EN AUSTRALIE, AVEC MIYU.
C'EST QUOI CETTE HISTOIRE ?
ON NE M'A RIEN DIT !
POUR DE VRAI ?!
DÉCI-DÉMENT, AOI A TOUT COM-PRIS !
TU NE POUVAIS PAS TROU-VER DE MEILLEUR PETIT COPAIN, MIYU !
KAI-CHI...
OUI, HEIN ?!

DEUX MOIS ! ET MOI QUI M'EN FAISAIS UNE MON-TAGNE !
J'AI CRU QU'ON ÉTAIT EN DANGER, AOI...
AH BON ? VOUS AVEZ ROMPU ?
GRÔAR !
くわっ
YAARGH ! TROP EF-FRAYANTE !!
DANS TES RÊVES !!
JUSTE DEUX MOIS ? TU EN AS DE BONNES !
PLOF
ぽん
ぽん
PLOF
POUR MOI, ÇA SEMBLE UNE ÉTER-NITÉ !
OH, AOI...
BOM !
どんっ
MOUUOH !!
DEUX MOIS ?!
C'EST PLUS QU'IL M'EN FAUT POUR REMETTRE LE GRAP-PIN SUR LUI !! ♡

ÇA ALORS ! MOI QUI CROYAIS QUE CES ÉTUDES À L'ÉTRANGER...
... C'ÉTAIT POUR UN OU DEUX ANS !!
TU DEVRAIS LIRE LES DOCUMENTS QU'ON TE DONNE, MIYU !
C'ÉTAIT POURTANT ÉCRIT !
ALLONS ! VOUS IMAGINIEZ BIEN QUE NOUS N'ALLIONS PAS AVANCER AUTANT D'ARGENT !
HEIN, MONSIEUR LE PRINCIPAL ! ♡
MADEMOISELLE NOA A RAISON !
VOUS AVEZ DEUX MOIS POUR VOUS ENTRAÎNER DUR ET AVOIR DES RÉSULTATS...
NOUS COMPTONS SUR VOUS POUR FAIRE HONNEUR À NOTRE ÉCOLE !
NOUS ATTENDONS BEAUCOUP DE VOUS ...
... MONSIEUR HAMANO, MADEMOISELLE TSUKASA !!
MERCI !!
PRINCIPAL
VLAM
バタン

LA FIN DE LA SÉRIE EST ARRIVÉE BIEN TROP VITE ! JE FINIS PAR LE SIGNE DE LA PAIX. JE FAIS UNE PARENTHÈSE, MAIS LE SIGNE DE LA PAIX DIFFÈRE DE PERSONNE À PERSONNE ET C'EST DRÔLE À VOIR QUAND ON REGARDE DES PHOTOS.
ENFIN, J'AI L'IMPRESSION D'EN DESSINER SOUVENT EN CE MOMENT, MAIS IL Y A AUSSI LA SCÈNE DU MARIAGE. J'ÉTAIS JUSTEMENT SUR CE TRAVAIL QUAND J'AI ASSISTÉ À UN AUTRE MARIAGE. EXACTEMENT DANS LES MÊMES CONDITIONS QU'IL Y A PILE-POIL UN AN. MAIS CETTE FOIS-CI, C'ÉTAIT CELUI DE MON EX-RESPONSABLE DE PROJET ! MERCI DE M'AVOIR INVITÉE !
J'EN PARLERAI PLUS TARD DANS UN ESPACE DÉDIÉ...
DANS CE CHAPITRE, VOUS ALLEZ AVOIR DROIT À UN RAPPROCHEMENT ENTRE NOA ET KAICHI, MAIS VOUS EN SAUREZ PLUS LORS DU HORS SÉRIE DE FIN DE VOLUME ! JE VOUS SOUHAITE UNE BONNE LECTURE...

ULTIME PLONGEON
5

POUR FÊTER LA CONCLUSION

POUR FÊTER LA FIN DE RHAPSODY IN HEAVEN, AVEC MON ÉQUIPE D'ASSISTANTES, NOUS AVONS PASSÉ UNE NUIT À DISNEYLAND. EN FAIT, JE VOULAIS ALLER AU DISNEY SEA HOTEL MIRACOSTER, MAIS COMME IL ÉTAIT COMPLET, NOUS SOMMES ALLÉES À L'AMBASSADOR HÔTEL. C'ÉTAIT LA PREMIÈRE FOIS QUE JE PASSAIS DEUX JOURS LÀ-BAS. J'HABITE LE KANTÔ ET JE NE SUIS PAS DE CELLES QUI AIMENT PASSER LA NUIT À L'HÔTEL. TOUTES ENSEMBLE, C'ÉTAIT UNE PREMIÈRE POUR MOI. POUR CE VOYAGE, NOUS ÉTIONS 8 EN TOUT ! JE N'AVAIS PAS VOYAGÉ EN GROUPE DEPUIS MON DERNIER VOYAGE DE L'ÉCOLE. J'AVAIS QUELQUES APPRÉHENSIONS, MAIS FINALEMENT, TOUT S'EST TRÈS BIEN PASSÉ.
ET EN PLUS...

3 EN NOIR, 3 EN BLANC.

MOI, J'ÉTAIS EN NOIR...

J'AVAIS DEMANDÉ DES YUKATA ET 6 DES MEMBRES DU GROUPE EN PORTAIENT LORS DU DEUXIÈME JOUR. VOUS N'IMAGINEZ PAS LE NOMBRE D'ÉTRANGERS QUI NOUS ONT DEMANDÉ DE NOUS PHOTOGRAPHIER. J'IMAGINE QUE POUR EUX, NOUS ÉTIONS COMME DES MAIKO À KYÔTO.
FRANCHEMENT, EN YUKATA, NOUS SOMMES 5 FOIS... (SI CE N'EST PLUS) PLUS JOLIES ! JE VOUS INVITE TOUTES À EN METTRE EN ÉTÉ POUR RAVIR LE CŒUR DE LA PERSONNE DE VOTRE CHOIX ! (RIRES)
ENFIN, FACILE À DIRE... J'AIMERAIS BIEN POUVOIR ME SOUVENIR COMMENT ON LES MET !
CETTE FOIS-CI, MES ASSISTANTES ONT FAIT TOUT LE TRAVAIL POUR MOI ! OUF !! (ELLES SONT EXTRA ! DE VRAIES FILLES !)
MAIS LÀ ENCORE, J'AI EU DES PROBLÈMES AVEC MA FAIBLE CONSTITUTION.
LE PREMIER JOUR, JE SUIS MONTÉE DANS DES MANÈGES UN PEU ÉNERGIQUES ET LE SOIR, J'AVAIS UN AFFREUX MAL DE CRÂNE. (HEUREUSEMENT, GRÂCE À MES MÉDICAMENTS, J'ÉTAIS TOTALEMENT REMISE LE LENDEMAIN.)
CES DERNIERS TEMPS, J'AI SOUVENT DES MIGRAINES QUAND JE SORS. JE COMMENCE VRAIMENT À M'INQUIÉTER SUR MON ÉTAT DE SANTÉ. JE DEVRAIS SÉRIEUSEMENT ME METTRE PETIT À PETIT AU SPORT. MAIS JE ME SENS TELLEMENT LOURDE... (HA, HA !) JE VAIS FINIR EN RAT DE LABORATOIRE...

AH HA HA HA !
おははは
OH, LÀ, LÀ ! TU M'AS PRISE DE COURT !!
チュッ
GWSH !
MIYU !
RESTONS TOUJOURS ENSEMBLE !

D'ACCORD !
ALORS, ON Y VA !
ET ON COMMENCE ICI !
COMME NOTRE PREMIÈRE FOIS !

COMME ÇA, MÊME LOIN L'UN DE L'AUTRE...
... ON NE POURRA PAS S'OUBLIER !
IL FAUDRA AUSSI NOUS TENIR PAR LA MAIN...
... SORTIR SOUVENT ENSEMBLE !
BLUUSH !
かあっ
ET AUSSI ...
... FAIRE ...
... BEAUCOUP L'AMOUR !!
D'ACCORD !

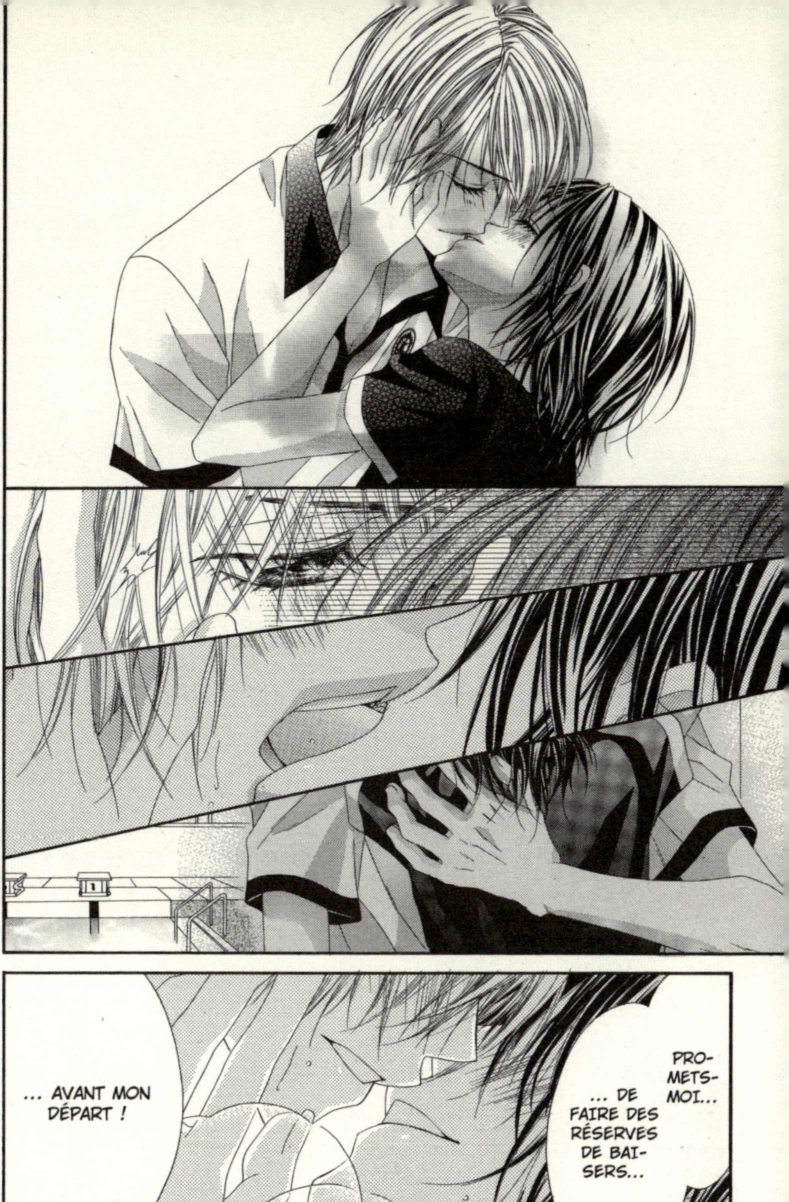
PRO-METS-MOI...
... DE FAIRE DES RÉSERVES DE BAI-SERS...
... AVANT MON DÉPART !

JE SUIS DÉSOLÉ D'AVOIR ROMPU MA PROMES-SE...
... ET D'AVOIR PROPOSÉ DE NOUS SÉPARER SI FACILE-MENT.
HMM
ふしゅ〜…
JE N'Y CROIS PAS...
MIYU ...
C'ÉTAIT DONC ÇA...
BON, ALORS, MOI AUSSI...
... JE VAIS M'ACCRO-CHER !

INUTILE ! J'AI DÉCIDÉ D'ALLER EN AUSTRALIE AVEC TOI...
... JE SÉJOURNERAI CHEZ L'HABITANT !
AH ?!
CE NE SERA QUE POUR LES VACANCES D'ÉTÉ...
... J'AI SAOULÉ LES PROFS POUR ÇA.
NOUS NE POUVONS PAS NOUS SÉPARER COMME ÇA...
... FAISONS EN SORTE DE NE PAS TROP NOUS ÉLOIGNER.
J'AI ENFIN COMPRIS !

WOB
MIYU...
JE N'AI PAS LE DROIT DE TE DIRE ÇA TOUT DE GO...
PAR-DON...
JE T'ATTENDS LÀ OÙ NOUS NOUS SOMMES VUS POUR LA PREMIÈRE FOIS...
... APRÈS LA FIN DES COURS, DEMAIN.

COMME ÇA, JE N'AURAI AUCUN REGRET ...
... ET LA NATATION REDEVIENDRA CE QUI COMPTE LE PLUS POUR MOI.
MIYU...
... TRANCHER POUR MOI ?!

JE NE PEUX PAS NAGER CORRECTEMENT...
POURTANT ON ME DEMANDE DE PARTIR...
MAIS SI JE NE PEUX PAS AVOIR DE RÉSULTATS...
... ET QU'EN PLUS JE ME RETROUVE LOIN DE TOI...
... ALORS JE NE LE SUPPORTERAI PAS !
C'EST POUR ÇA...
EST-CE QUE TU POURRAIS...

TU NE PEUX PAS FAIRE ÇA !
TU AS PENSÉ À HAMANO ? IL ÉTAIT AUX ANGES !
IL NE POURRA PAS PARTIR, LUI NON PLUS !
... OUH ...
C'EST QUE...
BLF...
HIER, AVEC MES PARENTS ...
... ILS M'ONT DIT QU'ILS N'ACCEPTERAIENT PAS NOTRE COUPLE SI JE NE PARTAIS PAS...
JE N'AI PAS LE CHOIX...
ET POURTANT, AUJOURD'HUI...
... J'AVAIS L'IMPRESSION QUE L'EAU M'ÉTOUFFAIT !!

ZAAAF...
PARDON AOI...
PAR-DONNE-MOI...
... OUH...
POURQUOI ? POURQUOI TOUT FAIRE POUR M'EN EMPÊCHER ?
IL AURAIT SUFFI QU'UN PROF ME VOIE...
... ET C'EN ÉTAIT FINI DE CETTE HISTOIRE !
ZAAF...
SPLASH !
ET ALORS...
... ON RESTERAIT TOUJOURS ENSEMBLE !
!!

PSH...

MOI ... JE NE TE QUITTERAI JAMAIS !!
JE N'IRAI PAS À L'ÉTRANGER !
TU NE PEUX PAS OU TU SERAS RENVOYÉE !
ÇA N'ARRIVERA PAS !
IL SUFFIT POUR ÇA...
... QU'ON OUBLIE CETTE HISTOIRE D'ÉTUDES À L'ÉTRANGER.
COMME QUAND LE CLUB DE NATATION...
... ÉTAIT SUSPENDU !!

SBAM !
MIYU ?!
QU'EST-CE QUE TU FAIS DANS CETTE TENUE ?
TU N'AS PAS LE DROIT !!
POURQUOI TU AS DÉMISSIONNÉ SANS ME LE DIRE ?!
ON N'A PAS ROMPU...
JE SUIS TOUJOURS TA PETITE COPINE !!

... POURQUOI IL A QUITTÉ SON POSTE DE MANA-GER, ALORS ?
1-A
BIBLIOTHÈQUE

D'ACCORD... TU PRÉFÈRES QUITTER L'ÉCOLE ?
MIYU ...
... TU N'AS PAS LE DROIT DE TE LAISSER ALLER COMME ÇA !
ZRRF...
TU N'AS AUCUNE RAISON DE TE TORTURER COMME ÇA POUR NOTRE DÉPART.
DE TOUTE MANIÈRE, VOUS AVEZ ROMPU AVEC SUZUKING, NON ?
WUG WUG WGU
がくがくがく
NOUS SÉPARER ? T'ES FOU OU QUOI ?!
CRÉTIN DE KAI-CHI !!
QUOI ? VOUS ÊTES TOUJOURS ENSEMBLE ?
BEN, DANS CE CAS...

ET SI MALGRÉ TOUT...
... IL RESTE SUR SES POSI-TIONS...
... ALORS ...
べちっ
SBOING !
BOUARF ?!
PFFFT !
ÇA VA PAS LA TÊTE, NOA ?!
TU NE PEUX PAS NAGEOUILLER COMME ÇA À L'ÉTRANGER !
ON SE SAIGNE AUX QUATRE VEINES POUR TES FRAIS DE SCOLARI-TÉ !!
JE N'AI PAS ENCORE DIT QUE J'ALLAIS Y AL...

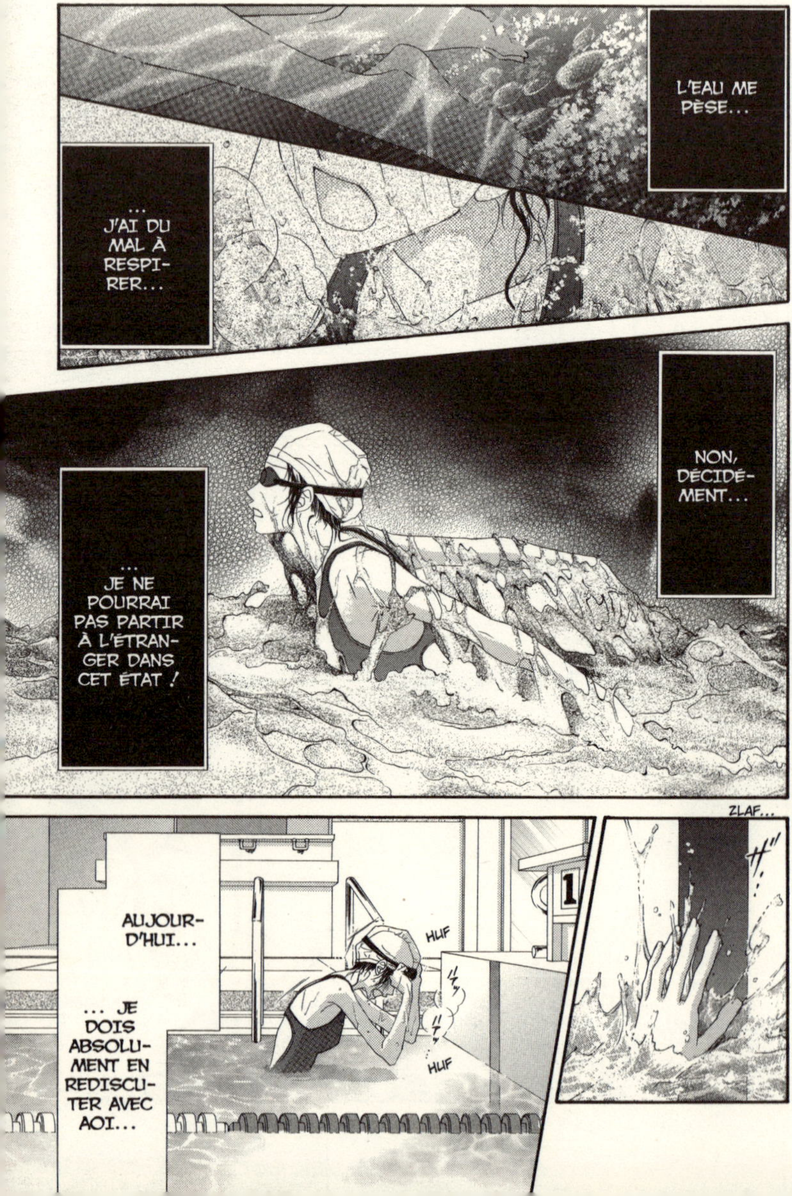
L'EAU ME PÈSE...
... J'AI DU MAL À RESPIRER...
NON, DÉCIDÉMENT...
... JE NE POURRAI PAS PARTIR À L'ÉTRANGER DANS CET ÉTAT !
ZLAF...
HUF
HUF
AUJOURD'HUI...
... JE DOIS ABSOLUMENT EN REDISCUTER AVEC AOI...

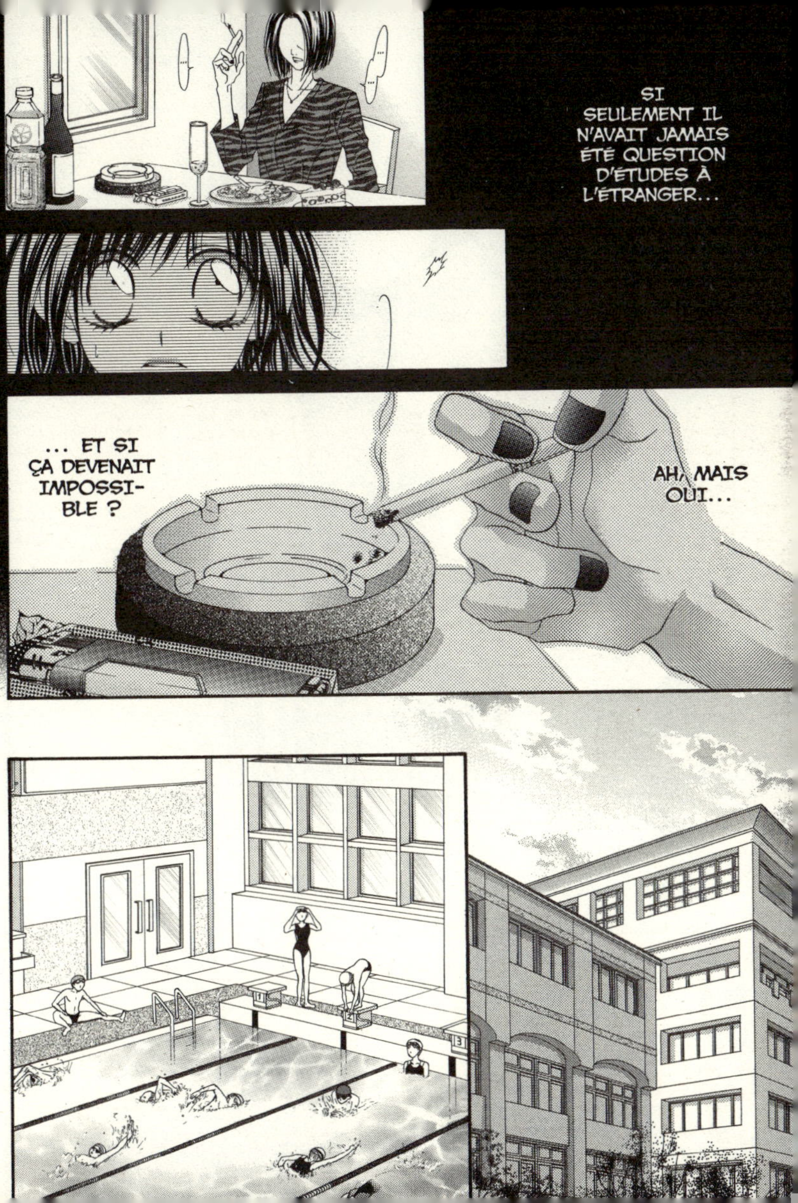
SI SEULEMENT IL N'AVAIT JAMAIS ÉTÉ QUESTION D'ÉTUDES À L'ÉTRANGER...
...
...
AH, MAIS OUI...
... ET SI ÇA DEVENAIT IMPOSSIBLE ?

OUBLIE TON COPAIN.
PENSE D'ABORD À TOI !
ET SI TU NE PEUX PAS LE FAIRE...
... ALORS JE NE TE PERMETTRAI PLUS DE LE REVOIR !
POUR-QUOI ?
POURQUOI TOUT LE MONDE...
... CHERCHE-T-IL À NOUS SÉPARER ?
ALORS QU'IL Y A À PEINE QUELQUES HEURES TOUT ALLAIT POUR LE MIEUX POUR NOUS DEUX !!

C'EST...
C'EST MON PREMIER PETIT AMI !!
C'EST LA PREMIÈRE FOIS...
... QUE J'AI QUELQUE CHOSE DE PLUS IMPORTANT DANS MA VIE QUE LA NATATION !
PFF...
BON, ÉCOUTE, MIYU...
LES AMOURS DE LYCÉE ...
... ÇA NE DURE PAS, TU SAIS !
GTACK
N'IM-PORTE QUOI !!
EMIRI ET MOI, C'EST POUR LA VIE !!
EMIRI
TAIS-TOI MIO, ET MANGE !

SI C'EST POUR NAGER, JE PEUX TRÈS BIEN M'EN-TRAÎNER ICI.
CE N'EST PAS LA PEINE D'ALLER À L'ÉTRANGER.
...
ALLEZ, RACONTE !
TCHF...
カチッ
C'EST TON PETIT COPAIN QUI T'A DEMANDÉ DE RESTER ?
OU...
OUI, TOUT À FAIT !!
IL EST FOU DE MOI !
MAIS SI JE PARS...
... J'AI PEUR QU'IL NE SE LAISSE MOURIR...
... DE CHAGRIN !

MIYU !
FÉLICITATIONS POUR TES ÉTUDES À L'ÉTRANGER !!
C'EST GÉNIAL ! QUELLE CHANCE !
RIEN QUE TOI ET KAICHI !
STACK...
POUVOIR ALLER À L'ÉTRANGER GRATUITEMENT. TU AS BEAUCOUP DE CHANCE !
HÉ ! T'OUBLIERAS PAS DE NOUS RAMENER DES CADEAUX !
TU AS UN DOSSIER À REMPLIR ?
ON LE REGARDERA EN MANGEANT !
J'IMAGINE QU'IL Y A UNE PARTIE POUR LES PARENTS ?
ON A JUSQU'À DEMAIN MATIN POUR LE RENDRE !
OUI, MAIS JE N'IRAI PAS !

...
... N'Y VA PAS...

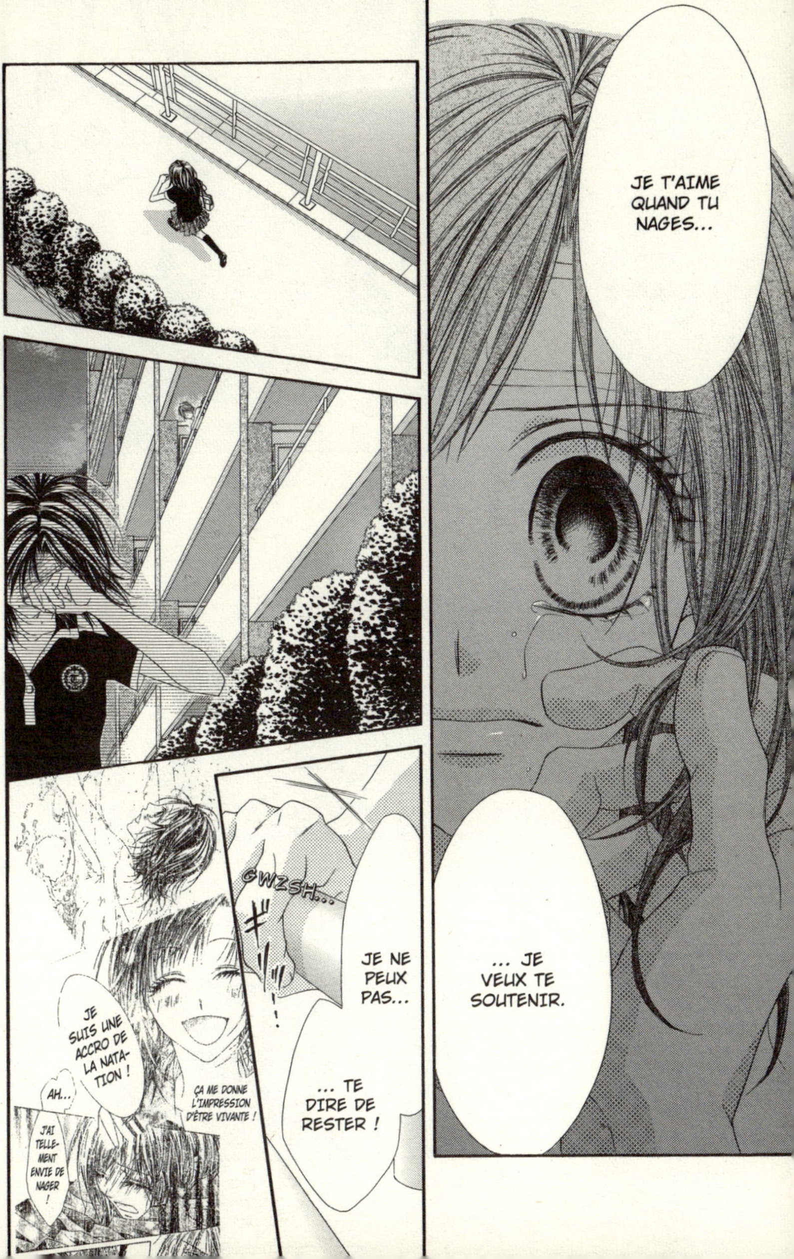
JE T'AIME QUAND TU NAGES...
... JE VEUX TE SOUTENIR.
GWZSH...
JE NE PEUX PAS...
... TE DIRE DE RESTER !
JE SUIS UNE ACCRO DE LA NATATION !
ÇA ME DONNE L'IMPRESSION D'ÊTRE VIVANTE !
AH...
J'AI TELLEMENT ENVIE DE NAGER !

WUP
NON ! SI JE RENTRE MAINTENANT...
... J'AI L'IMPRESSION QUE CE SERA IRRÉPARABLE...
WUP
N... NON ! PAS QUESTION !
JE NE RENTRERAI PAS !!
WUP
S'IL TE PLAÎT, MIYU...
RENTRE CHEZ TOI, ET CALME-TOI.
ÇA A BEAU ÊTRE UNE AUTRE MACHINATION DE NOA...
... ÇA NE CHANGE RIEN AU FAIT QUE C'EST UNE CHANCE INESPÉRÉE POUR TOI !
TU...
... TU NE VEUX PAS...
... ME DIRE DE RESTER ?!

CETTE HISTOIRE D'ÉTUDES À L'ÉTRANGER...
... ELLE L'A MONTÉE JUSTE POUR NOUS SÉPARER !
EN PLUS, ELLE A FAIT EXPRÈS D'INCLURE KAICHI DANS LE PROJET.
ELLE ESSAIE ENCORE DE NOUS METTRE ENSEMBLE !
NOUS SÉPARER PARCE QUE JE VAIS À L'ÉTRANGER ?
CE SERAIT LA LAISSER GAGNER !
MIYU...
RENTRE, S'IL TE PLAÎT.

C'EST... C'EST HORRIBLE, AOI !!
NOUS SÉPARER ?
AOI ?!
TU... TU M'AVAIS POURTANT PROMIS...
... DE NE PLUS JAMAIS ME FAIRE DE MAU-VAISES BLAGUES...
DIS...
EST-CE QUE PAR HASARD...
... TU TE SENTIRAIS ENCORE SOUS LA COUPE DE NOA ?
NE SOIS PAS RIDICULE !
ALORS QUOI ?!

J'AIME BEAUCOUP LE FRONTISPICE DE CE SEIZIÈME CHAPITRE. JE SUIS PARTICULIÈREMENT FIÈRE DU FOND ÉVIDEMMENT COMPOSÉ DE SILHOUETTES DE POISSONS. J'AI ÉGALEMENT BEAUCOUP AIMÉ DESSINER MIYU EN FAMILLE. SA MÈRE EST TELLEMENT COOL ! JE L'ADORE ! DANS MES MANGA, IL EST TRÈS RARE DE VOIR UN PERSONNAGE FUMER. CE SERAIT TELLEMENT BIEN QUE LES ZONES FUMEURS DISPARAISSENT TOTALEMENT... LA FOIS DERNIÈRE, J'ÉTAIS TRÈS PRESSÉE ET JE ME SUIS ASSISE DANS UNE ZONE FUMEURS PAR INADVERTANCE. CELA FAISAIT TRÈS LONGTEMPS. J'AI CRU QUE J'ALLAIS PARTIR SANS MÊME COMMANDER. (JE NE L'AI PAS FAIT, MAIS LORSQUE MES DEUX VOISINS ONT SORTI LEUR CIGARETTE, JE ME SUIS LEVÉE.) CE SERAIT BIEN DE DÉCOUVRIR DES CIGARETTES QUI NE FUMENT PAS ! ENFIN... LES TEMPS SONT À MOINS DE CIGARETTES, ET ÇA ME FAIT TRÈS PLAISIR...

SEIZIÈME PLONGEON

MARIAGE, SUITE...

CES DERNIERS TEMPS, LA TRADITION DU BOUQUET A CHANGÉ : ON NE LE LANCE PLUS, ON Y ATTACHE PLUSIEURS RUBANS ET LA PERSONNE QUI RÉUSSIT À TIRER SON RUBAN PLUS FORT QUE LES AUTRES, LE REÇOIT. C'EST DE PLUS EN PLUS FRÉQUENT. POUR MOI, LE MARIAGE DE MAEDA A ÉTÉ MA PREMIÈRE EXPÉRIENCE DE CETTE TRADITION.
D'HABITUDE, LES INVITÉES HÉSITENT : << IL VA FALLOIR LUTTER ET IL VA Y AVOIR DES BLESSÉES >>, OU DU GENRE : << OH, ALLEZ, JE NE SUIS PAS SI PRESSÉE DE ME MARIER, QUAND MÊME ! >> DU COUP, RÉGULIÈREMENT, LE BOUQUET TOMBE LAMENTABLEMENT PAR TERRE. LUGUBRE.
ALORS QU'AVEC LES RUBANS, TOUT LE MONDE EST À ÉGALITÉ EN TIRANT. DU COUP C'EST DE PLUS EN PLUS POPULAIRE.
TOUT CECI POUR DIRE QUE J'AI POUR LA PREMIÈRE FOIS PARTICIPÉ À LA TRADITION DU BOUQUET !
J'ÉTAIS JUSTE DERRIÈRE LA MARIÉE.

IL A COMME PAR MAGIE ATTERRI DANS MES MAINS...

J'AI EU LE BOUQUET !! (RIRES) J'AI TOUT DE SUITE ENVOYÉ UN DESSIN DE LA SCÈNE SUR LE BLOG DE MA RÉDACTION !
J'Y AI AUSSI AJOUTÉ DES PHOTOS. ET LÀ, J'AI SUBITEMENT RÉALISÉ L'HORRIBLE VÉRITÉ : AVOIR LE BOUQUET, C'EST ÊTRE LA SUIVANTE À SE MARIER !!
JE POURRAI PEUT-ÊTRE VOUS DIRE SI C'EST VRAI DANS MA PROCHAINE SÉRIE (KYÔ, KOI WO HAJIMEMASU), QUI SAIT ?! (RIRES)

SI...
... C'EST À CAUSE DE NOUS...
... QUE TU HÉSITES...
NON, S'IL TE PLAÎT !
WLIP
NE DIS PAS ÇA !
WLIP
... ALORS JE PRÉFÈRE ROMPRE !

DES ÉTUDES À L'ÉTRANGER. C'EST UNE SUPER OP-PORTUNITÉ !
TU VEUX Y ALLER, NON ?
M... MAIS...
ÇA SIGNIFIE QUE JE PARTIRAI TRÈS LOIN, TU COMPRENDS ?
WUP
ÇA NE TE FAIT RIEN ?
WUP
ALLONS MIYU...
... TU AS INTÉGRÉ L'ÉCOLE POUR LA NATATION, NON ?
WUP
NON... UN INSTANT...
C'EST PAS POSSIBLE...
WUP

L'ÉCOLE A DÉCIDÉ...
HUC !
... QUE JE DEVAIS ALLER DANS UN CLUB À L'ÉTRANGER...
HUC !
ET SI JE REFUSE...
... JE NE POURRAI PAS RESTER...
HUC !
QU'EST-CE QUE JE VAIS FAIRE, AOI ?
QU'EST-CE QUE JE VAIS FAIRE ?
C'ÉTAIT DONC POUR ÇA...
... CETTE CONVOCATION ?

JE VOULAIS RETROUVER LES SENSATIONS DE CETTE NUIT...
MIYU ?
... PLUS JE LE TOUCHE ...
POUR-QUOI ?!
... À KAMAKURA. CETTE JOIE COMME DANS UN RÊVE... MAIS...
... PLUS J'AI PEUR DE LE PERDRE...

GNH... ...
OUH ...
... MIYU... TU SERRES TROP FORT, LÀ !
TU... M'ÉTOUFFES...
PLITCH !

GNH... ...
...
は HUF...
OH, AOI...
AOI...
AOI...

PARDON, JE N'AI PAS LES MOYENS, LÀ...
C'EST TROP CHER...
AH MAIS OUI ! C'EST CHER !
HUUURK !!
OUBLIE CE QUE JE VIENS DE DIRE !
C'EST PAS GRAVE. CHEZ MOI, C'EST PAREIL, NON ?
MOI AUSSI, J'AI EU LES MÊMES PEN-SÉES EN LE VOYANT.
ÇA CRAINT !
ALLEZ VITE ! À LA MAISON !

ON POURRAIT RETOURNER AU LOVE HÔTEL ?
QUOI ?!
À CHAQUE FOIS QUE JE VOIS CE PENDENTIF…
… ÇA ME RAPPELLE CETTE NUIT…
EN PLUS, ON N'A PAS EU UN MOMENT POUR NOUS DEUX…
DU COUP, JE N'AI PAS PU ME CONCENTRER PENDANT LE MATCH, ET…
EXCUSE-MOI…
JE SUIS ENCORE…
… EN TRAIN DE DIRE DES IMBÉCILLITÉS…

DÉSOLÉ ! EN FAIT, JE M'INQUIÈTE VRAIMENT POUR TOI.
S'IL Y A QUELQUE CHOSE, N'HÉSITE PAS À M'EN PARLER !
DIS... AOI...

ÇA NE TE RESSEMBLE PAS...
... D'ÊTRE AUSSI DÉCONCENTRÉE PENDANT UN MATCH !
CE N'EST RIEN ! C'EST JUSTE UNE ÉGRATIGNURE.
C'ÉTAIT À CAUSE DE TA CONVOCATION ?
QUELQUE CHOSE QUI T'A PERTURBÉE ?
ドクーンッ
WOP !
UN TRUC DU GENRE...
... UN REDOUBLEMENT ?
ET ZUT !
MAIS NON ! PAS DU TOUT !
MÉCHANT !!
AH, HA, HA, HA !!
SI SEULEMENT ÇA POUVAIT ÊTRE ÇA... CE SERAIT MILLE FOIS MIEUX...

DÉSOLÉE DE MON RETARD...
... AOI !
C'EST PAS GRAVE...
... MAIS...
C'EST QUOI CE PANSEMENT SUR TON FRONT ?
OH, ÇA ?
UNE BLESSURE IDIOTE LORS D'UN MATCH !
ON M'A FAIT UNE SUPER PASSE, ET J'ÉTAIS DANS LA LUNE...
BLONG !

SI TU NE NAGES PAS...
... TU N'ES D'AUCUNE UTILITÉ POUR L'ÉCOLE !
くす
HI HI
ENFIN BREF...
COMME TU PEUX LE VOIR...
... D'UN CÔTÉ COMME DE L'AUTRE, TU ES FORCÉE DE PARTIR LOIN D'AOI !!

VOTRE DÉPART À L'ÉTRANGER A DÉJÀ ÉTÉ DÉCIDÉ !
MAIS...
TU N'AS DONC PAS BESOIN D'Y RÉFLÉCHIR !
SOYONS CLAIRS, MA PETITE MIYU !
SI TU AS PU INTÉGRER CETTE ÉCOLE, C'EST GRÂCE AU SPORT !
ALORS SI TU REFUSES D'Y ALLER...
... TU N'AS PLUS AUCUNE RAISON DE RESTER ICI ! ♡

... ÇA VEUT DIRE QUE JE VAIS DEVOIR QUITTER AOI ?!
AH... HA, HA...
QU'EST-CE QUE TU RACONTES, MIYU ?
C'EST QUE...
... JE...
BONG !
PARDON, NOA !
JE CROIS QU'ELLE N'ARRIVE PAS À RÉALISER ! C'EST COMME UN RÊVE !
CLAIR ! JE CROIS QUE TU NE SAISIS PAS BIEN TA SITUATION...
J'AI BESOIN DE RÉFLÉCHIR...

...
ET TU SAIS QUOI ? TOUS NOS FRAIS SERONT COUVERTS PAR L'ÉCOLE !
ON AURA UN ENTRAÎNEUR PERSO, ET DE SUPER INSTALLATIONS ! TROP COOL, NON ?!
L'ÉCOLE VOUS ACCORDE UNE SUPER SUBVENTION...
... ALORS VOUS AVEZ INTÉRÊT À OBTENIR DES RÉSULTATS ET À NOUS FAIRE CONNAÎTRE DANS LE MONDE ENTIER !
WUP
NON... UN INSTANT...
DES ÉTUDES À L'ÉTRANGER ?
WUP
JE VAIS DEVOIR QUITTER LE JAPON ?
WUP
PLOF PLOF
BEN OUI, GROSSE BUSE !!
ON VA DÉCROCHER DEUX MÉDAILLES D'OR AUX JEUX OLYMPIQUES !!
HEIN, MIYU ?!
... QUOI ?!
MAIS ALORS...

LE LYCÉE A ACCEPTÉ DE VOUS ENVOYER À L'ÉTRANGER EN CLUB DE NATA-TION !
ET TOUT ÇA, GRÂCE À MES RECOMMANDA-TIONS !

CONSEIL DES ÉLÈVES
GTCHACK !
ガチャッ
FLÛTE ! ON ÉTAIT SI BIEN, AVEC AOI !!
ÇA A INTÉRÊT À ÊTRE IMPORTANT, OU JE HURLE !!
PARDON...
がばっ
BLAH !
OUH ?!
C'EST GÉNIAAAL, MIYUUU !!
TU AS DÉCROCHÉ LE GROS LOT !!
HEIN ? DE QUOI ? QU'EST-CE QUI TE PREND, KAICHI ?
ÇA ME FAIT PLAISIR DE VOUS VOIR SI HEUREUX !
DINGUE...
JE SUIS CONTENTE D'AVOIR FAIT MON TRAVAIL COMME IL FAUT, POUR UNE FOIS !

ET POURQUOI TU N'Y VAS PAS ?
AUJOURD'HUI, LA PISCINE EST VIDE...
AH...
TU PARLES...
TOUT CE QUE JE VEUX, C'EST ÊTRE SEUL AVEC TOI !
WLIP !
MOI AUSSI !
DING DONG
LES ÉTUDIANTS SUIVANTS SONT ATTENDUS D'URGENCE AU CONSEIL DES ÉLÈVES !
KAICHI HAMANO DE LA 1-A ! MIYU TSUKASA DE LA 1-C !!
DING DONG !
JE RÉPÈTE ...

JE L'AIME !
JE L'AIME !
JE L'AIME !
C'EST DOMMAGE...
... POURQUOI IL N'Y A PAS DE NATATION DANS CE TOURNOI ?
J'AI TOUJOURS ENVIE DE NAGER QUAND QUELQUE CHOSE DE BIEN M'ARRIVE !
ET EN CE MOMENT, J'AI L'IMPRESSION D'AVOIR LE MONDE À MES PIEDS !

EH OUI ! ÇA ME FAIT TELLEMENT PLAISIR D'AVOIR LE MÊME QUE TOI...
ET TOI ?
LÀ, C'EST TROP !!
QUOI ?
JE NE LE QUITTE JAMAIS.
JE N'Y TIENS PLUS !

HURGH !
ガーン
AH NON ! PRENDS LA MIENNE !
KYAH !
きゃあ
J'ÉTAIS LÀ AVANT !
きゃあ
KYAH !
DÉSOLÉ.
JE N'EN AI PAS BESOIN.
MA COPINE...
... A DÉJÀ APPORTÉ DE QUOI FAIRE !
ÇA VA, MIYU ?
AH NOOOON ! TROP NAZE !
OUI.
HEIN ?
C'EST MOI...
... OU TU PORTES NOTRE PENDENTIF ?

... J'AI TELLEMENT ENVIE DE L'EMBRASSER !
NON, NON, NON ! ON RÉSISTE !!
AH...
FÉLICITATIONS ! TIENS ! SI TU VEUX...
ÇA ALORS ! SUZUKI SAIT JOUER !!
IL ÉTAIT TROP FORT !!
BONG !
KYAH !
きゃーっ
... JE TE PRÊTE MA SERVIETTE !

ビッ
SBIF !
40-15 !!
TROP LA CLASSE ! D'OÙ IL SORT ?
C'EST SUZUKI, LE VICE-PRÉSIDENT DU CONSEIL !!
AAAAH ?!
MON DIEU... QUE FAIRE...
JE NE PEUX PAS L'AIMER PLUS...
... OU...
... JE NE RÉPONDS PLUS DE RIEN !
C'EST VRAI QUOI...
SET !
3-0 !
SUZUKI PASSE LE SECOND TOUR !
LÀ, TOUT DE SUITE...

PLOTCH !
KYAAAH
キャー

SBLISH !
KAICHI !
JE TE LAISSE RENDRE NOS COPIES !
QUÔÔÔA ?!
ET MON MATCH DE FOOT, ALORS ?
PARDON, KAICHI...
HUF !
... JE N'AI JAMAIS VU AOI FAIRE DU SPORT !!
BLANG
BLANG
TCHAF !
HUF !
... MAIS...
J'AI APPORTÉ DE QUOI LE FIL-MER !!
SQUISH !

C'EST LE MÊME QUE CELUI D'AOI...
... UN SOUVENIR DE NOTRE JOURNÉE À KAMAKU-RA...
PAS QUESTION...
C'EST UN SECRET !!
... DE LE PARTAGER AVEC QUI QUE CE SOIT !!
DING
DONG
キーンコーン
MINCE !
LE MATCH DE TENNIS D'AOI A DÉJÀ COMMEN-CÉ !
DING
DONG

CLING !
POUAARF...
ほわ〜〜〜...
... MIYU ?!
LA MER DE KAMAKURA TELLE QUE JE L'AI VUE CE FAMEUX JOUR...
QU'EST-CE QUE TU VOIS DE SI FASCINANT DANS CE TRUC ?
!!
HOP !
ひょい
HÉ ! C'EST QUOI, ÇA ?!
BLAF !
PAS TOUCHE !!
CRÉTIN DE KAICHI !!
FRT FRT FRT FRT

MIYU ET AOI. MOI AUSSI, J'AI ACHETÉ LE MÊME PENDENTIF QU'EUX. AVEC MES ASSISTANTES, NOUS AVONS CÉLÉBRÉ LA FIN DE MA PRÉCÉDENTE SÉRIE MITSU MITSU DROPS À OKINAWA OÙ NOUS AVONS ACHETÉ CE MÊME PENDENTIF. LA PARTIE CENTRALE EST COMPOSÉE DE VERRE POLI ET ON A VRAIMENT L'IMPRESSION D'Y VOIR DES VAGUES. IL Y AVAIT DIFFÉRENTES TEINTES DE VERRE, MAIS J'AI TENU À EN AVOIR UN ULTRA MARINE (BLEU PROFOND). JE ME DIS QUE ÇA PORTE BONHEUR POUR LE TRAVAIL (RIRE JAUNE) J'AI AUSSI ACHETÉ DES SANDALES AVEC DES BRELOQUES QUE JE TROUVE TROP MIGNONNES !
BIEN, NOUS ENTRONS MAINTENANT AU CŒUR DE L'INTRIGUE : LA QUESTION DES ÉTUDES À L'ÉTRANGER DE MIYU. J'AI PENSÉ À BIEN DES DÉROULEMENTS POSSIBLES... MAIS JE LES GARDE POUR MOI ! (RIRES) J'ATTIRE VOTRE ATTENTION SUR AOI EN TRAIN DE FAIRE DU SPORT. ÇA N'ARRIVE PAS SOUVENT !

*PREMIER JOUR DU TOURNOI DE SPORTS COLLECTIFS
**EXAMEN TRIMESTRIEL, DEVOIR DE RATTRAPAGE, MATHÉMATIQUES - NOM : KAICHI HAMANO
***PEUT-ÊTRE ?

QUINZIÈME PLONGEON

MARIAGE

J'ÉTAIS EN PLEINE RÉDACTION
DE RHAPSODY IN HEAVEN QUAND J'AI
ASSISTÉ AU MARIAGE DE MA PRÉCÉDENTE
RESPONSABLE DE PROJET.
EN 2 ANS, JE SUIS ALLÉE À 5 MARIAGES.
C'EST LA FOIRE, MA PAROLE !!
EN CE MOMENT, À CHAQUE FOIS QUE
J'ENVOIE À MES CONTACTS MA NOUVELLE
ADRESSE MAIL, JE REÇOIS EN RETOUR DES
ANNONCES DE MARIAGES, DE NAISSANCES
ETC. QUASIMENT TOUTES MES AMIES DE
FAC ?! SANS DOUTE ! ET MOI, ALORS ?
QUAND EST-CE QUE JE ME MARIE ? OUH...
CECI MIS À PART, J'AI DÉCIDÉ DE FÊTER
PAR UN DESSIN, L'ÉVÉNEMENT DU MARIAGE
DE MADEMOISELLE MAEDA QUI M'A
TELLEMENT AIDÉE. (VRAIMENT !)
J'Y AI MIS TOUTE MON
ÉNERGIE ! (HÉÉÉ !)
ELLE L'A IMMÉDIATEMENT MIS SOUS CADRE !
(YAHOUU !)
COMME SUR L'ILLUSTRATION, LE JEUNE
COUPLE RAYONNAIT D'AMOUR !
J'AVAIS SUIVI LEUR HISTOIRE EN TEMPS
RÉEL ET J'ÉTAIS DONC TRÈS ÉMUE.
JUSQU'À LA FIN DE L'ANNÉE, ELLE ME
DISAIT : << JE NE RENCONTRE VRAIMENT
PERSONNE ! >> MAIS DÈS LES PREMIERS
JOURS DE L'ANNÉE SUIVANTE, ELLE M'A DIT :
<< EN FAIT, J'AI UN PETIT AMI... ET...
NOUS ALLONS NOUS MARIER ! >>
HEEEEEIN ?! (RIRES)
VOILÀ ! ILS ONT GAGNÉ !!
DÉCIDÉMENT, L'AMOUR, C'EST JUSTE UNE
QUESTION DE HASARD, ME SUIS-JE DIT !
JE LEUR SOUHAITE DE LONGUES
ANNÉES DE BONHEUR !

BONJOUR !
DEPUIS NOTRE PREMIÈRE RENCONTRE...
... J'AI TROUVÉ UN BONHEUR QUE JE N'AURAIS MÊME PAS CRU POSSIBLE DANS MES RÊVES LES PLUS FOUS.
C'EST INCROYABLE...
... QUE CELA SE FINISSE SI BRUTALEMENT !

... JE T'AIME À LA FOLIE, AOI !
BIP BIP BIP BIP
BIP BIP BIP BIP
BIP BIP BIP BIP
GNNNH ...
BIP BIP BIP BIP
!
BIP BIP BIP BIP
BIP BIP BIP
BIP BIP BIP

OH MON DIEU...
JE NE SUIS QU'UNE VICIEU-SE...
PLUS FORT...
J'EN VEUX...
... ENCORE PLUS...
ALORS LÀ, C'EST DIRECT...
MINCE ...
MAIS ÇA ME VA...
C'EST BON AUSSI COMME ÇA !
JE T'AIME, MIYU !
MOI AUSSI...

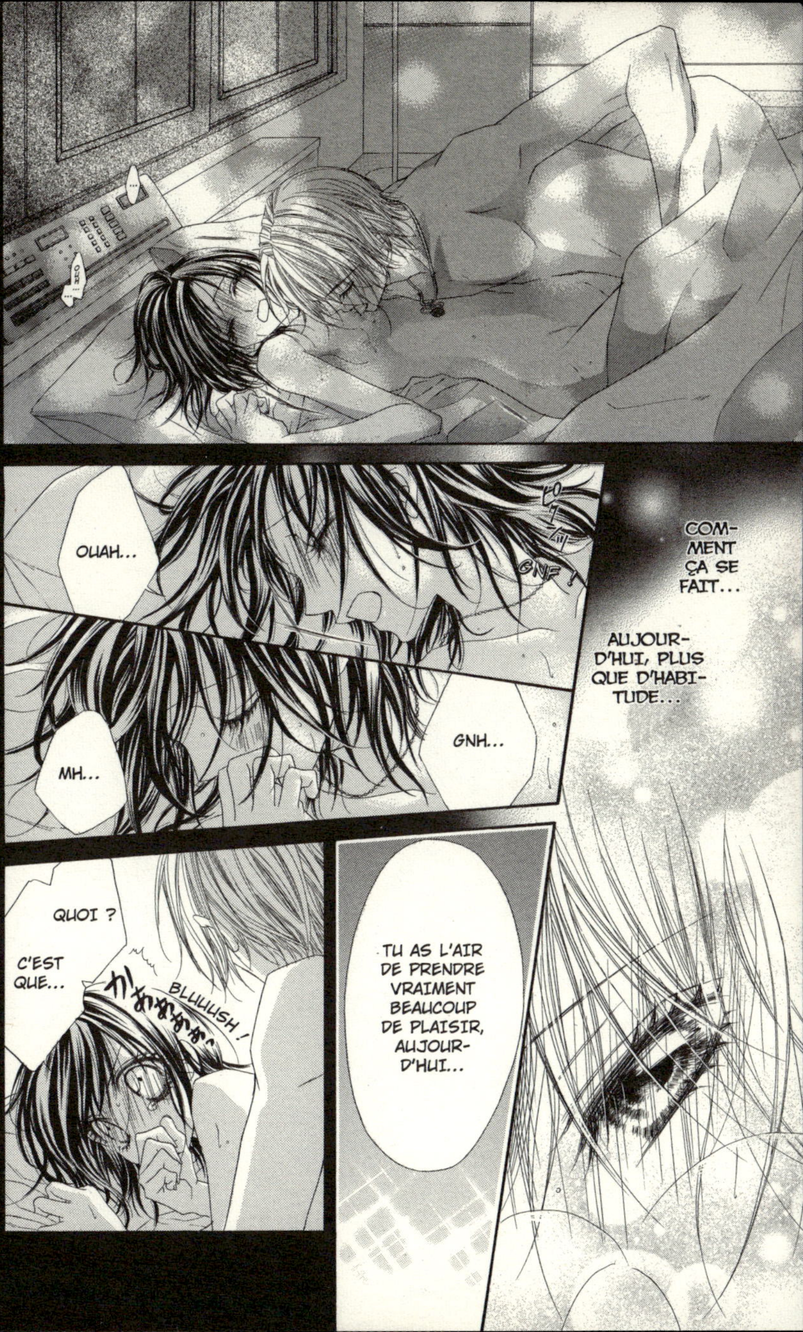
...
OUH...
...
COMMENT ÇA SE FAIT...
AUJOURD'HUI, PLUS QUE D'HABITUDE...
GNF !
OUAH...
GNH...
MH...
TU AS L'AIR DE PRENDRE VRAIMENT BEAUCOUP DE PLAISIR, AUJOURD'HUI...
QUOI ?
C'EST QUE...
BLUUUSH !

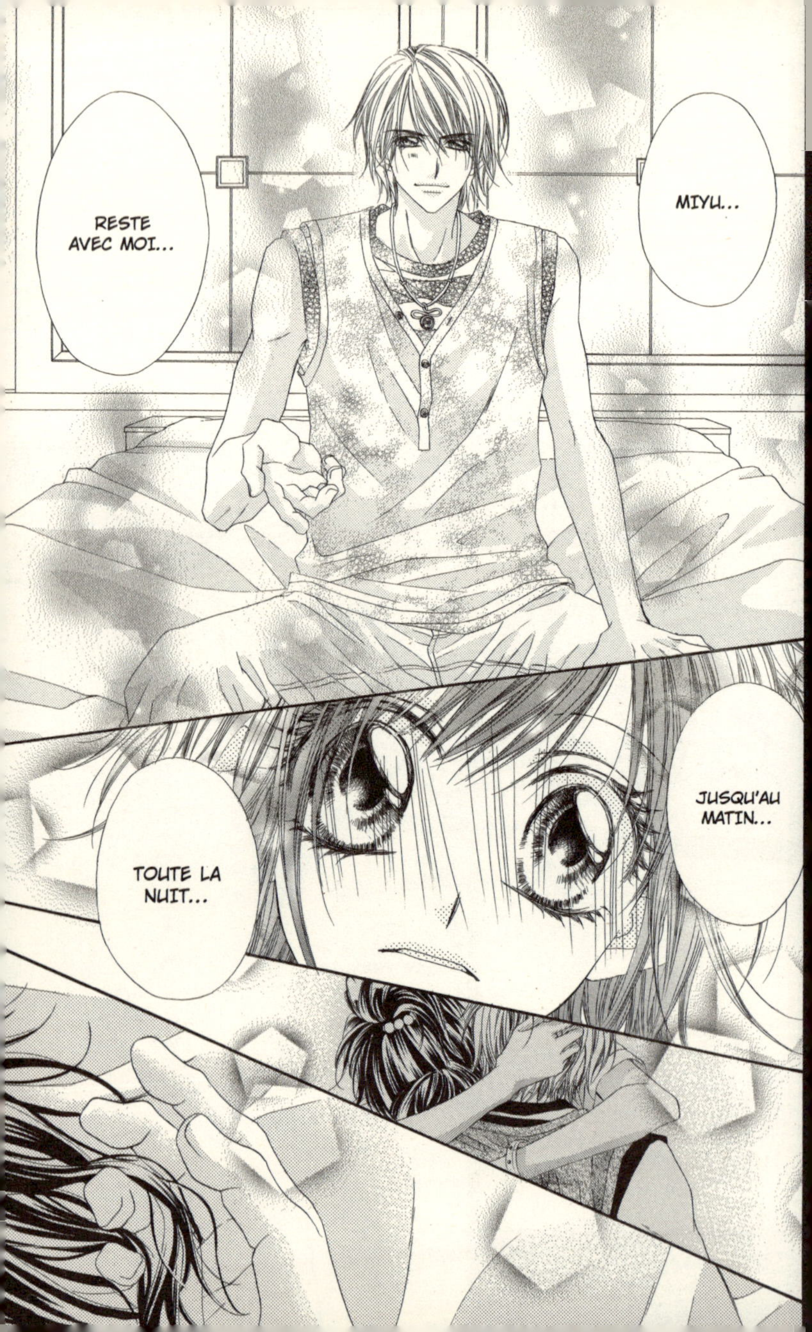
MIYU...
RESTE AVEC MOI...
JUSQU'AU MATIN...
TOUTE LA NUIT...

GNF...
じっ...
QU'EST-CE QUE TU FAIS, MIYU ?
TU ÉCOUTES AUX MURS ?
N-N-NON, JE N'ESPIONNE PAS...
JE ME DEMANDAIS JUSTE CE QUE LES AUTRES CLIENTS FAISAIENT... JUSTE POUR SAVOIR...
POUH !
NERVEUSE ?
かあっ
BLUSH !
AH, HA, HA !
OUF ! ÇA ME SOULAGE !
PARCE QUE MOI AUSSI !
JUSQU'À PRÉSENT, C'EST TOUJOURS LA PASSION QUI NOUS A MENÉS...
ALORS NOUS RETROUVER ICI...
... ÇA CHANGE DU QUOTIDIEN...
SQUISH...

JE N'IMAGINAIS PAS ÇA AUSSI …
… ANODIN…
TON APPARTEMENT EST NETTEMENT PLUS…
C'EST CLAIR QUE MON ONCLE A DES GOÛTS SPACE…
ÉTRANGE… MAIS JE ME SENS ENCORE PLUS STRESSÉE…
WUP
WUP
WUP
HUM …
HUM …
ALORS… OÙ… OÙ M'ASSEOIR ?
PAS SUR LE LIT. COMME ÇA …
IL VA CROIRE QUE JE NE PENSE QU'À ÇA…
… MAIS BON, SI JE CHOISIS LE CANAPÉ PLUS ÉLOIGNÉ, JE VAIS DONNER L'IMPRESSION DE METTRE LES DISTANCES…

BON... ON Y VA ?
GWP...
WUP
OUI...
WUP
GTCHK !
WUP
TOCK !
JE N'Y CROIS PAS...
... JE SUIS EN PREMIÈRE ANNÉE DE LYCÉE, ET JE ME RETROUVE DANS UN LOVE HÔTEL ?
AH ?

MIYU...
... ÇA ME FAIT PLAISIR...
... QUE TU DISES ÇA...
WLIP
... PARCE QU'ON A LOUPÉ LE DERNIER TRAIN !
OUI...
AVEC LE MANAGER DU CLUB DE NATATION...
MAIS OUI, J'AI COMPRIS ! BON, JE RACCROCHE !
BIP !
TES PARENTS SONT D'ACCORD ?
MAIS OUI ! COMME UNE LETTRE À LA POSTE !
OUH LÀ, LÀ ! J'ÉTAIS TROP STRESSÉE !

JE NE VEUX PAS ENCORE...
... RENTRER !!
WUP
JE N'AURAIS JAMAIS CRU EN-TENDRE ÇA DE TA PART...
WUP WUP
A... ALORS SI C'EST ÇA...
... NE ME LÂCHE PAS...
WUP

MES VÊTEMENTS ME COLLENT, C'EST SUPER DÉSAGRÉABLE !
BLOSH...
TU L'AS CHERCHÉ, NON ?
TÊTE EN L'AIR !
C'EST JUSTE QU'À TE VOIR NAGER ...
... L'EAU AVAIT L'AIR TELLEMENT AGRÉABLE...
MAIS CE N'ÉTAIT PAS LE CAS.
EN FAIT, CE QUI ME PLAÎT LE PLUS...
... C'EST DE TE TENIR DANS MES BRAS.

ザッ
ZLAF !
ET TOI, AOI ?
TU AIMES ÇA, LES BAINS DE MINUIT ?
PAS VRAIMENT...

NON ! ATTENDS !
SBAAF !
MIYU ?
J'AI TOUJOURS RÊVÉ...
... DE PRENDRE UN BAIN DE MINUIT !
TU ES FOLLE ? C'EST DANGEREUX !
PLISH
PLISH
MAIS NOOON !
REGARDE ! C'EST BEAUCOUP MOINS AGITÉ QU'EN JOURNÉE...
C'EST TROP BOOON...

ZRAAF
MIYU...
ZRAAF...
PLF...
はっ
DEBOUT !
QUOI ? OH NON ! JE ME SUIS ASSOUPIE ?
OH NOOON ! IL FAIT UN NOIR D'ENCRE !
TU AS BEAUCOUP NAGÉ...
TU ES FATIGUÉE ?
HÉ ! MIYU !
C'ÉTAIT SI AGRÉABLE D'ÊTRE BERCÉE PAR LE BRUIT DES VAGUES ET LES BATTEMENTS DU CŒUR D'AOI...
... MAIS DE LÀ À M'ENDORMIR ?!
ÇA COMMENCE À SE RAFRAÎCHIR... ON DEVRAIT RENTRER...
OH NON !
JE VEUX RESTER AVEC LUI !

ZRAAF...
PAS MAINTENANT...
POUR UNE FOIS QU'ON EST SEULS...
ZRAAF...
EN PLUS, ON PEUT ADMIRER LE VRAI OCÉAN...

C'EST SUPER ! AVEC ÇA, ON AURA TOUJOURS UN COIN DE MER POUR NOUS.
TU N'ARRÊTES PAS DE LE REGARDER DEPUIS TOUT À L'HEURE ...
TU L'AIMES TANT QUE ÇA ?
OH, OUI !
ET TU SAIS POURQUOI ?
PARCE QU'ON A LE MÊME, TOI ET MOI !
AH... あ
TOI AUSSI, TU VEUX VOIR LA MER À TRAVERS LE MIEN ?

LES PARTICIPANTS À LA COURSE DOIVENT ÊTRE RENTRÉS...
QUOI ? AH... OUI...
C'EST VRAI. LA COURSE D'ENDURANCE...
ZRAAF
ZRAAF...
JE M'AMUSAIS TELLEMENT QUE J'AVAIS COMPLÈTEMENT OUBLIÉ !
MOI AUSSI, JE PASSE UN MERVEILLEUX MOMENT.
JE SUIS CONTENT DE T'AVOIR TOUTE À MOI.
HÉ...
QU'EST-CE QUE TU FABRIQUES ?
OH !
ON VOIT AUSSI L'OCÉAN AU CRÉPUSCULE !

JE NE CROIS PAS QUE BOUDDHA APPRÉCIERAIT...
OOOH !!
CE COUCHER DE SOLEIL EST MA-GIQUE...

POUR-QUOI ÇA ?
D'ACCORD ! ON EN PREND UNE !
MERCI DE VOTRE VISITE !!

*DES PENDENTIFS POUR VOIR LA MER !

AUTANT...
... QU'ILS PRENNENT UN PEU DE BON TEMPS.
ON DEVRAIT ÊTRE TRANQUILLES ICI...
OUI ! JE NE VOIS PAS DE POURSUIVANTS...
DES POURSUIVANTS ?
PFF
HUF
HUF
HUF
AH !!

AOI SUZUKI
BWACK !
ばごっ
RHÔÔÔ, KAICHI !!
JE T'AVAIS POURTANT DIT DE LE GARDER À L'ŒIL !!
POUARF ?!
IL A DÉCAMPÉ AVEC MIYU, CRÉTIN !
LA PREMIÈRE ANNÉE MIYU TSUKASA A EU UN MALAISE. EN TANT QUE MANAGER, JE LA RACCOMPAGNE. JE COMPTE SUR VOUS POUR LA SUITE.
AOI SUZUKI
QUAND JE PENSE QUE J'AVAIS ORGANISÉ CETTE COURSE D'ENDURANCE...
... JUSTE POUR LES EMPÊCHER DE SORTIR ENSEMBLE !
ALLEZ ! NE RESTE PAS PLANTÉ LÀ !
CHOPE-LES !!
H... HEIN ?!
LES CHOPER ?
VITE !!
OH, ET PUIS...
... LAISSE TOMBER...
HEIN ?
POUR AUJOURD'HUI, ON LES LAISSE...

ET SI NOUS NOUS ÉCLIPSIONS ?
ドキッ
HEIN ?
WUP !
MH...
AOI ! ET LA PASTÈQUE ?
AOIIII ?!
OÙ IL EST PASSÉ ?!
POUITCH
POUITCH
POUITCH
POUITCH
SI C'EST SUZUKING QUE TU CHERCHES, IL EST DERRIÈRE LE PARA-SOL...
TIENS ?
BIZARRE... LE PARASOL EST PAR TERRE...

ÇA IRA POUR PARTAGER LA PASTÈQUE ?
OUI !
PLAF PLAF
DIS, MIYU...
MH ?
GWP...
ROLL !

MOI AUSSI ! JE VEUX ÊTRE SUR LA PHOTO !
YAHAAAA ! JE T'AI BATTU, KAICHI !
ET FLÛTE... J'Y ÉTAIS PRESQUE !
AOI ! DÉPÊCHE-TOI DE PRÉPARER LA PASTÈQUE !
HÉ ! T'AS VU COMME ELLES SONT SEXY, LES FILLES ?
OUAIS ...
CLAIR... LES MAILLOTS ET TOUT...
TU LEUR ÔTES LEUR MAILLOT DE COMPÈTE ET TU LES METS EN BIKINI...
... ET ELLES SONT TROP CRAQUANTES ...
REGARDE TERADA...
MOI, JE TROUVE MIYU TSUKASA CARRÉMENT IRRÉSISTIBLE !
SOUS CET ANGLE, ELLE A DE LA POITRINE ...
PETITE ET GRACILE COMME ELLE EST, ON DIRAIT PAS...
ÇA ME DONNE ENVIE DE LA METTRE PAR TERRE ET D'ENFOUIR MON NEZ DANS SON DÉCOLLETÉ.
KYA, HA, HA ! C'EST UNE AGRESSION, ÇA !
OUAAAH ! ÉNOOOORME, LA PASTÈQUE !

ET EN PLUS, TU ES LIBRE POUR NOUS ACCOMPAGNER, AOI !
C'EST TROP GÉNIAL !
HEIN ?
DU MOMENT QUE TU ES CONTENTE...
... ÇA ME VA.
MH...
ZAAF !
PREM'S !!
C'EST MOI, MIYU TSUKASA !
LA PALME DE LA LONGUE DISTANCE LES DOIGTS DANS LE NEZ !!
SPLAAASH !
ZRAAF !

ÇA TE DIRAIT D'ALLER À LA MER ?
ON POURRAIT ALLER À KAMAKURA...
OH, OUI !!
ÇA TOMBE PILE-POIL !
にょっ
COUCOU
JUSTEMENT, ON AVAIT PRÉVU UNE SORTIE À KAMAKURA AVEC LE CLUB !
ON VA FAIRE UN MARATHON MARIN ! ♡
TROP LOURDE...
TOUS NOS MEMBRES SONT CHAUDEMENT INVITÉS À SE JOINDRE À NOUS !
TOI AUSSI, AOI... EN TANT QUE MANAGER, TU ES LE BIENVENU !
AH ? AH BON ?
J'AVAIS COMPLÈTEMENT OUBLIÉ !
ÇA SUFFIT ! ARRÊTE D'INVENTER DES BOBARDS !
MAIS SI, JE T'ASSURE ! C'ÉTAIT PRÉVU DEPUIS LONGTEMPS...
... DANS MA TÊTE ...
CE SERA LA PREMIÈRE FOIS QUE JE NAGERAI UNE LONGUE DISTANCE EN MER !
OUAAAH ! JE SUIS TROP EXCITÉE !

POUR LE FRONTISPICE, YUKATA ET MOULINS À VENT ! EH OUI, VOTRE PETITE MINAMI A ACHETÉ LE YUKATA DE SES RÊVES POUR CET ÉTÉ ! JE L'AI MÊME MIS AU PARC D'ATTRACTIONS. AVANT DE L'ENFILER, JE COMPTAIS ESSAYER UNE TONNE DE MANÈGES. MAIS APRÈS L'AVOIR MIS, JE N'ÉTAIS PLUS LIBRE DE MES MOUVEMENTS ! (RIRES) J'AI PRÉFÉRÉ ÉVITER LES ACTIVITÉS TROP REMUANTES. AU LYCÉE, J'ÉTAIS AU CLUB DE TIR À L'ARC ET DÉJÀ, À L'ÉPOQUE, DÈS QUE J'ENFILAIS DES VÊTEMENTS JAPONAIS, JE ME SENTAIS PLEINE DE DIGNITÉ. J'AI PAS MAL DE POITRINE ET ÇA NE ME VA PAS TRÈS BIEN, MAIS J'ADORE DESSINER ET PORTER DES HABITS TRADITIONNELS.
ICI, IL EST QUESTION D'UN VOYAGE À KAMAKURA. À BIEN Y RÉFLÉCHIR, AOI ET MIYU FORMENT TOUT DE MÊME UN COUPLE. ILS DOIVENT DONC FAIRE DES SORTIES DIGNES DE CE NOM, ET J'AI DONC PENSÉ À UN RENDEZ-VOUS À LA MER (AVEC EN PLUS KAICHI ET NOA AUX TROUSSES). J'AI PERSONNELLEMENT VISITÉ DEUX FOIS KAMAKURA (AU COLLÈGE ET AU LYCÉE). NOUS AVONS MANGÉ DANS DES RESTAURANTS FAMILIAUX... CE N'ÉTAIT FRANCHEMENT PAS UN FESTIN.

QUATORZIÈME PLONGEON

POISSON ROUGE

JE VOUS AI DÉJÀ PARLÉ DES POISSONS ROUGES QUE J'AVAIS PÊCHÉS LORS DE MA PREMIÈRE VISITE AU TEMPLE. ILS NAGEAIENT JOLIMENT DANS LEUR AQUARIUM... MAIS MAINTENANT...

AVEC UN FILTRE MOTORISÉ ! TOUT ÇA POUR DE SIMPLES POISSONS ! TROP LUXE !

SHISSHI, MON ASSISTANTE, TOUJOURS AUSSI ATTENTIONNÉE, AVAIT ENCORE UNE FOIS PRIS LES CHOSES EN MAIN, HI, HI ! JE COMPRENDS POURQUOI ELLE ÉLÈVE PLEIN D'ANIMAUX ! EN TOUT CAS, ELLE S'EN OCCUPE AVEC ZÈLE. PERSO, JE SUIS UN DÉSASTRE ! LAMENTABLE. EN CE MOMENT, JE ME DIS QUE J'AIMERAIS BIEN AVOIR UN CHIEN. MAIS FRANCHEMENT, JE ME DEMANDE CE QUE CELA DONNERAIT... JE M'IMAGINE DÉJÀ : << ÇA FAIT LONGTEMPS QUE JE NE L'AI PAS VU... >> ET DE DÉCOUVRIR SON CADAVRE EN PUTRÉFACTION... CE SERAIT TRÈS PLAUSIBLE ! NON, SANS RIRE, AVEC MOI, ÇA POURRAIT ARRIVER.
L'UN DES POISSONS ROUGES QUE J'AVAIS EUS LORS DE MA PREMIÈRE VISITE AU TEMPLE A SURVÉCU, ET IL EST DEVENU TROIS FOIS PLUS GROS QU'À L'ORIGINE. JE LE TROUVE DE PLUS EN PLUS MIGNON. ET POURTANT ! LA FOIS DERNIÈRE, J'AI ENCORE JOUÉ À ATTRAPER DES POISSONS, ET J'EN AI GAGNÉ 8 ! ALORS QUE JE ME DISAIS : << TROP GÉNIAL ! >>, UNE SEMAINE PLUS TARD, MES 9 POISSONS N'ÉTAIENT PLUS QUE 3 !! ET EN PLUS, MON TOUT PREMIER POISSON A RENDU L'ÂME ! ON DIRAIT QUE LA MALADIE GAGNE DU TERRAIN. C'EST COMPLIQUÉ D'ÉLEVER DES POISSONS ! PARDON, MES BÉBÉS...
JE FAIS UNE PARENTHÈSE : QUAND JE SUIS ALLÉE PÊCHER, JE ME SUIS TELLEMENT PRISE AU JEU QU'À MON RETOUR, J'EN AVAIS LES GENOUX QUI FLAGEOLAIENT... J'AI BIEN CRU MOURIR DANS LES DESCENTES... JE MANQUE VRAIMENT D'EXERCICE. D'AILLEURS, LE LENDEMAIN, J'AVAIS DES COURBATURES EN FAISANT DU SHOPPING. JE SUIS UNE RUINE... JE ME DEMANDE SI C'EST POUR CELA QUE JE TOMBE SI FACILEMENT MALADE...

*1-C, MIYU TSUKASA - JE NE SUIS QU'UNE PÉTOCHARDE ! INSULTEZ-MOI !
** 1-A, AOI SUZUKI - JE NE SUIS QU'UN PÉTOCHARD ! INSULTEZ-MOI !
*** 1-A, KAICHI HAMANO - JE NE SUIS QU'UN PÉTOCHARD ! INSULTEZ-MOI !

*1-C, MIYU TSUKASA
JE NE SUIS QU'UNE PÉTOCHARDE !
INSULTEZ-MOI !

OBSERVEZ CE QUE C'EST QU'UN VRAI MÂLE !!
SHBONG !
しゅたっ
TU PARLES ! C'EST POUR RATTRAPER TES BOURDES, PÉTOCHARD !
たたたたっ
TAP TAP TAP TAP
BLF !
TULIGULIDU
TULIGULIDU
BUZZ
BUZZ
ET VOILÀ ! C'ÉTAIT COURU D'AVANCE !
HÉ ! POURQUOI KAICHI REVIENT COMME ÇA ?
BUZZ
OUPS ! C'EST SAWAGUCHI ! LA CONSEILLÈRE D'ORIENTATION !
OUAH ! LA FLÈCHE !
GROAR !
... DITES... DERRIÈRE HAMANO, CE NE SERAIT PAS...
KAICHI HAMANO !! ARRÊTEZ TOUT DE SUITE !!

BANDE DE TROUILLARDS ...
YEAH !!
... VOUS ALLEZ DEVOIR COURIR EN MAILLOT AUTOUR DE L'ÉCOLE !
DIS, AOI...
ALORS ? QUI Y VA EN PREMIER ?
MH ?
TU ES SÛR QU'ON A BIEN FAIT DE NE PAS METTRE NOS MAILLOTS ?
MAIS OUI...
... C'EST LE PREMIER QUI IRA QUI ÉCOPERA POUR LES AUTRES, ALORS...
BLAF
D'ACCORD ! C'EST MOI, KAICHI HAMANO QUI M'Y COLLE !!
HÔÔÔ !
CLIC !
CLIC !

ALLEZ ! MONTRE-MOI À QUEL POINT TU AIMES !
JE VEUX QUE TU EN AIES HONTE !
キーンコーン
DING DONG
カーンコーン…
DING DONG
BIEN ! JE FAIS L'APPEL !
LES DERNIERS ARRIVÉS : LE DUO BANOGAWA ET TERADA !
PRÉ-SENT !
MMH !
OUAIP !
PRÉ-SENTE !
ET POUR LES ABAN-DONS : LE DUO 4 : NISHINA ET TSUKA-SA…
… ET LA PAIRE 7 : SUZUKI ET HAMANO.
TOUT LE MONDE EST BIEN LÀ !
BIEN, ALORS…

POURQUOI ?
TU N'AIMES PAS ?
... C'EST PAS L'IMPRESSION QUE ÇA DONNE...
C'EST ...
... ÇA ME GÊNE !
JE SENS... QUE JE PERDS LES PÉDALES ...
ALORS LAISSE-TOI ALLER !
BLOF !
OUH !!...
GNH ...
VILAINE FILLE !
ÇA T'APPRENDRA À ME RENDRE JALOUX !
JE N'ARRÊTERAI PAS...
... TANT QUE JE NE ME SERAI PAS CALMÉ !
HUF ...

POUR MOI...
... CE NE SONT PAS DES GÉMIS-SEMENTS...
... C'EST BIEN PLUS EXCITANT !
HEIN... MIYU ?
AO... I...
HUF
STOP...
NON...
ARRÊ-TE...
HUUF !
HUUF...

AH... JE ME DISAIS BIEN...
QUAND J'AI VU KAICHI REVENIR AVEC LE SQUELETTE DANS LES BRAS...
SUZUKING ! QU'EST-CE QUI T'EST ARRIVÉ ?
OUH ! OUH !
SI JE COMPRENDS BIEN, MA PLAISANTERIE N'A PAS MARCHÉ ?
PFF... QUELLE BANDE D'INCAPABLES...
SNF SNF
MIYU ET MOI, ON RENTRE.
FAIS COMME BON TE SEMBLE, ÇA M'EST ÉGAL !
COOL ! J'AI TROP HÂTE DE TE VOIR COURIR EN MAILLOT AUTOUR DE L'ÉCOLE, AOI !
HÉ...
C'EST QUOI DEPUIS TOUT À L'HEURE ?
DES GÉMISSEMENTS DE FILLE ?
AH BON ? JE N'ENTENDS RIEN...
UN FANTÔME, PEUT-ÊTRE ?
BZT
BZT
BLIP
BZT
!

MAINTENANT, TU SAIS CE DONT JE SUIS CAPABLE PAR JALOUSIE...
... ET TU PENSES VRAIMENT ÇA ?
HEIN ?
*SALLE DE MUSIQUE I
CONNEXION
0:48
NOA TENRYÔJI
MENU
DE QUÔA ? VOUS ABANDONNEZ ?
TOUT JUSTE...
QUI SAIT CE QUE TU TRAMES ENCORE CONTRE MIYU...
CONSIDÈRE LES DUOS 4 ET 7 HORS JEU.

POUH !
TU TROUVES ÇA DRÔLE ?
EH OUI...
C'EST LA DEUXIÈME FOIS QUE TU TE MONTRES JALOUX AUJOUR-D'HUI...
ÇA ME FAIT TROP PLAISIR !!
ÇA ME DONNE L'IMPRES-SION...
... QU'AOI ME VEUT POUR LUI TOUT SEUL !
MONTRE-MOI ENCORE COMBIEN TU ES JALOUX !
TROP ADORA-BLE !
OUH ?!
GNF...

OUF... JE SUIS ARRIVÉ À TEMPS...
DWOCK !
NON, MAIS ALORS...
ET SI JE N'ÉTAIS PAS VENU ?
QU'EST-CE QUE TU CROIS QUI SE SERAIT PASSÉ ?
EXCUSE-MOI...
ET EN PLUS...
AH NON ! PAS QUESTION !
... EXPLIQUE-MOI POURQUOI TU ÉTAIS PENDUE À SON BRAS ?

MERCI D'ÊTRE VENU...
MERCI, AOI !

TU PARLES ! TU N'ATTENDAIS QUE ÇA !
C'EST TOI QUI T'ES DESSAPÉE ET QUI LUI FAIS DU GRINGUE !
NON, CE N'ÉTAIT PAS MON INTENTION...
À D'AUTRES !
À QUI TU CROIS PARLER ?
HIRK !
OUI, TU AS RAISON...

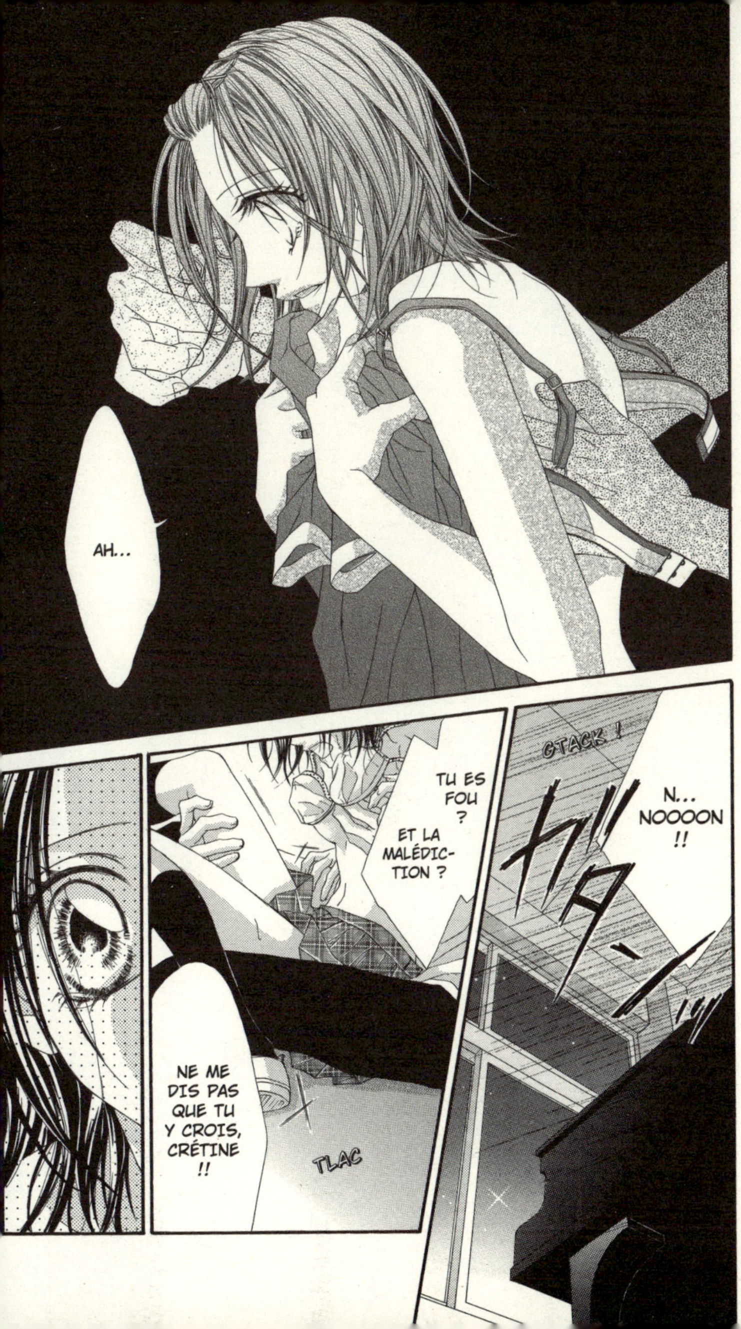
AH...
GTACK !
N... NOOOON !!
TU ES FOU ?
ET LA MALÉDICTION ?
NE ME DIS PAS QUE TU Y CROIS, CRÉTINE !!
TLAC

S'IL TE PLAÎT...
... FAIS...
... VITE...
... OUAIS...
JE VAIS Y ALLER MOLLO, T'INQUIÈTE !
CLIC !
ビッ
AOI ?!

... OUH...
BEN ALLEZ, MIYU...
CRII...
PLUS VITE !!
ENSE AU MAUVAIS SORT !
JE NE VEUX PAS...
MAIS SI C'EST VRAI...
J'AI TROP PEUR ! AU SE-COURS !!

"VOUS ÊTES MAUDITS ! POUR LEVER LA MALÉDICTION, VOUS ALLEZ IMMÉDIATEMENT LAISSER VOS MARQUES SUR LA PEAU NUE DE L'AUTRE !
オ前タチハ呪ワレル
呪ワレタクナケレバ
タダチニ肌ヲサラシ
唇デ互イノ首スジニ印ヲ刻メ
EN RÉSUMÉ...
TU VAS DEVOIR TE DESSAPER !
SI JE COMPRENDS BIEN, ON DOIT SE FAIRE TOUS LES DEUX DES SUÇONS ?
HEIN ? C'EST RIDI...
BLAF !
GYAH !
ARRÊTE ! POURQUOI TU ÔTES TES HABITS ?
J'AI PAS ENVIE D'ÊTRE MAUDIT, MOI !
OUI, MAIS C'EST JUSTE UN JEU...
Y A MARQUÉ : IMMÉDIATEMENT !
DÉPÊCHE OU ON NE POURRA PAS LEVER LA MALÉDICTION !
ALLEZ !
MALÉDICTION
MALÉDICTION
MALÉDICTION
MALÉDICTION
MALÉDICTION
MALÉDICTION

CLUTCH !
がしっ
HAMANO ?!
ALLEZ, VIENS ! ON JOUE LE JEU !!
ME LAISSE PAS SEUL, QUOI !! ♡
LÂCHE-MOI, HAMANO !!
C'EST MIYU... ELLE...
... ELLE EST EN DANGER !!
SALLE DE MUSIQUE
...?
QU'EST-CE QUE ÇA VEUT DIRE ?
MMH...

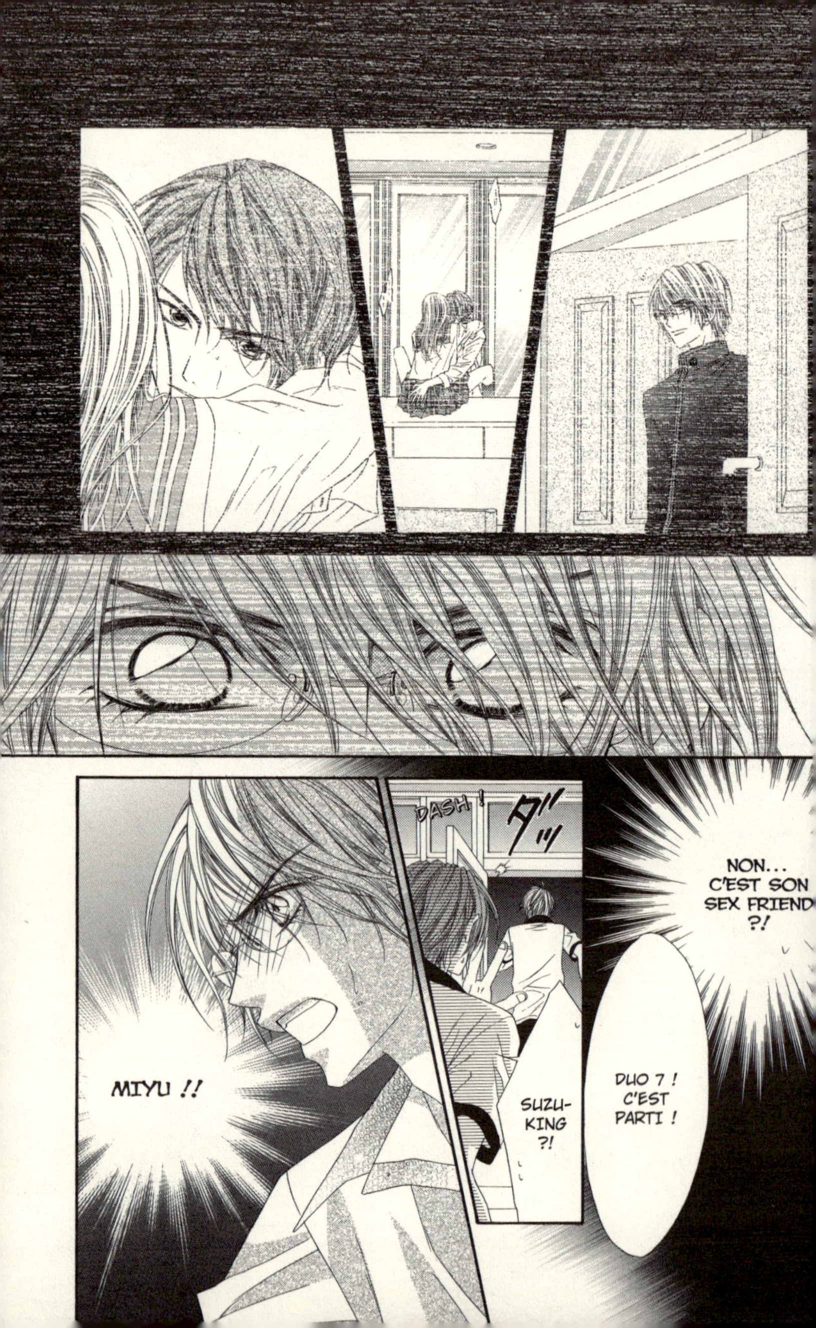
NON... C'EST SON SEX FRIEND ?!
DASH !
DUO 7 ! C'EST PARTI !
SUZU-KING ?!
MIYU !!

LES COUPLES 2 ET 1 SONT ARRIVÉS !
LE DUO 1 DEVRA DONC SUBIR UN GAGE.
SI VOUS NE VOULEZ PAS AVOIR DE PÉNALITÉ ET ÊTRE OBLIGÉS DE FAIRE UN TOUR DE L'ÉCOLE EN MAILLOT DE BAIN...
... VOUS ALLEZ DEVOIR FAIRE LE PARCOURS EN VITESSE !
ET LE DUO 4, AVEC MIYU ?
J'ESPÈRE QUE ÇA SE PASSE BIEN...
EN PLUS, JE N'AI PAS CONFIANCE EN SON PARTENAIRE...
JE L'AI DÉJÀ VU QUELQUE PART...
FRSH !
JE ME DEMANDE SI ELLE ARRIVERA JUSQU'AU BOUT...
...?!
COMMENT ÇA ?!
<< À PARTIR D'AUJOURD'HUI, TU NE SERAS PLUS DANS MES PATTES! >>

BIP
ALORS ? OÙ ON DOIT ALLER ?
À LA SALLE DE MUSIQUE...
PRÊTS, DUO NUMÉRO 7 ?
C'EST BIENTÔT VOTRE TOUR !
AH, HA, HA, SUZU-KING !
N'AIE PAS PEUR, JE SUIS AVEC TOI !
BRT BRT BRT
BRT ! BRT !
ALLÔÔÔ ?
MH ? AH... VRAIMENT ?
D'AC-COOORD !

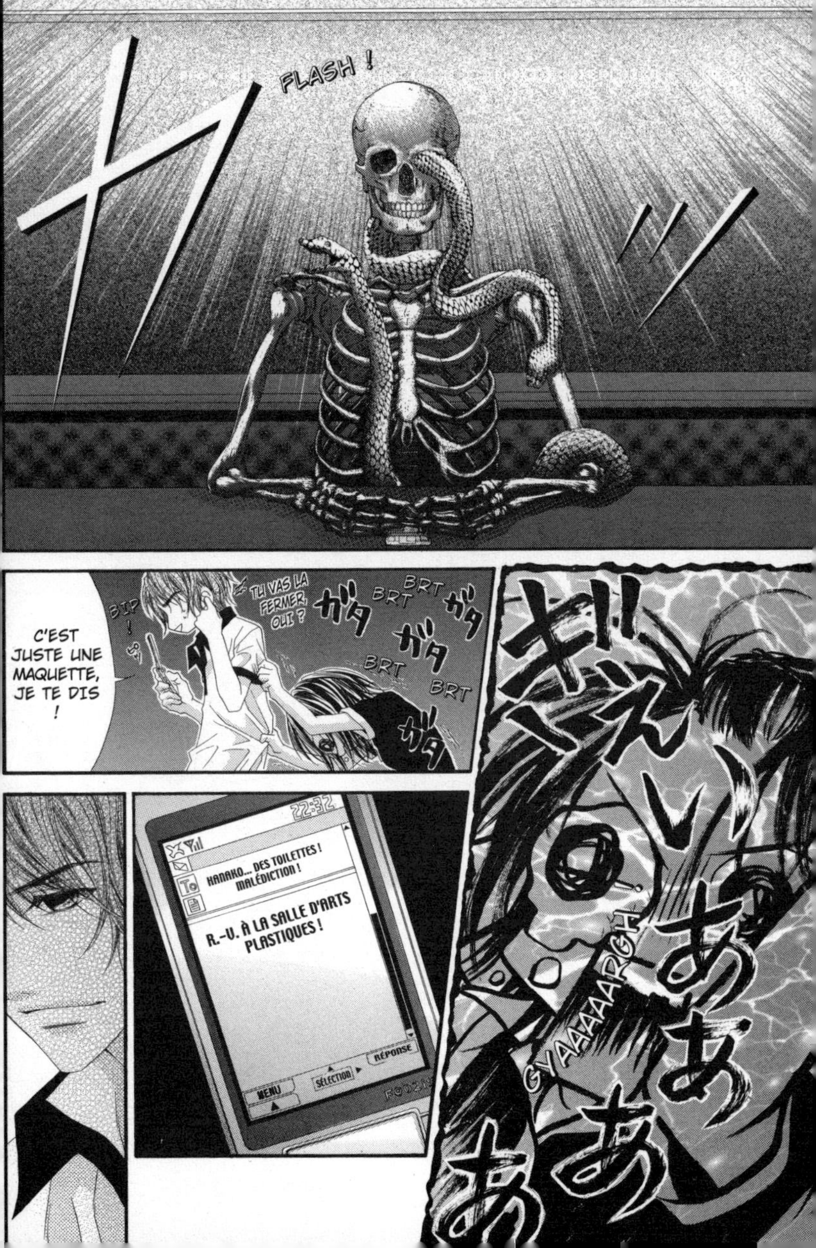
FLASH !
GYAAAAARGH
あああ
TU VAS LA FERMER, OUI ?
ガタ
BRT
BRT
ガタ
ガタ
BRT
BRT
ガタ
BIP !
C'EST JUSTE UNE MAQUETTE, JE TE DIS !
22:32
HANAKO... DES TOILETTES ! MALÉDICTION !
R.-V. À LA SALLE D'ARTS PLASTIQUES !
MENU
SÉLECTION
RÉPONSE

HUR
HUR
ÇA... ÇA SUFFIT...
... JE CROIS QUE JE VAIS Y RESTER...
HUR
HUR
ARRÊTE, MIYU ! TU VAS FINIR PAR ME TUER !!
JE N'Y PEUX RIEN ! JE NE PEUX PAS FAIRE UN PAS TOUTE SEULE !!
BLIP !
GYAAAAAH !
HIAAAARGH !
OUH !
OUH !
RATTLE
ON SE GROUILLE D'ALLER À L'ARRIVÉE !
VITE ! VITE !
MAIS OUIIII !
MOI NON PLUS, JE NE VAIS PAS TENIR !
BI LI LI LI LI
PILILI
PILILI
UN PORTABLE... IL SONNE !
ÇA DOIT ÊTRE POUR NOUS INDIQUER NOTRE PROCHAINE DESTINATION ?
... MH ?
Y A UN TRUC ACCROCHÉ, LÀ...
GTACHCK

OOOUH
...
OUUUH
...
LABORATOIRE I
OOOOUH
...

TELLEMENT IMPRÉVU... MAIS JE SUIS TROP CONTENTE !
ON EST BIEN CENSÉS ALLER AU LABO, C'EST ÇA ?
OUI, MAIS LÀ, J'AI TROP LES PÉTOCHES !!
NI-N-N-N-N-N-NISHINA...
J-J-J-JE PEUX TE TENIR PAR LA MANCHE ?
AH NON ! TON COPAIN EST UN PSYCHOPATHE !
OUI, MAIS ...
JE-JE NE PEUX MÊME PAS FAIRE UN PAS...
AH NON, J'AI PAS ENVIE DE ME RETROUVER AVEC UNE MANCHE ÉTIRÉE...
PAR CONTRE...
AH...
BRT !
BRT !
BRT !
BRT !

ALLEZ, ALLEZ ! DUO 4, EN ROUTE !!
GNIH !
ひいっ
HÉ, C'EST MA COPINE, LÀ !
JE T'INTERDIS DE POSER TES SALES PATTES SUR ELLE !
BUZZ
ざわっ
AH BOOOON ?!
PAS POSSIBLE !
HOUUUUU !!!
BLAF !
ぱっ
AH BON ?
DÉSOLÉ ! JE VAIS ME SURVEILLER !
ON Y VA, MIYU !!
J... J'ARRIVE !
OH, LÀ, LÀ...
C'ÉTAIT TELLEMENT...

BON, LE DUO 1 PART EN PREMIER ET ENSUITE, VOUS SORTEZ TOUTES LES 5 MINUTES !
PREMIÈRE DESTINATION : LE LABO DE SCIENCES !!
うぃーっす!!
OUAH !
AOI ?
BON... JE POURRAIS PEUT-ÊTRE ME LIBÉRER EN TANT QUE MANAGER, MAIS...
JE DOIS ASSUMER ! C'EST MOI QUI AI FAIT ENTRER NOA ICI...
QUI SAIT CE QU'ELLE POURRAIT ENCORE TE FAIRE ?
PAS QUESTION DE PARTIR SEUL.
ドキッ...
WUP !
IL S'EN FAIT POUR MOI ?
JE SUIS TROP CONTENTE !
ON EST DANS LE MÊME CLUB !
ON POURRA TOUJOURS ÊTRE ENSEMBLE !

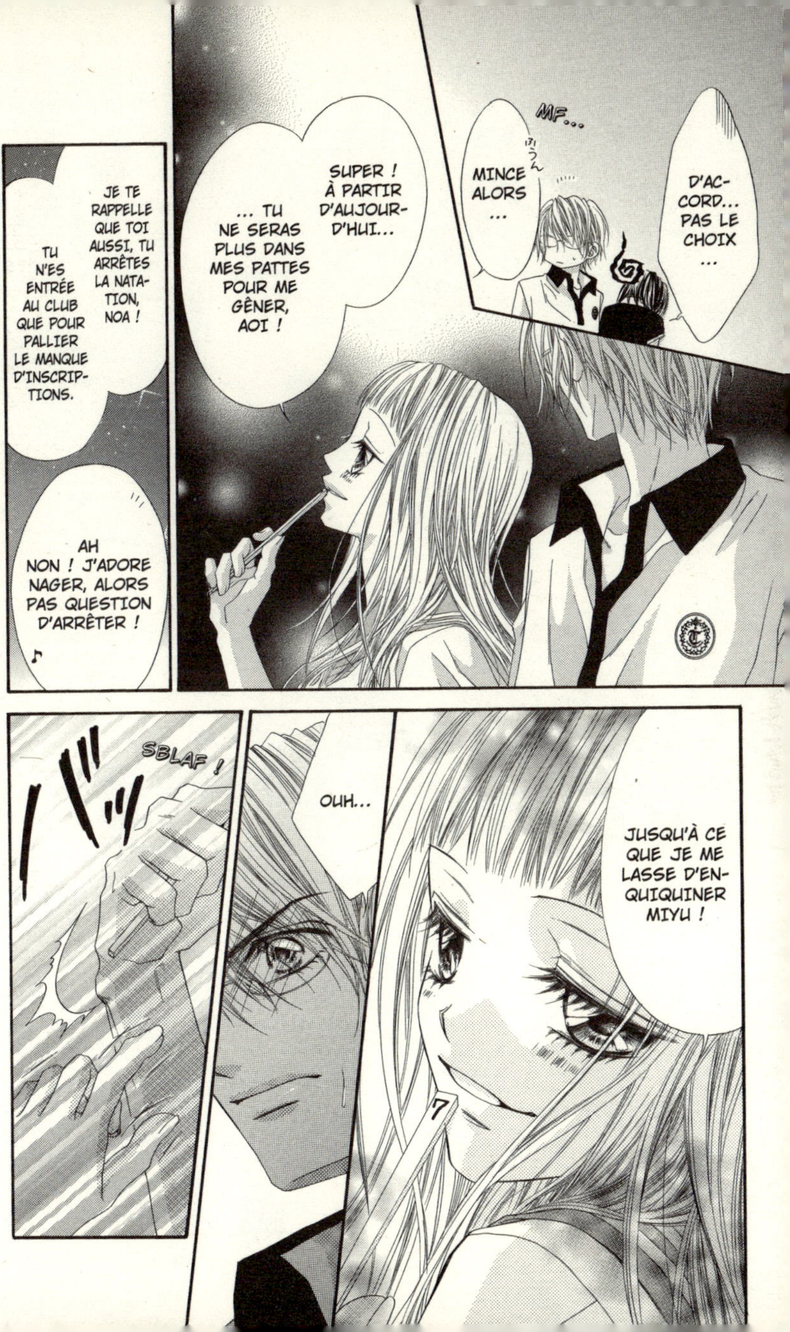
D'AC-CORD... PAS LE CHOIX ...
MF...
ふうん
MINCE ALORS ...
SUPER ! À PARTIR D'AUJOUR-D'HUI...
... TU NE SERAS PLUS DANS MES PATTES POUR ME GÊNER, AOI !
JE TE RAPPELLE QUE TOI AUSSI, TU ARRÊTES LA NATA-TION, NOA !
TU N'ES ENTRÉE AU CLUB QUE POUR PALLIER LE MANQUE D'INSCRIP-TIONS.
AH NON ! J'ADORE NAGER, ALORS PAS QUESTION D'ARRÊTER ! ♪
JUSQU'À CE QUE JE ME LASSE D'ENQUIQUINER MIYU !
OUH...
SBLAF !

POUR TOI, AOI ! LE DERNIER BÂTONNET !
AH... DÉSOLÉ...
JE NE SUIS LÀ QUE PROVISOIREMENT...
... JE NE SUIS PAS CENSÉ PARTICIPER...
JE VAIS DEVOIR CHERCHER UN CONSULTANT OFFICIEL, ALORS...
QUOI ?!
BLOONG !
TU VEUX QUITTER LE CLUB DE NATATION ?
MIYU ...
J'AI BESOIN DE TEMPS POUR CE QUE TU SAIS !
JE NE PEUX PAS CONTINUER À VENIR AU CLUB.
AH...
<< MON ONCLE A ACCEPTÉ DE ME LAISSER SON APPARTEMENT...
<< ... À LA CONDITION QUE JE SOIS MANNEQUIN POUR LUI. >>
J'AI VRAIMENT BESOIN DE PARTIR DE CHEZ MOI...
ALORS TU VEUX T'ÉMANCIPER EN TRAVAILLANT ?
TU AS
FIN DÉCIDÉ
'INTÉGRER
RE AGENCE ?
OFFRES D'EMPLOI

ET VOICI LA SUITE DU JEU DE LA PEUR. CETTE FOIS-CI, LA SCÈNE DU SQUELETTE ET DU SERPENT M'A DONNÉ BEAUCOUP DE TRAVAIL. TROP RÉALISTE : J'ADORE (RIRES) ! ÇA ME RAPPELLE LA FOIS OÙ, LORS D'UN DE MES VOYAGES DE RECHERCHE À OKINAWA, J'AI PU M'ENROULER UN GRAND SERPENT BLANC AUTOUR DU COU. IL ÉTAIT SI LOURD QUE J'AI CRU QUE MES ÉPAULES ALLAIENT ÊTRE BROYÉES. J'AI ÉTÉ ÉGALEMENT TRÈS
SURPRISE DE LA TEXTURE DE SA PEAU : ON DIRAIT VRAIMENT UN JOUET EN CAOUTCHOUC !
QUAND IL S'AGIT DE FAIRE PREUVE DE COURAGE, JE SUIS TRÈS MAUVAISE. JE NE SUPPORTE PAS LE TRAIN FANTÔME DANS LES PARCS D'ATTRACTIONS. JE NE SUIS PAS DU TOUT DU GENRE À AVANCER EN FAISANT LA BRAVE... PLUTÔT DU TYPE À FIXER MES PIEDS. PEU IMPORTE QU'ON ENVOIE UN MONSTRE, JE NE SAIS JAMAIS CE QUI SE PASSE AU-DESSUS DE MA TÊTE.
(DU COUP, ÇA N'A AUCUN SENS !)
J'AIME PARTICULIÈREMENT LE COMPORTEMENT TOTALEMENT CRÉTIN DE KAICHI À LA FIN.
JE VOUS INVITE À SUIVRE SA ROMANCE JUSQU'AU BOUT...

ATTENTION, CETTE RUBRIQUE COMPORTE DES SPOILERS, ALORS LISEZ-LA À LA FIN DU MANGA !

TREIZIÈME PLONGEON

C'EST INCROYABLE CE QUE ÇA PASSE VITE, UNE SÉRIE EN 3 VOLUMES !
J'AVAIS AUPARAVANT RÉALISÉ DEUX FEUILLETONS DE LONGUE DURÉE. DESSINER UNE SÉRIE COURTE COMME CELLE-CI M'A FAIT L'EFFET D'UN BOL D'AIR FRAIS. VOUS AVEZ DÛ ATTENDRE POUR FINIR CHACUNE DE MES SÉRIES, J'EN SUIS NAVRÉE !
NOMBREUSES SONT LES SCÈNES QUE JE N'AI PAS PU DESSINER (RIRE FORCÉ), MAIS C'EST DE CETTE FAÇON QUE RHAPSODY IN HEAVEN A ENFIN PU ÊTRE TERMINÉ.
MERCI DE M'AVOIR ACCOMPAGNÉE PENDANT CE TEMPS SI COURT ET SI LONG À LA FOIS !
NE SERAIT-CE QUE POUR AVOIR PU DESSINER LE HORS SÉRIE CONSACRÉ À NOA, JE SUIS CONTENTE D'AVOIR FAIT RHAPSODY IN HEAVEN ! JE ME SENS COMBLÉE.
JE ME SUIS DÉJÀ ATTELÉE À MA TOUTE NOUVELLE SÉRIE. ELLE COMMENCERA AU MOMENT DE LA MISE EN VENTE DE CE VOLUME. C'EST UN VRAI CHALLENGE : LE TITRE SERA : "KYÔ KOI WO HAJIMEMASU".
ENFIN, J'AI OBTENU DE FAIRE UNE SÉANCE DE DÉDICACE ! JE SUIS SI HEUREUSE ! LE LIEU : À KYÔTO (POUR LA DEUXIÈME FOIS).
SI VOUS HABITEZ DANS LE COIN, VENEZ ME VOIR !! QUI SAIT... IL Y AURA PEUT-ÊTRE DES CADEAUX ?

MINAMI KANAN

LE PLUS EFFRAYANT ...
... CE SONT LES HUMAINS EUX-MÊMES !!
OUAH ! TOI AUSSI, TU AS TIRÉ LE NUMÉRO 4 ?
JE COMPTE SUR TOI !
HAAAA ...
BLAF !
T'EN FAIS PAS ...
JE SUIS LÀ POUR TE PROTÉGER.
AAAH ...
BLAF

JE NE VEUX PAS SORTIR ! J'ABANDONNE !
MIYU ?
EN MAILLOT DE BAIN AUTOUR DE L'ÉCOLE, IL NE FAUT PAS...
OUAH !
FRRT
FRRT
ふる ふる
FRRT
ふる
EH OUI ! MIYU N'A JAMAIS ÉTÉ TRÈS À L'AISE AVEC CE GENRE DE TRUC...
PAS QUESTION DE RENONCER AVANT DE COMMENCER !
ALLEZ ! TIRE !
HÉ FÉ
ALLEZ, LES FANTÔMES NE FONT PAS PEUR, MIYU !

TRÈS BIEEEN !!
MERCI À TOUTES LES PREMIÈRES ANNÉES D'ÊTRE VENUES !!
VOUS ALLEZ ASSISTER À PRÉSENT À LA CÉRÉMONIE SPÉCIALE D'ACCUEIL DES NOUVEAUX DU CLUB DE NATATION !
JE DÉCLARE OUVERT LE GRAND TOURNOI DU COURAGE DE NOTRE ÉCOLE !!
HIRK HIRK
HIRK
LES SECONDES ANNÉES ET MOI, NOUS ALLONS TENTER DE VOUS FAIRE MOURIR DE PEUR...
... ACCROCHEZ-VOUS BIEN !! ♡
TOUT LE MONDE SE MET EN COUPLE FILLE-GARÇON !
LE DUO QUI AURA MIS LE PLUS DE TEMPS À ATTEINDRE LE BUT...
... ET TOUS CEUX QUI ABANDONNERONT... SERONT PUNIS !!
TOUT LE MONDE EN MAILLOT, ET FAITES UN TOUR DE L'ÉCOLE ! ♡
HÉ ! ON VA SE FAIRE CHOPER !!
EH BIEN FONCEZ, POUR NE PAS VOUS FAIRE PRENDRE !
BIEN. NOUS ALLONS TIRER LES COUPLES AU SORT !
AH NON ALORS...
AH...
EUH...

C'EST QUOI, ÇA ?
POURQUOI TOUTES LES PREMIÈRES ANNÉES SONT RÉUNIES ICI AUSSI TARD LE SOIR ?
VA SAVOIR... MOI AUSSI, ON M'A DIT DE VENIR...
... C'ÉTAIT UNE SECONDE ANNÉE DU CLUB DE NATATION...
J'AI TROP HÂTE DE PARTIR...
J'AIME PAS RESTER SI TARD À L'ÉCOLE...
POF !
ÇA ALORS ! NE SOIS PAS BÊTE !!
JE NE TE LAISSERAI PAS PARTIR SI TÔT !!
GYAH !

DING DOOONG !!
ET DONC, ACTUELLE-MENT…
… LE CLUB DE NATATION SE COMPOSE DE 15 MEMBRES EN PREMIÈRE ANNÉE ET DE 10 EN SECONDE ANNÉE, SOIT 25 MEMBRES.
ON NOUS A MÊME AFFECTÉ UN CONSEILLER OFFICIEL !
J'AURAIS JAMAIS CRU QU'ON AURAIT AUTANT DE NOUVEAUX !
EH OUI ! EN PLUS, DES ANCIENS SONT MÊME REVENUS.
AAAH !
AH, MAIS AU FAIT… ET AOI ?

DING DOONG
キーンコーン

ARRÊTE DE T'EXCUSER.
QUAND TU AS L'AIR DE SOUFFRIR COMME ÇA...
... ÇA ME FAIT MAL AUSSI.
ÇA NE ME FAIT RIEN.
SI TU NE LE PRENAIS PAS TANT À CŒUR, TOI AUSSI ?

MH...
... MÊME SI LES CHANCES QU'ELLE PRENNE ÇA AU SÉRIEUX...
... ÉTAIENT PROCHES DE ZÉRO.
MAIS BON...
TU ES SÛRE QUE ÇA VA ?
ÇA NE T'A PAS TROP BLESSÉE ?
J'AURAIS DÛ L'EMPÊCHER DE PARTICIPER À TA PLACE...
... MAIS FINALEMENT...

OUAH !
SUPER, TOUS LES NOUVEAUX SONT LES BIENVENUS !!
ON VA PASSER DES ANNÉES LYCÉE GÉNIALES EN LES CONSACRANT À LA NATATION !
MIYU...
HÉ HÉ
BUZZ
AH NON ! PAS QUESTION QUE JE NAGE ENCORE !
BUZZ
ET COMME ÇA, LA CÉRÉMONIE TRADITIONNELLE DU CLUB DE NATATION NE SERA PAS ANNULÉE !
CHOUETTE ! ON VA RÉUNIR LES DEUXIÈMES ANNÉES ET PRÉPARER L'ÉVÈNEMENT !
UNE CÉRÉMONIE TRADITIONNELLE ?
TU POURRAIS DEMANDER À NOA ?
TU AS VU ÇA ? ELLE ASSURE !!
TU LE SAVAIS ET C'EST POUR ÇA QUE TU L'AS FAIT ENTRER AU CLUB, HEIN, AOI ?

QUE JE SUIS CONTENTE !!
TU AS ENFIN DÉCIDÉ DE T'Y METTRE, NOA !!
HEIIIN ?!
EN ME REMPLAÇANT, TU M'AS DONNÉ ENCORE PLUS ENVIE DE TRAVAILLER !
MAIS NON ...
D'ACCORD, JE VAIS FAIRE PLUS D'EFFORTS POUR ÊTRE UNE BONNE PRÉSIDENTE DE CLUB !
NON, JTE DIS ...
J'AURAIS TELLEMENT VOULU TE VOIR NAGER !
ZUUUT !
DÈS LA FIN DES COURS, TU ME MONTRES !!
MOI AUSSI, JE VEUX VOIR ÇA ! JE PEUX M'INSCRIRE ?
MOI AUSSI !

N'IMPORTE QUOI !
SI ON AVAIT UNE PRÉSIDENTE DIGNE DE CE NOM, ÇA NE SERAIT PAS ARRIVÉ !
NE T'EN FAIS PAS, MIYU. LA PROCHAINE FOIS QUE TU TE DÉSISTERAS...
... JE PRENDRAI ENCORE TA PLACE ! ♡
TU ES SÉRIEUSE...
... LÀ ?
MAIS BIEN SÛR !
C'EST ÇA ! TU L'AS MAUVAISE, HEIN !!
VLAAAM

ZRF !
BUZZ
C'EST NOA...
OOH...
NOA...
TU AS L'AIR EN FORME...
... MISS MIYU, LA PIRE DES PRÉSIDENTES DE CLUB !
TU VOIS COMME JE SUIS SYMPA ?
VU QUE TU N'ÉTAIS PAS DU TOUT À LA HAUTEUR...
... J'AI NAGÉ À TA PLACE ! ♡
ARRÊTE TON CHAR, PUNAISE !
ON A TOUT DE SUITE DÉCOUVERT QUE TU N'ÉTAIS PAS MIYU !
ET ENSUITE, ÇA A MENÉ À LA DISQUALIFICATION DE HAMANO !
HÉ ! TU N'ES PAS TSUKASA, TOI !!
AH, HAA... ♡
COMMENT ?
ET EN PLUS, ON A ÉTÉ EXCLUS DE LA PROCHAINE COMPÉTITION !

*NOA, LA PRÉSIDENTE DU CONSEIL DE TENKAI ÉTABLIT LE TOUT NOUVEAU RECORD DE NATATION DE L'ÉCOLE !!
**LA SIRÈNE DE L'ÉCOLE

MMMH !!
ENFIN GUÉRIE !! ☆
BON…
ALORS VOYONS LES RÉSULTATS DE LA COMPÉTI…
TWT
AOI N'A RIEN VOULU ME DIRE…
JE TE LE DIRAI…
… À L'ÉCOLE, QUAND TU SERAS REMISE !
… AH !
BONJOUR, AOIIIII !!
MI…
MIYU…

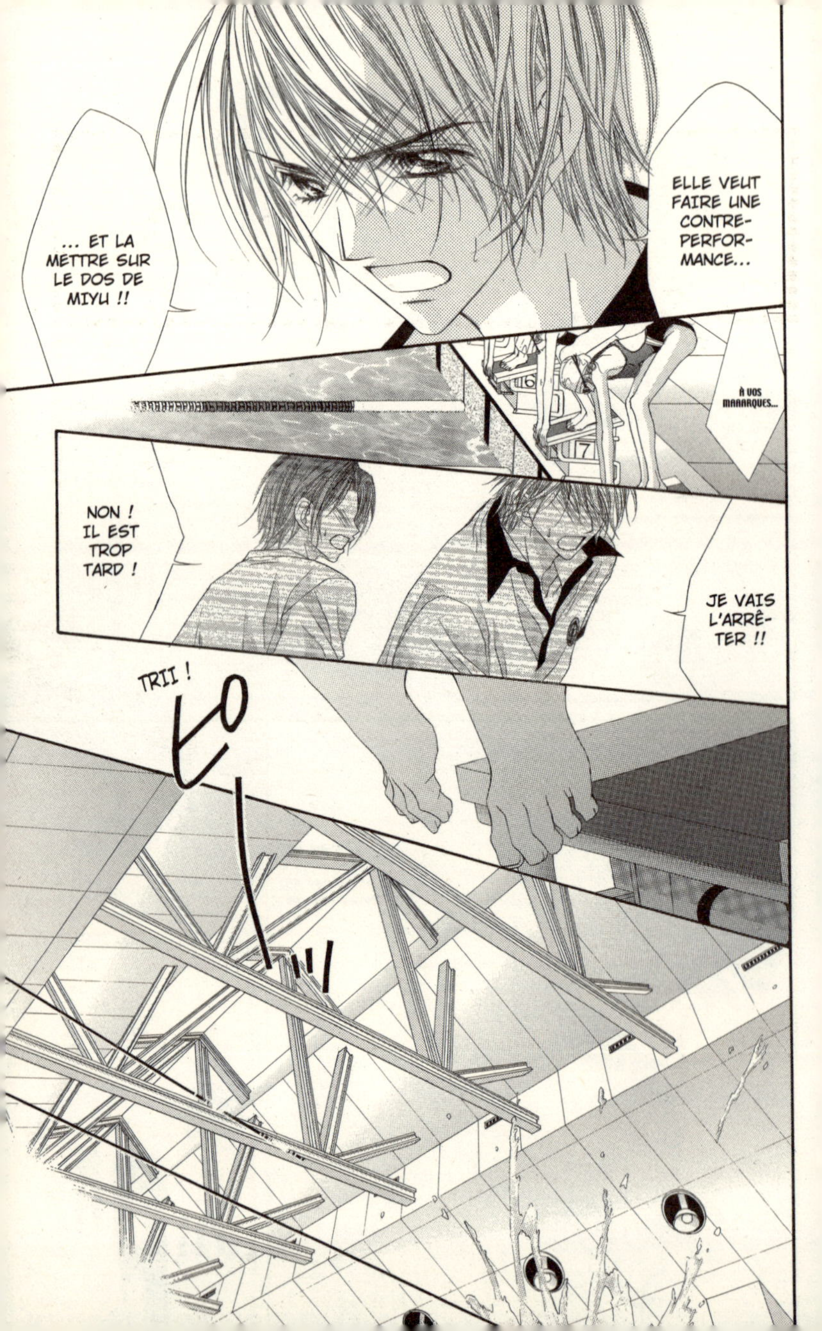

ELLE VEUT FAIRE UNE CONTRE-PERFORMANCE...
... ET LA METTRE SUR LE DOS DE MIYU !!
À VOS MAAARQUES...
JE VAIS L'ARRÊTER !!
NON ! IL EST TROP TARD !
TRII !

HEIN ?
C'EST QUOI CETTE HISTOIRE, SUZUKING ?
ELLE EST BIEN RENTRÉE, NON ?
C'EST PAS POSSIBLE...
C'EST NOA ?!
ELLE S'EST TROMPÉE ENTRE SA COURSE...
... ET CELLE DE MIYU !!
NON, CE N'EST PAS ÇA !

... JE N'HÉSITERAI PAS...
... À TOUT FAIRE POUR TE L'ÔTER !
GWIP !
グイッ
NE T'EN FAIS PAS POUR ÇA.
ÇA N'ARRIVERA JAMAIS !
...
...
JE PRÉFÈRE ÇA !
...
ET NOUS ACCUEILLONS MIYU TSUKASA DE TENKAI DANS CETTE HUITIÈME COURSE...

SI AUJOUR-D'HUI ELLE A FAIT UN MALAISE...
SPEEDO
... C'EST À CAUSE DE TOI, HEIN ?
AAH...
OUI, J'AVOUE.
JE...
J'AI RENONCÉ À ELLE EN TANT QUE PETITE AMIE...
... MAIS ELLE EST TOUJOURS AUSSI IMPORTANTE POUR MOI !
SI TU CONTINUES À LUI CRÉER DES ENNUIS...

OUI... MAIS MÊME SI JE NE SUIS PAS AUSSI PASSIONNÉ DE NATATION QUE MIYU...
... ÇA FAIT LONGTEMPS QUE JE NAGE À SES CÔTÉS...
... DU COUP, JE SAIS À QUEL POINT ÇA COMPTE POUR ELLE...
ALORS...
TU N'AS PAS À TE GÊNER DEVANT NOA.
SI TU HÉSITES À LUI PARLER...
... JE M'EN CHARGERAI !
SUZUKING...
ELLE NE PEUT RIEN CONTRE TOI !
LA SEMAINE DERNIÈRE, MIYU EST ALLÉE TE VOIR...
... ET DEPUIS LE JOUR OÙ LE CLUB A FERMÉ, ELLE N'AVAIT PAS L'AIR BIEN.

TU PRENDS DES NOTES SUR TOUTES LES COURSES ?
HAMANO...
ÇA ALORS ! C'EST DÉTAILLÉ ...
NAGASHIMA MINORU
WADANO MIKA
OKA KEIKO
AYA
NAGISA
J'AI PENSÉ QUE PEUT-ÊTRE...
... MIYU VOUDRAIT SAVOIR CE QUI S'EST PASSÉ PENDANT LA JOURNÉE.
AVEC ÇA, PAS DE PROBLÈME !
T'ES TROP TOP, SUZUKING !!
... PAR CONTRE, NOA ...
MAIS QU'EST-CE QUE JE M'IMAGINE, MOI ? ELLE N'EST SÛREMENT PAS DANS LA TRIBUNE ...
CHECK
CHECK
JE NE L'AI PAS VUE DEPUIS QU'ELLE EST ALLÉE AUX VESTIAIRES.
JE VOULAIS M'EXCUSER...
... POUR LUI AVOIR CRIÉ DESSUS, MAIS BON...

D'AC-
CORD...
... JE
VAIS FAIRE
ATTENTION...
ET
MAINTE-
NANT...
NOUS ALLONS
ASSISTER AUX
SÉLECTIONS 200
MÈTRES NAGE
LIBRE FEMMES !
MINCE
ALORS,
C'EST
QUOI,
ÇA ?
TROP COOL,
SUZUKING !!

JE SUIS IMPARDONNABLE ! JE NE ME SUIS RENDU COMPTE DE RIEN PENDANT LES ENTRAÎNEMENTS !
SI MIYU EST DANS CET ÉTAT...
... C'EST À CAUSE DE MA NÉGLIGENCE !
JE SUIS VRAIMENT DÉSOLÉ !
MA PETITE MIYU...
QUAND QUELQU'UN DE TRÈS IMPORTANT ENTRE DANS TA VIE...
... TU DOIS PRENDRE SOIN DE TOI...
... AUTANT QUE TU PRENDS SOIN DE LUI.

LES COMPÉTITIONS SONT NOMBREUSES...
... MAIS TOI, TU N'AS QU'UN CORPS, MIYU !
OUI...
JE LE SAIS, PAPA...
DÉSORMAIS, JE NE FERAI PLUS N'IMPORTE QUOI.
... C'EST PROMIS...
POUR QUE TU PROMETTES AUSSI FACILEMENT...
... JE SUIS SÛR QU'IL Y A UN GARÇON DERRIÈRE TOUT ÇA ?
JE SAIS ! CE NE SERAIT PAS AOI SUZUKI ?
C'EST LUI QUI M'A CONTACTÉ !
ぼっ
BOM !
あわ
OUPS
HEIN ? MAIS...
... CO... COMMENT TU AS SU ?
あわ
OUPS
JE LE SAVAIS ! S'IL N'AVAIT ÉTÉ QU'UN SIMPLE ACCOMPAGNATEUR...
... IL N'AURAIT PAS EU L'AIR AUSSI CONCERNÉ.

NOA NAGE COMME UNE DÉESSE. AH, HA, HA ! COMME C'EST UNE SIRÈNE, J'EN AI PROFITÉ POUR FAIRE UN CLIN D'ŒIL EN ILLUSTRATION D'OUVERTURE DE CHAPITRE : LA PETITE SIRÈNE. J'AI BEAUCOUP INSISTÉ À LA FIN DU VOLUME SUR L'ÉCLAIRAGE PAR EN DESSOUS DE CETTE PETITE PESTE. ON DIRAIT UNE VIPÈRE ! (RIRES) MERCI POUR LE MAGNIFIQUE TRAVAIL DE TRAMES... GNIH, HI, HI !
MAIS BON, MALGRÉ TOUT, JE ME DEMANDE COMBIEN DE TEMPS NOA POURRA TENIR LE HAUT DE L'AFFICHE... J'AI L'IMPRESSION DE N'ÉCRIRE QUE SUR ELLE DANS CES RUBRIQUES. ET CE N'EST PAS FINI !

DOUZIÈME PLONGEON

ULTRA MERCI

HARUKA TOMIOKA
MASAKO KUDO
MIKIKO MORI
RINA TANIGUCHI
MARIE IKEDA
CHIKA SHIINA
CHIYO NABE
MAEDA, MON PRÉCÉDENT RESPONSABLE
MENCHI, MON RESPONSABLE ACTUEL
LALA KAWAI, MA DESIGNER
MES PARENTS
TOUS CEUX QUI ONT ACHETÉ CET OUVRAGE
ET À TOUS MES LECTEURS !!

POUR TOUS VOS COMMENTAIRES ET VOS LETTRES, VOICI OÙ ME CONTACTER :
↓ ↓↓

T101-8001
TOKYO TO CHIYODA KU
HITOTSU BASHI 2-3-1
SHÔGAKKAN SHÔJO COMICS,
À L'ATTENTION DE
MINAMI KANAN

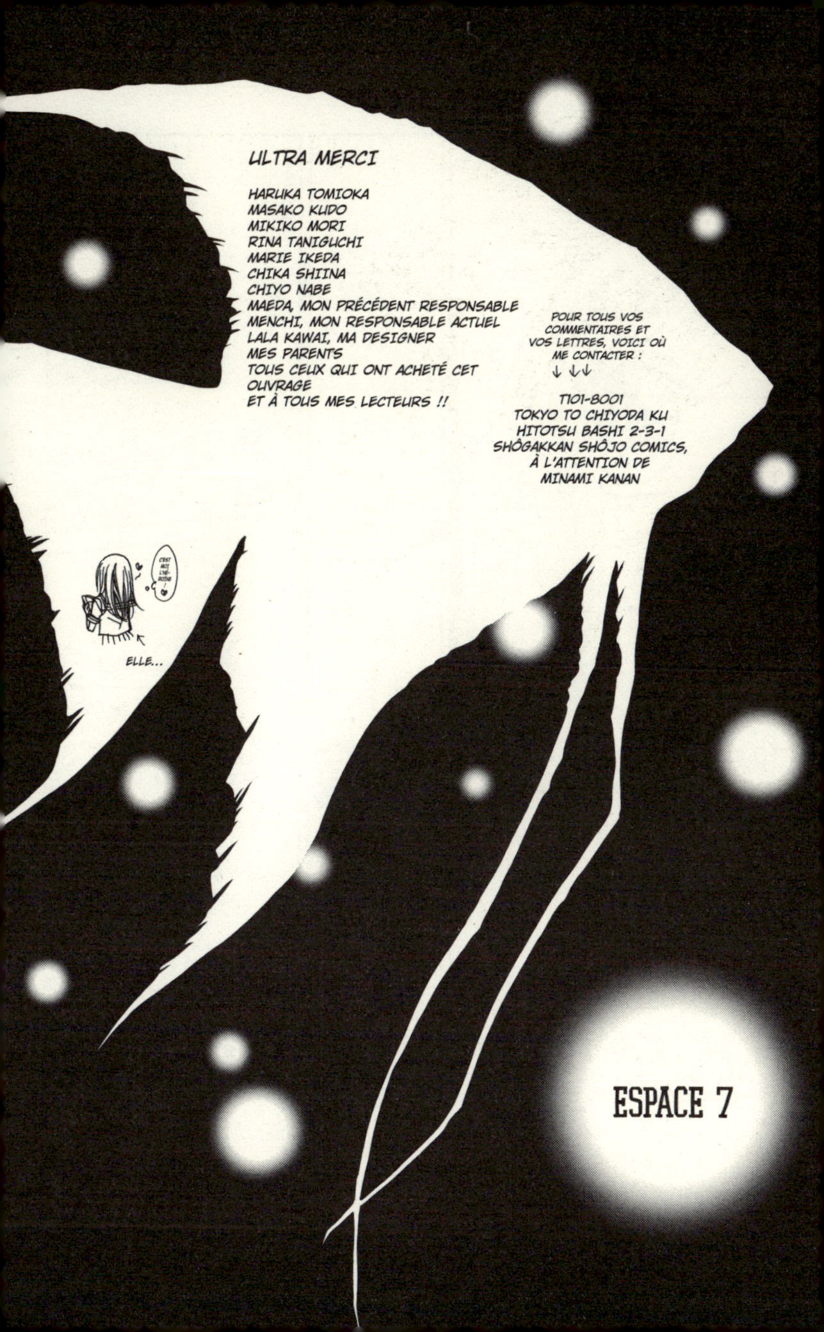

ESPACE 7

OUH...
BAF !
HEIN ?
QU'EST-CE QUI LUI PREND ?
C'EST PAS LUI, ÇA...
HAMANO A RAISON...
VA VITE TE CHANGER, NOA !
MAIS QU'EST-CE QUE VOUS AVEZ TOUS, À LA FIN ?
VOUS N'EN AVEZ QUE POUR CETTE NANA !
TRÈS BIEN...
JE VAIS LUI APPRENDRE, MOI, À CETTE GRELUCHE !!

MIYU N'A JAMAIS EU DE CHANCE AVEC LES COMPÉTITIONS...
C'EST POUR ÇA QUE MALGRÉ TOUT SON TALENT...
... ELLE N'OBTIENT JAMAIS DE RÉSULTATS AUX CONCOURS.
OUH ...
À CHAQUE FOIS, JUSTE AVANT LES ÉPREUVES... ... ELLE SE BLESSE, OU ELLE TOMBE MALADE...
TU PARLES D'UNE PRÉSIDENTE DE CLUB !
ELLE N'EST PAS FAITE POUR ÇA, C'EST TOUT !
ガッ
CLUTCH !
ÇA SUFFIT ! TU NE SAIS PAS À QUEL POINT C'EST DUR POUR ELLE !
JE NE TE PERMETS PAS DE PARLER DE CETTE MANIÈRE !

... PLUS JAMAIS JE NE TE DIRAI ÇA !
BZZ
BZZ
DE QUOIIII ?!
MIYU TSUKASA...
... FORFAITE À CAUSE D'UNE FIÈVRE ?
C'EST QUOI CES SALADES ?
MOI, JE RENTRE...
C'EST FICHU, ALORS...
AH NON ! PAS ENCORE !
ENCORE ?

PARDON...
GTACK !
OUH...
OUH...
JE SUIS DÉSOLÉ, MIYU !!
C'EST PROMIS...

JE N'AIME PAS QUE TU METTES DE LA DISTANCE ENTRE NOUS...
... ÇA ME FAIT PEUR... JE ME SENS INQUIÈTE...
ÇA NE ME GÊNE PAS D'AVOIR DE LA FIÈVRE.
MAIS C'EST PROMIS...
... JE TE DIRAI DÉSORMAIS QUAND JE SUIS MALADE.
ALORS ARRÊTE DE PARLER COMME ÇA...
... DE SÉPARATION !!

PLC
PLC
JE...
JE SUIS DÉSOLÉE...
... MAIS...
C'EST JUSTE QUE SI TU AVAIS CRU QUE TU POUVAIS ME PASSER TON RHUME...
... TU AURAIS REFUSÉ DE M'EMBRASSER...
... JUSQU'À LA COMPÉTITION...
ALORS S'IL TE PLAÎT... QUAND TU NE TE SENS PAS BIEN...
... TU NE DOIS SURTOUT PAS ME LE CACHER !!

JE NE VOULAIS PAS QUE TU LE SACHES…
… AVANT LA FIN DES ÉPREUVES…
JE SUIS TROP NULLE…
JE N'AI AUCUN CARACTÈRE.
SI JE NE M'EN ÉTAIS PAS APERÇU…
… AVANT LA FIN DE LA COMPÉTITION …
ALORS ON SE SERAIT SÛREMENT SÉPARÉS !!
QUÔAAA ?!
QU… QU'EST-CE QUI TE FAIT DIRE ÇA ?!
C'EST ÉVIDENT, NON ?
IL FAUDRAIT ÊTRE UNE BELLE ORDURE…
… POUR NE PAS S'APERCEVOIR QUE CELLE QU'ON AIME SOUFFRE !
JE N'AURAIS PAS ÉTÉ À LA HAUTEUR.

BON, JE VAIS AVANCER MA VOITURE DEVANT L'ÉCOLE.
JE PEUX TE DEMANDER D'ACCOMPAGNER MA FILLE ?
BIEN SÛR.
VLAM...
EXCUSE-MOI, C'EST DE MA FAUTE.
TU AS RATÉ TA COMPÉTITION...
STACK !
HARK !
WOB
ÇA VA ?
MAIS NON, NE T'EN VEUX PAS !
TU AS TELLEMENT PRIS SUR TOI POUR MOI...
... C'EST DE MA FAUTE SI TU N'AS PAS PU TE RETENIR...

CENTRE DE SOIN
... GNH...
MIYU !
PAPA...
TU ES FOLLE OU QUOI ? TU AS 39 DEGRÉS DE FIÈVRE !
COMMENT AS-TU PU VOULOIR PARTICIPER À CETTE COMPÉTITION ?!

MAIS NON...
OUH...
HOUF...
はぁ…
AOI... JE VEUX Y ALL...
GNNH...
GTCHNG
BUZZ
BUZZ
ザワ
ザワ
MMMH...
...
BUZZ
ザワ
GNNH...
MF...

B'LAF !
OH, ÇA ?!
C'EST JUSTE L'EXPRESSION DE MON ÂME DE CHAMPIONNE !!
EUH... HUM...
CE N'EST PAS DE TA FAUTE, JE T'ASSURE !!
JE VOIS, C'EST DE MA FAUTE ...
NE VA PAS T'IMAGINER QUE JE VAIS TE LAISSER ALLER DANS L'EAU...
... AVEC CETTE TEMPÉRATURE !
TU N'IRAS PAS !
MAIS JE T'ASSURE QUE JE VAIS BIEN !
TU N'AS QU'À ME REGARDER NAGER !
TU N'AS PAS L'AIR BIEN DEPUIS LE LENDEMAIN DE TA VISITE CHEZ MOI.
JE SAIS CE QUE JE DIS !
ET MALGRÉ TOUT, TU AS CONTINUÉ À NAGER !!

MIYU...
WUP
ドキッ
!!
QUOIIIII ? AOI ?
NON ! TU NE VAS QUAND MÊME PAS... PAS ICI ?!
CE NE SERAIT PAS DE LA FIÈVRE, ÇA ?!
OUH...

AH OUI ... BONNE IDÉE ...
MIYU !
... MIYU ?!
BONJOUR ! ÇA VA ?
WUP
WUP
WUP
WUP
WUP
HEIN ? QU'EST-CE QUE TU AS ?
R.. RIEN !
JE SUIS EN PLEINE FORME !!
PRÊTE À TOUT !
BON, SI TU LE DIS...

COMPÉTITION DE NATATION INTERLYCÉES
C'EST PAS POSSIBLE... MOI QUI CROYAIS QUE MA FIÈVRE SERAIT TOMBÉE AVANT LE DÉBUT DE LA COMPÉTITION...
OUH HOU HOU !
VU LA SITUATION, ÇA VA ÊTRE UNE COURSE DE DÉLIRE...
HIN HIN HIN HIN
OUH HOU HOU !
OUI, MAIS C'EST LA FIÈVRE DE L'AMOUR !
C'EST L'AMOUR D'AOI QUI BRÛLE AU FOND DE MON CORPS !
... JE N'AI QU'À ME DIRE ÇA !

38.2°C

CLING
CLING
キラ
キラ
AH BOOON ? TU SAIS NAGER ?
CLING
キラ
HEIN ? NON, MAIS...
C'EST PAS GENTIL DE ME L'AVOIR CACHÉ !
ZRF
ZRF
ZRF
C'EST QUOI TA NAGE DE PRÉDILECTION ?
ZRF
ZRF
Y A RIEN DE MIEUX QUE LA NATATION !
J'ADORE CETTE TENSION QU'ON NE RESSENT QU'AU MOMENT DES COMPÉTITIONS !
C'EST TRISTE QU'ON NE SOIT QUE TROIS DANS CE CLUB...
... MAIS D'UN AUTRE CÔTÉ, GRÂCE À ÇA, ON PEUT PARTICIPER À TOUTES LES ÉPREUVES QU'ON VEUT !
HEIN, NOA !
BLAAF !
BLASH
ALLEZ ! MONTRE-MOI COMMENT TU NAGES !!
BLASH
LÂCHE-MOI, À LA FIN !!
ÇA A L'AIR D'ALLER ...
HO...

WOUUM
EST-CE QUE JE DOIS VRAIMENT TE RAPPELER QUE TU ES INSCRITE À LA COMPÉTITION ?!!
WOUUM
ÇA SIGNIFIE QUE TU DOIS POUVOIR FAIRE TON 100 MÈTRES DANS LE TEMPS IMPARTI !!
WOUUM
NOOON ! J'AI PEUUUUR !
WOUUM
SI TU NE FAIS PAS UN BON CHRONO...
... NOTRE ÉQUIPE PEUT DIRE ADIEU À SA PROCHAINE COMPÉTITION !!
WOUUM
GNIF
HUM... INTERDITS DE COMPÉTITION ?
ÇA, C'EST UNE BONNE NOUVELLE ! ♡
EH, HÉ, HÉ...
HEEEIN ?
ESSAIE UN PEU DE FAIRE EXPRÈS DE TRAÎNER...
... ET JE VAIS AUSSITÔT PARLER À TON PÈRE !
HIII !!
TU N'AS PAS DE CŒUR !!
SALETÉ D'AOI !!
SNARF
JE SAIS QUE TU ES UNE BONNE NAGEUSE.
ESSAIE D'ÊTRE UN PEU PLUS SÉRIEUSE, NOA !

AH NON, AOIIII...
HIIII ?!
KYAAAAH !!
WOB
OH NON ! ÇA S'EST ARRÊTÉ !
KAICHI ! TU VIENS M'AIDER À AVANCER ?
GLOUP
GLOUP
MIYU ?!
JE LE SAVAIS ! ELLE A ATTRAPÉ UN RHUME !
BLUSH !
TU VAS TE CALMER, OUI, NOAAA ?!
SBLASH !

BIP !
ピッ
MON...
HUUF
HUUF !
MON CHRONO ?
3 MIN 02 ET 17 CENTIÈMES...
MODE
PICCO
MULTI TIMER
ALBA
TU NE TIENS PAS LA FORME, AUJOURD'HUI.
TU N'AURAIS PAS ATTRAPÉ MON RHUME ?
GNIRK !
ギくっ
BON...
ALORS TU AS MAL QUELQUE PART ?
ARRÊTE DE DIRE N'IMPORTE QUOIII !!
DU TOUT, DU TOUT, DU TOUT !!
BLUUSH !
カーあっ

ALORS, MIYU ? CETTE FIÈVRE ?
BIP
AHHAHA !
EH NON ! JE N'EN AI PAS !
BEN TU VOIS, CRÉTIIIINE !!
MIOOO !
<< JAMAIS PERSONNE NE M'A REFILÉ SON RHUME... >>
C'EST VRAI QU'APRÈS AVOIR DIT ÇA, JE NE PEUX PAS ME PERMETTRE DE LOUPER L'ÉCOLE LE LENDEMAIN...
TOUT VA BIEN !
UNE PETITE FIÈVRE DE RIEN DU TOUT, ÇA VA DISPARAÎTRE BIENTÔT !
SPLASH !

BRRT
ぶる
BRRT
ぶる
ぶる
BRRT
MAIS POUR-QUOI ?!
JE N'AI POURTANT PAS DE FIÈVRE !
DE TOUTE MANIÈRE, LES CRÉTINS NE CHOPENT PAS DE RHUME !
ALLONS, MIO !!
NE PARLE PAS COMME ÇA DE TA SŒUR !!
RHA

ALORS, ON PEUT RECOMMENCER ?
AH ?
UN BAISER !
JE N'AVAIS PAS RÉPONDU !
TU NE VOULAIS PAS ?
SI...
ALORS JUSTE UNE FOIS !
D'ACCORD ?

EH OUI, JUSTE AVANT UNE COMPÉTITION.
MAIS TU PEUX VENIR QUAND TU LE VEUX.
ドキッ…
WUB...
JE SUIS MAL PLACÉ POUR TE DIRE ÇA...
... MAIS ATTENTION À NE PAS PRENDRE FROID !
MAIS NON !
PERSONNE NE M'A JAMAIS REPASSÉ SON RHUME !
...
SÛRE ?!

MIYU...
ÇA VA ?
MAIS OUI ! BIEN SÛR !
JE N'AI PAS EU DU TOUT MAL !
AH...
MAIS DIS...
ELLE EST EXTRAORDINAIRE, CETTE CHAMBRE !!
PAF !
はっ
C'EST LA GARÇONNIÈRE DE MON ONCLE...
IL S'EN SERVAIT POUR SES MAÎTRESSES...
C'EST UN PEU DIFFICILE D'Y INVITER DES AMIS.
(MÊME IMPOSSIBLE !)
JE COMPRENDS MIEUX POURQUOI TU NE VOULAIS PAS ME LA MONTRER.

JE ME DEMANDE SI ON POURRA MANGER CETTE GLACE UNE FOIS QU'ON L'AURA REMISE AU FREEZER...
PARDON !
TU L'AVAIS POURTANT ACHETÉE POUR MOI !
JE SUIS VRAIMENT UN RUSTRE ...
... À N'EN FAIRE QU'À MA TÊTE...
GWP
MAIS NON ! TU AS L'AIR D'ALLER MIEUX...
... JE SUIS CONTENTE D'ÊTRE VENUE !

... GHN...
OUH...
AH ?!
?!
AH...
ANH...
!!
GWISH
ギッ
GWISH
GWISH
ギッ
ギッ
OUAAH...

JE NE PEUX PAS RÉSIS-TER...
IMPOSSIBLE DE L'ARRÊ-TER...
DE LUI DIRE STOP ...
JE NE SAVAIS PAS QUE ÇA POU-VAIT ÊTRE AUSSI EXCI-TANT...

ARRÊTE DE FAIRE SEMBLANT DE NE PAS VOULOIR...
TOI AUSSI, TU ATTENDS LA SUITE, NON ?
JE M'INQUIÈTE POUR TOI, C'EST TOUT !
OUAH ...
HIRK !
ALLEZ...
TU VOIS COMME TU ES EXCITÉE...

AOI !
NON...
UN INSTANT !
TU AS TROP DE FIÈVRE !
TON RHUME VA EMPIRER !
AH... ET SI TU MANGEAIS TRANQUILLEMENT UNE GLACE ?
ÇA SUFFIT, MIYU...
HEIN ?

REVENONS-EN À CETTE FAMEUSE ÉPOQUE OÙ J'AI ÉTÉ MALADE.
JUSTEMENT, C'ÉTAIT LE MOMENT DU FEUILLETON OÙ MIYU ET AOI ONT LEUR RHUME...
ET TOUT AUTOUR DE MOI, MES ASSISTANTES SUCCOMBAIENT LES UNES APRÈS LES AUTRES À UNE ÉPIDÉMIE DE GRIPPE... INUTILE DE DIRE QUE C'ÉTAIT UNE PÉRIODE COMPLIQUÉE.
À L'ÉPOQUE MES PLANCHES ÉTAIENT TOTALEMENT DÉPOUILLÉES DANS LE MAGAZINE ET ELLES ÉTAIENT À PEINE VISIBLES... C'EST VRAI QUE PRODUIRE TOUTES LES PLANCHES EN SEULEMENT 24 HEURES... VOTRE PETITE MINAMI ÉTAIT TOTALEMENT À BOUT À CAUSE DE ÇA !!
APPAREMMENT, À NOTRE ÉPOQUE, BEAUCOUP D'AUTEURES LAISSENT LEURS ASSISTANTS S'OCCUPER DE TOUT LE CÔTÉ DESSIN. ENTENDRE ÇA M'A ÉNORMÉMENT SURPRISE.
POUR RÉUSSIR À DISTRIBUER LE TRAVAIL BIEN COMME IL FAUT, IL FAUT ÊTRE PRO, JE PENSE ! JE COMPRENDS, OUI, MAIS !
MOI, JE NE PEUX VRAIMENT PAS. JE NE SUIS PAS FRANCHEMENT PROFESSIONNELLE !!
ENFIN, QUAND LE FEUILLETON EST ADAPTÉ EN LIVRE, J'EFFECTUE QUELQUES RETOUCHES.
JE PENSE QUE VOUS QUI LISEZ CES VERSIONS RELIÉES, ÇA NE DOIT PAS VOUS DIRE GRAND-CHOSE, TOUT ÇA... DÉSOLÉE...

ONZIÈME PLONGEON

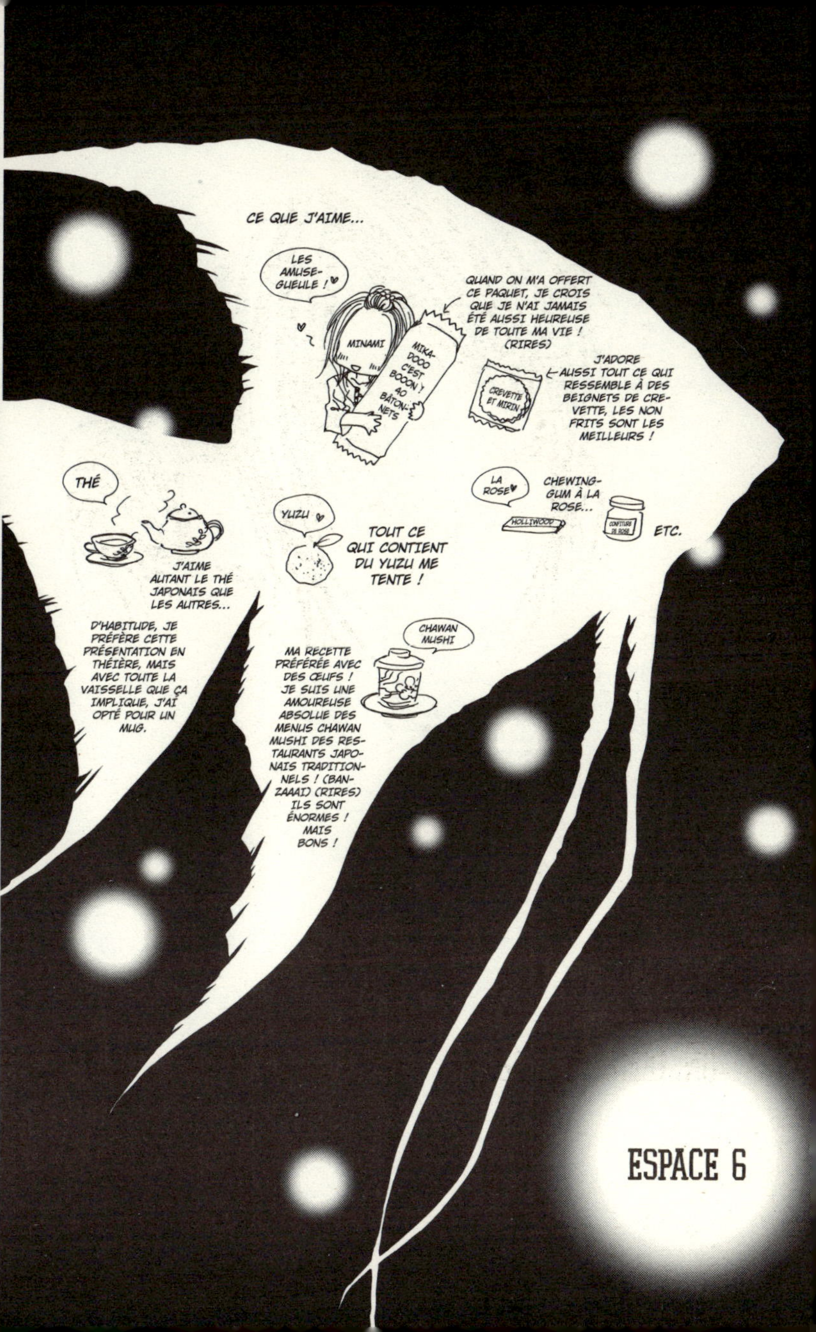
CE QUE J'AIME...
LES AMUSE-GUEULE !♥
MINAMI
MIKA-DOOO C'EST BOOON ! 40 BÂTON-NETS
QUAND ON M'A OFFERT CE PAQUET, JE CROIS QUE JE N'AI JAMAIS ÉTÉ AUSSI HEUREUSE DE TOUTE MA VIE ! (RIRES)
CREVETTE ET MIRIN
J'ADORE AUSSI TOUT CE QUI RESSEMBLE À DES BEIGNETS DE CRE-VETTE, LES NON FRITS SONT LES MEILLEURS !
THÉ
J'AIME AUTANT LE THÉ JAPONAIS QUE LES AUTRES...
D'HABITUDE, JE PRÉFÈRE CETTE PRÉSENTATION EN THÉIÈRE, MAIS AVEC TOUTE LA VAISSELLE QUE ÇA IMPLIQUE, J'AI OPTÉ POUR UN MUG.
YUZU ♥
TOUT CE QUI CONTIENT DU YUZU ME TENTE !
LA ROSE♥
CHEWING-GUM À LA ROSE...
HOLLIWOOD
CONFITURE DE ROSE
ETC.
CHAWAN MUSHI
MA RECETTE PRÉFÉRÉE AVEC DES ŒUFS ! JE SUIS UNE AMOUREUSE ABSOLUE DES MENUS CHAWAN MUSHI DES RES-TAURANTS JAPO-NAIS TRADITION-NELS ! (BAN-ZAAAI) (RIRES) ILS SONT ÉNORMES ! MAIS BONS !
ESPACE 6

… C'EST PAS LA PEINE D'ESSAYER D'ÊTRE RAI-SONNABLE.
JE NE CROIS PAS POUVOIR ME RETENIR…
… ALORS TIENS-TOI PRÊTE !

TU N'AURAS QU'À T'EN PRENDRE À TOI-MÊME SI TU T'EN-RHUMES !
DE TOUTE MANIÈRE, DANS CETTE CHAMBRE...
SI TU AS MAL...

VLAM !
JE SAVAIS QUE TU ATTENDAIS LA COMPÉTITION AVEC IMPATIENCE, ALORS...
IL N'ÉTAIT PAS QUESTION QUE TU SOIS MALADE POUR L'OCCASION !
QUAND JE PENSE QUE JE ME SUIS RETENU POUR ÇA...
... MAIS LÀ, PAS QUESTION !
C'EST DE TA FAUTE !

TU CROIS QUE C'EST MAL...
... DE NE PAS ME CONTENTER D'UN MERCI ET DE PRÉFÉRER UN BAISER ?
CLAIREMENT !
ÇA NE VA PAS DU TOUT !
AARGH !!
BON, ALORS JE RENTRE ...
ARRÊTE !
SI TU CROIS QUE JE VAIS TE LAISSER PARTIR COMME ÇA !

JE NE SAVAIS PAS QUEL PARFUM TU PRÉFÉRAIS.
ALORS J'AI TOUT PRIS...
J'AI AUSSI PRÉVU DE QUOI FAIRE DE LA BOUILLIE ET DE LA GELÉE...
... N'HÉSITE PAS À EN PRENDRE !
*... CRÈME GLACÉE
C'EST DINGUE, TOUT ÇA !
WUP
TOUT À L'HEURE, J'ÉTAIS FOLLE D'IN-QUIÉTUDE...
WUP
WUP WUP
JE VOULAIS JUSTE LE VOIR...
WUP
MERCI, MIYU...
... MAIS JE NE PEUX PAS ME RETENIR...

... DE LA GLACE !
QUOI ?
TU PEUX VENIR, MAIS SEULEMENT SI TU ME RAMÈNES DE LA GLACE.
D'ACCORD ?
DING DOONG !
702
SUZUKI
HÉ...
C'EST QUOI TOUT ÇA ?

ET C'EST POUR ÇA QUE TU M'AS INONDÉ DE COUPS DE FIL ?
TU TIENS TANT QUE ÇA À VOIR COMMENT C'EST ICI ?
MAIS NON, JE N'EN AI RIEN À FAIRE, DE ÇA !
JE VEUX JUSTE TE VOIR !!
JE M'EN FAIS TROP POUR TOI...
TU AS DE LA FIÈVRE ? TU AS VU UN MÉDECIN ?
JE SUIS DÉSOLÉE DE NE PAS M'ÊTRE RENDU COMPTE QUE TU ÉTAIS MALADE...

AH OUI, MON POR-TABLE...
JE L'AI LAISSÉ SUR MODE VIBREUR...
GNRK
ギョ
13:10
06/06 13:09
MIYU TSUKASA
06/06 13:06
MIYU TSUKASA
06/06 13:03
MIYU TSUKASA
06/06 13:01
MIYU TSUKASA
06/06 12:57
MIYU TSUKASA
06/06 12:50
KYOCERA
BRR... ÇA FERAIT PRESQUE PEUR...
VRRT
VRRT
OUOH...
ALLÔ ?
AH, ENFIN !
AH... AOI ? JE VOULAIS JUSTE TE DEMANDER...
ZRRT
... JE PEUX AVOIR TON ADRESSE ?

BIP
VOUS ÊTES EN RELATION AVEC LE RÉPONDEUR DE...
... OUH ...
BIP
BIP
IL A ATTRAPÉ UN RHUME PAR MA FAUTE...
... ET MAINTENANT, IL EST TOUT SEUL CHEZ LUI, SANS PERSONNE POUR PRENDRE SOIN DE LUI !
JE SUIS POURTANT SA COPINE...
... ET JE NE PEUX RIEN FAIRE !!
HIER, JE N'AURAIS PAS DÛ ME LAISSER INTIMIDER ...
... ET J'AURAIS DÛ L'OBLIGER À ME MONTRER OÙ IL HABITE !
VRRT
VRRT
VRR...

COMMENT ?!
TRRRR
TRRRR
TRRRR
ALORS JE ME DISAIS QU'UN PEU DE MUSCU…
HÉÉÉ ! TU M'ÉCOUTES, LÀ ?
VOUS ÊTES EN RAPPORT AVEC LE RÉPONDEUR DE…
DASH
HÉÉÉ !
MIYU ?!
GWWIIP !
SALLE DES PROFESSEURS
JUSTE… POUR… UNE MINUUUUUU-TE !!
SCRIITCH
PAS QUES-TION !
IL M'EST TOTALEMENT INTERDIT DE DIVUL-GUER LA MOINDRE INFORMA-TION PER-SONNELLE SUR MES ÉTUDIANTS !!
SCRIIITCH
SCRIITCH
TU N'AS QU'À LUI DEMANDER DIRECTE-MEEEENT !!
SBLITCH !

JE NE PEUX PAS LAISSER LES CHOSES COMME ÇA...
JE DOIS M'EXCUSER. AU MOINS LUI OFFRIR UN REPAS... ET...
UN BAISER DE RÉCONCILIATION...
... C'EST VRAI...
... UN BAISER ...
... J'EN AI TELLEMENT ENVIE ...
ZWLE !
ずいっ
ON DIRAIT UNE PSYCHOPATHE, MIYU !!
ESPÈCE DE MAL-APPRIS !!
どき どき どき
WUP WUP WUP
QUI C'EST QUI DIT ÇA ?
OUI, ENFIN, TU TOMBES À PIC !
JE VOULAIS JUSTEMENT DISCUTER AVEC TOI DE NOTRE PROGRAMME D'ENTRAÎNEMENT.
AH ?
MAIS OUI ! AUJOURD'HUI, SUZUKING N'EST PAS LÀ ET ON N'A PAS ACCÈS À LA PISCINE !

...
BLAM !
TAP TAP TAP
J'AI PAS ENVIE D'EMBRASSER UNE HARCE-LEUSE !
HARC-LEUSE ...
HURK
HURK
IL N'A MÊME PAS RÉPONDU À MON MAIL D'HIER ...
OUH
OUH
OUH
MURMURE
MURMURE
MURMURE

NE T'AVISE PAS DE CONTINUER À ME SUIVRE...
HIRK !
... OU JE VAIS ME FÂCHER !!
... TU NE M'AS PAS EMBRAS-SÉE...
PAS UNE FOIS DE LA JOURNÉE !
ALORS...
ZRF...
C'EST JUSTE QUE...

BIENTÔT ?
QUAND ?!
JE NE SAIS PAS.
ALLEZ, À DEMAIN !
ARGH...
MIYU...

ET DONC…
… JE NE VAIS PAS POUVOIR ARRÊTER LE MANNEQUINAT TANT QUE JE NE SERAI PAS INDÉPENDANT.
AH, D'AC-COOORD !!
JE TE PROMETS DE FAIRE BIEN ATTEN-TION !
TU M'EM-MÈNES CHEZ…
PAS QUESTION !
QUOI ?
MAIS… MAIS POUR-QUOI ?
POUR RIEN…
EN PLUS, JUSTE AVANT UNE COMPÉTI-TION…
BLA BLA…
JE SUIS POURTANT TA COPINE, NON ?
ENFIN BREF : NON !
EN PLUS, NOA A FAILLI LE DÉCOU-VRIR…
CLAIRE-MENT !
MF… しゅん…
JE T'Y EMMÈNERAI BIENTÔT. PROMIS !

581-
JE T'EN AI DÉJÀ PARLÉ, NON ?
MON PÈRE EST LE LARBIN DE CELUI DE NOA.
J'AI TOUJOURS VOULU QUITTER LA MAISON LE PLUS RAPIDEMENT POSSIBLE.
ET LE JOUR OÙ JE ME SUIS POUR LA PREMIÈRE FOIS REBELLÉ CONTRE NOA...
OFFRES D'EMPLOI
ON RECHERCHE
ALORS TU VEUX T'ÉMANCIPER EN TRAVAILLANT ?
TU AS ENFIN DÉCIDÉ D'INTÉGRER NOTRE AGENCE ?
MAIS NON..
JE ME DEMANDAIS JUSTE SI VOUS AVIEZ DE LA PLACE POUR UN HOMME À TOUT FAIRE...
MAIS NON ! JE NE PEUX PAS ME PERMETTRE QUE ÇA SE SACHE À L'ÉCOLE !
NE T'EN FAIS PAS POUR ÇA, ON EST UNE TOUTE PETITE AGENCE... ON NE TRAVAILLE QUE POUR DES PETITS MAGAZINES...
D'ACCORD, TRANCHONS LA POIRE EN DEUX : SI TU ACCEPTES D'ÊTRE MANNEQUIN...
... JE TE LOUE MA GARÇONNIÈRE !
... D'ACCORD !

DÉSOLÉE POUR MA GAFFE D'AUJOURD'HUI !
J'AVAIS COMPLÈTEMENT OUBLIÉ QUE TON BOULOT DE MANNEQUIN DEVAIT RESTER UN SECRET.
C'EST BIEN CE QUE JE ME SUIS DIT.
187-4
JE PENSE QUE CETTE APTITUDE QUE TU AS...
... À NE PAS RESTER DANS LE PASSÉ EST TRÈS AGRÉABLE.
MAIS PERSONNE NE DOIT SAVOIR POUR MON JOB !
SANS ÇA, JE PEUX DIRE ADIEU À MON CHEZ-MOI...
TON CHEZ-TOI ?
TU VEUX DIRE QUE TU VIS SEUL ?

EN FAIT, IL DOIT ALLER À UNE SÉANCE DE PH...
MOUCH !
?!
??!!
JE VAIS À UNE SÉANCE DE RATTRAPAGE !!
JE SUIS COINCÉ, IL FAUT QUE J'Y AILLE !!
FLP !
FLP !
AH, JE VOIS !!
JE TE PRÉVIENS, AOI ! SI TU ENFREINS LE RÈGLEMENT DE L'ÉCOLE EN TRAVAILLANT EN TANT QUE MANNEQUIN, C'EST L'EXPULSION ASSURÉE !
ET TU PEUX AUSSI DIRE ADIEU À TA PLACE DE VICE-PRÉSIDENT DU CONSEIL !
QUAND JE PENSE QUE JE POUVAIS ENFIN FAIRE TOUT CE QUE JE VOULAIS !!
!!
AH ?
ALORS TU TIENS VRAIMENT À CE QUE MON PÈRE SUPPRIME SON LOGEMENT DE FONCTION AU TIEN ?
BOF ...
DE TOUTE MANIÈRE, MON PÈRE RÊVE D'AVOIR SA PROPRE MAISON, ALORS...
QUOIII ? C'EST NUUUUL !!

BLANG !
AH OUI ? QUI C'EST QUI N'EST PAS SÉRIEUX, ICI ?
GWUUUUUP !!
BIEN...
VOICI LE PROGRAMME D'ENTRAÎNEMENT QUE J'AI PRÉVU POUR LA PROCHAINE COMPÉTITION.
7 JEU
8 VEN
9 SAM
10 DIM
12 MAR
13 MER
14 JEU
15 VEN
J'AI À FAIRE...
... ALORS LE TEMPS QUE JE TROUVE UN SUPPLÉANT...
... VOUS ALLEZ VOUS ENT... HÉ !
VOUS M'ÉCOUTEZ OU QUOI ?
QU'EST-CE QU'IL PEUT BIEN AVOIR À FAIRE ?
SI LUI IL SÈCHE, ALORS MOI AUSSI !
GNIRF
ATTENTION, IL NE SÈCHE PAS !
AOI EST BIEN AU-DESSUS DE ÇA !

DÉSOLÉ...
AH, HA, HA ! NE VA PAS T'ENRHUMER !
ATCHA
くしゅっ
ON EST LÀ, NOUS !!
ET ALORS ? VOUS NOUS AVEZ DIT QU'ON AVAIT MEETING DANS 30 MINUTES !!
BLOTCH !
べゴッ
POUARF !!

TU AS FAIT TOUT ÇA POUR NOUS !
EN PLUS, TU AS MÊME ACCEPTÉ DE TENIR LE RÔLE DE MANAGER...
C'EST GRÂCE À TOI SI LE CLUB A ROUVERT ...
... ET QU'ON PEUT PARTICIPER AUX COMPÉTITIONS !
MERCI ! MERCI DU FOND DU CŒUR !!

... OUI ?
MAIS POURQUOI TU T'EXCUSES ?
JE N'AURAIS PAS DÛ INSCRIRE NOA...
... ELLE T'EMPÊCHE DE T'ENTRAÎNER.
J'AI BIEN ESSAYÉ D'ATTIRER D'AUTRES PERSONNES ICI, MAIS...
<< LE CLUB DE NATATION ? AVEC LE SCANDALE DES MÉGOTS DE CIGARETTE, ILS ONT TOUS CHANGÉ D'ÉCOLE, NON ? PAS QUESTION D'Y ÊTRE MÊLÉ >>
<< NON, LÀ J'AI PLUS ENVIE. TOUT LE MONDE EST PARTI OU S'AMUSE DIX FOIS PLUS DANS D'AUTRES CLUBS, ALORS ! >>
POUR POUVOIR ATTEINDRE LE NOMBRE MINIMUM DE MEMBRES POUR MAINTENIR LE CLUB EN ACTIVITÉ...
... IL N'Y AVAIT PAS D'AUTRE CHOIX QUE D'INSCRIRE NOA...
GTACK !
QU'EST-CE QUE TU RACONTES ?

CLUB DE NATATION
...
...
PLIC
PLIC
MIYU...
PARDON !!
JE SUIS DÉSOLÉE, AOI...

LA COMPÉTITION DE PRINTEMPS ARRIVE !
LE DESTIN DE NOTRE CLUB EST LIÉ AUX RÉSULTATS QUE NOUS AURONS À CETTE OCCASION !
ALLEZ, DU NERF !!
TOI AUSSI, NOA, TU ES INSCRITE !
ALORS ENTRAÎNE-TOI !!
GYAHH !
きゃあ
CRII...
GYAH !
きゃあ
QUOIII ?!
J'ABANDONNE !!
MOI ?!
TU M'AS DIT DE NAGER !!
AH NON ! TROP MOCHE, LE MAILLOT !
ET TOI, ALORS KAICHI ? TU NE VAS PAS LAISSER PASSER ÇA ! DIS QUELQUE CHOSE !
ALLEZ !!
ENCORE AUJOURD'HUI ?
POF !
MIYU, TU PERMETS ?
GWIP !
ON DOIT SE CONCERTER POUR LE PROGRAMME D'ENTRAÎNEMENT...
AH NON ! ON NE RÉPOND PAS À LA PRÉSIDENTE DU CLUB !!

ET QU'EST-CE QUE TU AS ENCORE À RÂLER, KAICHI ?
HUF !
はっ
ALLEZ ! TU ES DANS MON CAMP, NON ? ♡
OUI, OUIII... ♡
BLLL !
GNIRK !
KAICHI !! TU VAS ME FAIRE CINQUANTE LONGUEURS EN QUATRE NAGES !!
DWOSH
CIN...
CINQUANTE ?!
SPLAASH !
ET TOI AUSSI ! ZOU ! EN MAILLOT DE NATATION !!
SPLITCH !
YAAAAHN ? PERVERSE !!

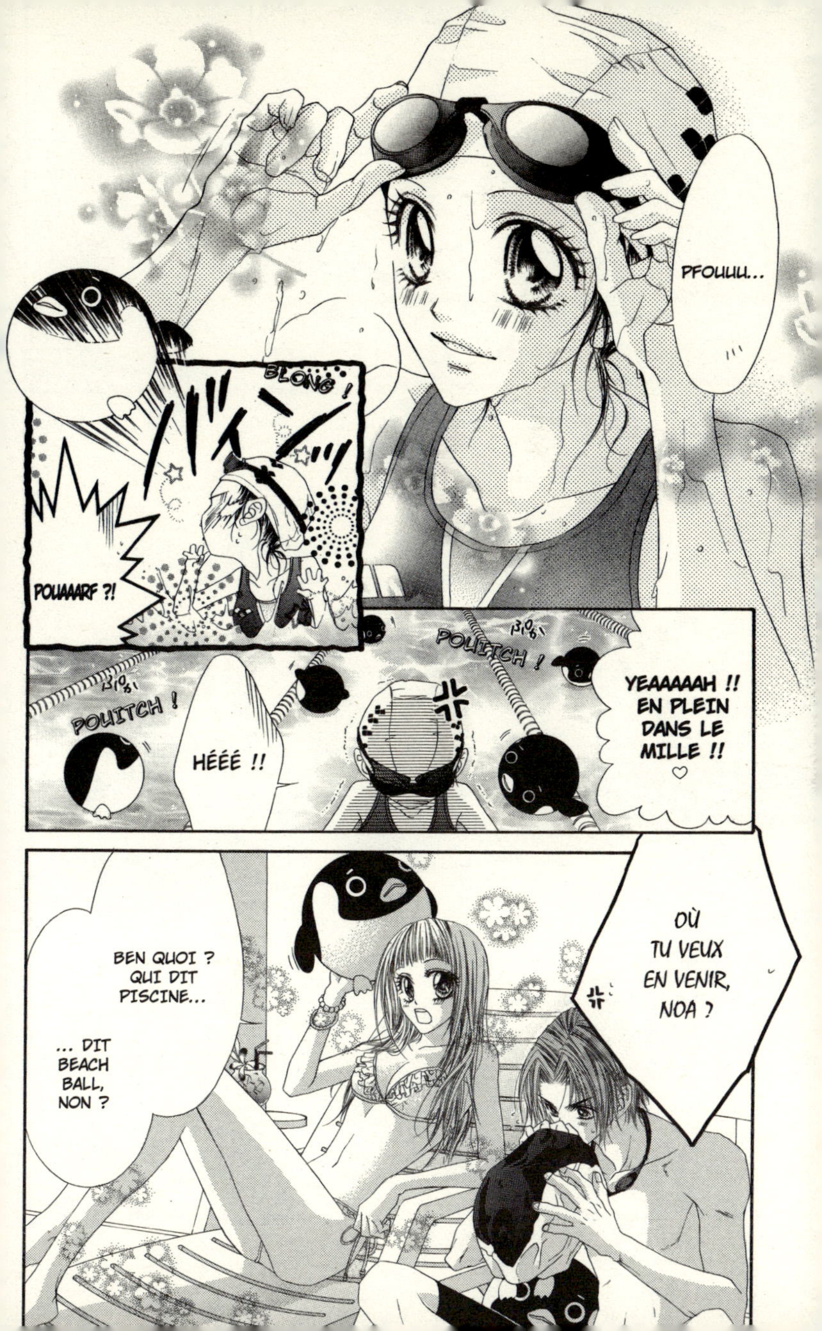
PFOUUU...
BLONG !
POUAAARF ?!
YEAAAAAH !! EN PLEIN DANS LE MILLE !!
POUITCH !
HÉÉÉ !!
POUITCH !
OÙ TU VEUX EN VENIR, NOA ?
BEN QUOI ? QUI DIT PISCINE...
... DIT BEACH BALL, NON ?

SPLASH

L'ILLUSTRATION DE DÉBUT DE CHAPITRE 10 PEUT PARAÎTRE TRÈS SIMPLE À PREMIÈRE VUE, MAIS L'ENCRAGE M'A PRIS BEAUCOUP DE TEMPS.
DES LIGNES SIMPLES... EN RÉALITÉ, C'EST TRÈS DUR À TROUVER LE BON ÉQUILIBRE POUR LES TRACER. ICI, J'AI UTILISÉ UN SIMPLE STYLO D'ÉCRITURE ET J'AI PRIS ENSUITE MES STYLOS D'ENCRAGE, MAIS IL FAUT EFFECTUER ÉNORMÉMENT DE RETOUCHES TRÈS PRÉCISES.
CETTE IMAGE REPRÉSENTE MON GROUPE PRÉFÉRÉ, CELUI DE TAKAMORI NISHIKAWA : ABINGDON BOYS SCHOOL.
MAE AVEC SES LUNETTES À MONTURE NOIRE !!
JE COMPTE ÉGALEMENT VOUS PRÉSENTER QUELQUES ACCESSOIRES DE NOA PAR LA SUITE.
PINGOUIN BALLON DE PLAGE. POUR CELA, J'AI UTILISÉ DE VRAIS BALLONS. BON, J'AI RAJOUTÉ DES FAUX CILS...
ENFIN, LA MAISON D'AOI... C'EST UN VRAI LUPANAR. (RIRE GÊNÉ)
NON MAIS, UN LIT EN FORME DE COQUILLE SAINT-JACQUES ! ON SE CROIRAIT DANS UN TABLEAU DE BOTTICELLI : LA NAISSANCE DE VÉNUS ! DÉJÀ QUE LA SALLE DU CONSEIL DES ÉLÈVES COMPORTE UN LIT DIGNE D'UN HÔTEL DE PASSE... JE NE SAIS PAS SI J'ARRIVERAI UN JOUR À DESSINER UNE VRAIE ÉCOLE !!

DIXIÈME PLONGEON
RHAPSODY IN HVN

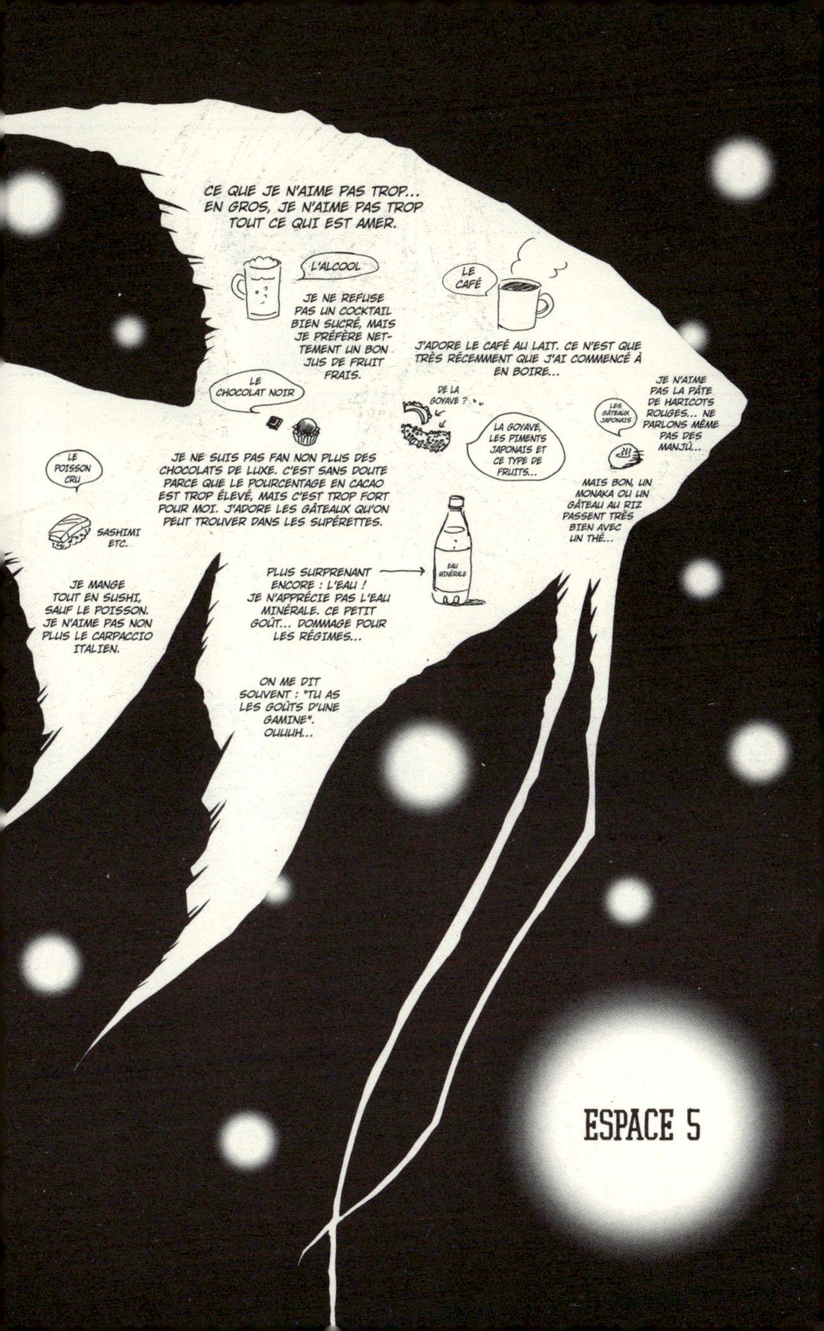
CE QUE JE N'AIME PAS TROP... EN GROS, JE N'AIME PAS TROP TOUT CE QUI EST AMER.
L'ALCOOL
JE NE REFUSE PAS UN COCKTAIL BIEN SUCRÉ, MAIS JE PRÉFÈRE NETTEMENT UN BON JUS DE FRUIT FRAIS.
LE CAFÉ
J'ADORE LE CAFÉ AU LAIT. CE N'EST QUE TRÈS RÉCEMMENT QUE J'AI COMMENCÉ À EN BOIRE...
LE CHOCOLAT NOIR
JE NE SUIS PAS FAN NON PLUS DES CHOCOLATS DE LUXE. C'EST SANS DOUTE PARCE QUE LE POURCENTAGE EN CACAO EST TROP ÉLEVÉ, MAIS C'EST TROP FORT POUR MOI. J'ADORE LES GÂTEAUX QU'ON PEUT TROUVER DANS LES SUPÉRETTES.
DE LA GOYAVE ?
LA GOYAVE, LES PIMENTS JAPONAIS ET CE TYPE DE FRUITS...
LES GÂTEAUX JAPONAIS
JE N'AIME PAS LA PÂTE DE HARICOTS ROUGES... NE PARLONS MÊME PAS DES MANJÛ...
MAIS BON, UN MONAKA OU UN GÂTEAU AU RIZ PASSENT TRÈS BIEN AVEC UN THÉ...
LE POISSON CRU
SASHIMI ETC.
JE MANGE TOUT EN SUSHI, SAUF LE POISSON. JE N'AIME PAS NON PLUS LE CARPACCIO ITALIEN.
EAU MINÉRALE
PLUS SURPRENANT ENCORE : L'EAU ! JE N'APPRÉCIE PAS L'EAU MINÉRALE. CE PETIT GOÛT... DOMMAGE POUR LES RÉGIMES...
ON ME DIT SOUVENT : "TU AS LES GOÛTS D'UNE GAMINE". OUUUH...
ESPACE 5

POUR QUE LE CLUB AIT UN AGRÉMENT, IL FAUT AU MINIMUM 3 INSCRITS.
PERSONNE N'A LE DROIT D'ARRÊTER !
D'ACCORD !
ET QUI EST NOTRE DERNIER MEMBRE ?
AH, ALORS POUR ÇA...
BLAAM !
NON, MAIS ATTENDS...
QU'EST-CE QU'ELLE FABRIQUE ICI, CETTE FILLE ?
ME DITES PAS QU'ELLE A ÉTÉ CONVOQUÉE, ELLE AUSSI ?
ET VOILÀ ! MAINTENANT, NOUS SOMMES TROIS !!
ET TOC !
QUOAAAAAAAAAAA ?!
TU VEUX RIRE, AOI ?!
BEN QUOI ?
...

SANS DÉC' !
EH OUI ! C'EST GRÂCE À NOTRE VICE-PRÉSIDENT DU CONSEIL DES ÉLÈVES : AOI SUZUKI !
OUI... MAIS TU CROIS QUE JE FAIS BIEN D'Y ALLER ?
QU'EST-CE QUE TU ME CHANTES LÀ ?
QU'EST-CE QU'ON FERA SANS TOI ?
MIYU...
ON N'A PAS SUFFISAMMENT D'INSCRITS !
ET C'EST TOUT ?
... BIEN, VOUS AVEZ OFFICIELLEMENT LE DROIT D'UTILISER CES LOCAUX...
... MAIS COMME NOUS N'AVONS PAS ENCORE DÉSIGNÉ DE RESPONSABLE...
... JE VAIS M'EN OCCUPER EN ATTENDANT.

MH...
MOI AUSSI...
キーンコーン
DING DONG
カーンコーン…
DING DONG
MOUF...
CRÉTIN DE KAICHI ! TU VAS PAS RENTRER MAINTENANT, SI ?
ばんっ
BLAAF !
GYAH !
MIYU...
TU NE VAS PAS SÉCHER LE PREMIER JOUR DE RÉOUVERTURE DU CLUB DE NATATION ?!
AH...

... ÇA
ME FAIT
TELLEMENT
PLAISIR DE
SENTIR AOI
EN MOI...
... QUE
JE NE PEUX
PLUS RES-
PIRER...
C'EST
ÇA...
... ÇA
NE PEUT
ÊTRE
QUE
ÇA...
JE...
JE
T'AIME,
AOI !!

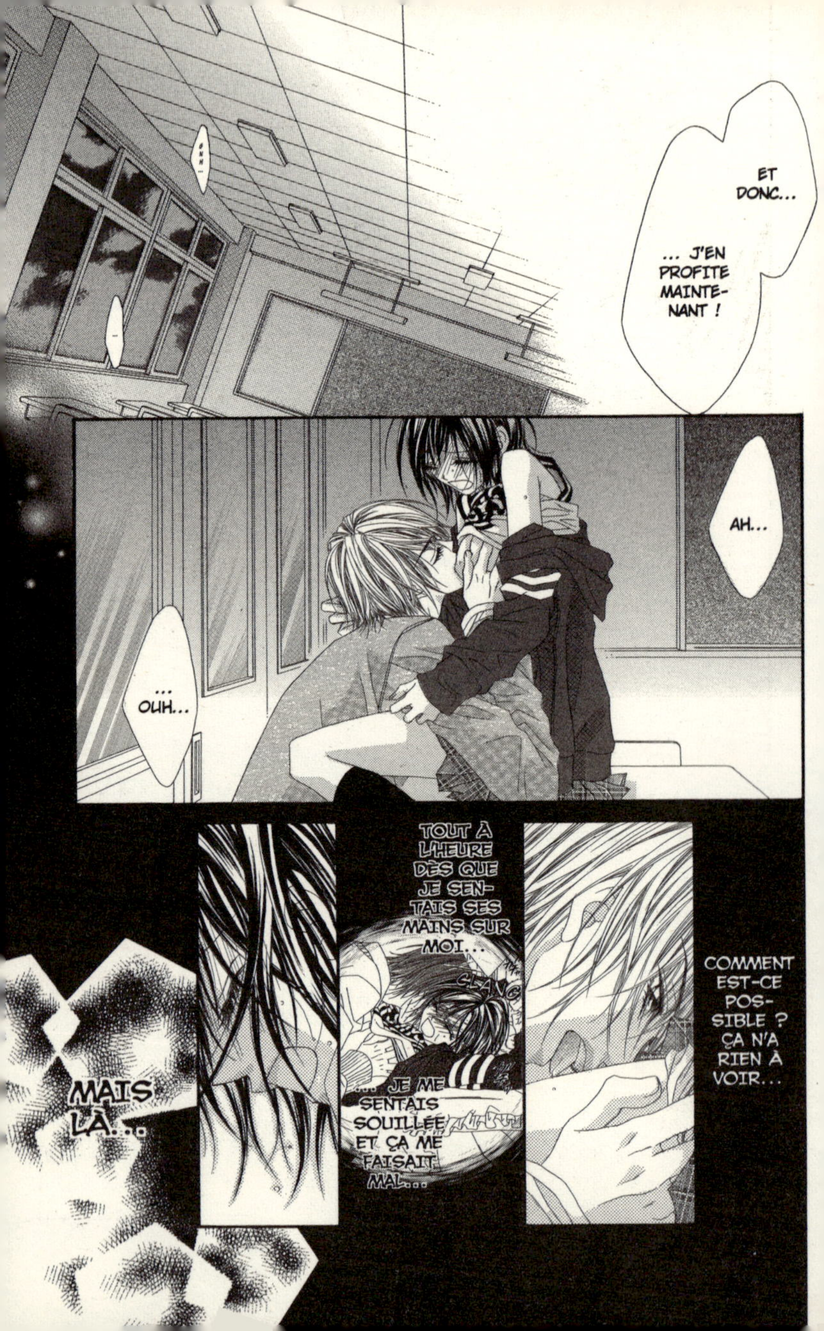
ET DONC...
... J'EN PROFITE MAINTENANT !
AH...
... OUH...
COMMENT EST-CE POSSIBLE ? ÇA N'A RIEN À VOIR...
TOUT À L'HEURE DÈS QUE JE SENTAIS SES MAINS SUR MOI...
... JE ME SENTAIS SOUILLÉE ET ÇA ME FAISAIT MAL...
MAIS LÀ...

N... NOOON ...
POUR...
... QUOI ?
TU NE PEUX PAS DIRE ÇA...
... ET T'ATTENDRE À CE QUE JE TE LAISSE ?
C'EST QUE... LA SALIVE DE KAI-CHI EST SUR...
TU VAS T'EN METTRE PARTOUT ...
MERCI, JE PRÉFÈRE NE PAS Y PENSER !
IL Y A PLUS IMPORTANT !
JE DOIS TE FAIRE OUBLIER AU PLUS VITE...
... CE QUE HAMANO T'A FAIT.

RATTLE
ガラッ
AOI ?!
BOF !

PARDON !
JE ME SENS TROP SALE... JE DOIS ME NETTOYER AVANT...
ENSUITE...
TU PROMETS DE M'EMBRAS-SER ?
HOP !
ひょいっ
?!

MIYU ?
HUF !
AH... HA, HA, HA, HA ! PARDON !!
JE NE SAIS PAS CE QUI M'A PRIS...
ÇA ME FAIT BIZARRE DE T'EMBRAS-SER APRÈS KAICHI...
AH, LÀ LÀ..
GNF !
BAF !
NON, PAS LÀ NON PLUS !!
C'EST ...
EN FAIT, JE ME SENS SALE DE PAR-TOUT...
PLIC
PLIC !

JE N'AURAIS JAMAIS DÛ TE LAISSER Y ALLER SEULE.
PARDON...
POURQUOI TU T'EXCUSES ?
TU ES VENU À LA RESCOUSSE...
... MÊME SI JE M'EN SORTAIS TRÈS BIEN SEULE AVEC KAICHI.
WUP
NON !!
BLOF !

PEU IMPORTE TOUT CE QUI A PU SE PAS-SER...
... CE N'ÉTAIT PAS BIEN.
JE SUIS VRAIMENT DÉSOLÉ !!
CONVERSE
AH...
FLÛTE ...

MAIS JE ME SUIS BÊTEMENT ENTÊTÉ…
… PEU IMPORTE QUE TU NE SOIS PAS AMOUREUSE DE MOI…
… QUAND TU AS ACCEPTÉ DE SORTIR AVEC MOI…
… J'AI CRU NAGER EN PLEIN RÊVE TELLEMENT J'ÉTAIS HEUREUX.
C'EST POUR ÇA QUE QUAND UN TYPE COMME SUZUKI …
… EST ARRIVÉ ET T'A VOLÉE À MOI…
… J'AI VU ROUGE.
J'AI TOTALEMENT PERDU LA TÊTE…
… JE NE COMPRENAIS PLUS…
… ET QUAND J'AI OUVERT LES YEUX…
… J'AI VU…
… QUE JE FAISAIS PLEURER LA FILLE QUE J'AIMAIS LE PLUS AU MONDE.

C'EST BON... MIYU...
SUZUKI A RAISON...
KAICHI...
TU SAIS... ÇA FAISAIT SI LONGTEMPS...
... SI LONGTEMPS...
... QUE J'ÉTAIS À TES CÔTÉS...
ET POURTANT, JE SAVAIS...
GÉNIAAAL ! TU AS GAGNÉ !
JE SAVAIS QUE POUR TOI, IL N'AVAIT JAMAIS ÉTÉ QUESTION D'AMOUR.

QUAND TU AS APPRIS QUE LE CLUB DE NATATION ÉTAIT FERMÉ JUSTE APRÈS LA RENTRÉE ...
LES MEILLEURS NAGEURS DE L'ÉQUIPE, Y COMPRIS TOI, HAMANO, VOUS AVIEZ TOUS DÉCIDÉ DE CHANGER D'ÉCOLE ...
... MAIS MIYU N'A EU AUCUNE PROPOSITION.
ET TOI, QUAND TU L'AS VUE DÉPRIMÉE ET PANIQUÉE, TU AS SAUTÉ SUR L'OCCASION...
... POUR TE DÉCLARER À ELLE, HEIN ?
ALORS ? JE ME TROMPE ?
CLANG !!
NON, C'EST FAUX, AOI !!
KAICHI N'EST PAS DU GENRE À CALCULER DE CETTE MANIÈRE !!

AOI ?!!
TU NE CROIS QUAND MÊME PAS QUE TU VAS T'EN TIRER AUSSI FACILEMENT ?
TU N'AURAIS PAS QUELQUE CHOSE À AVOUER À MIYU ?

NON, AOI !! ATTENDS !
ON OUBLIE TOUT ÇA !
C'EST MOI LA FAUTI-VE...
C'EST MOI QUI AI ACCEPTÉ DE SORTIR AVEC LUI ALORS QUE JE T'AIMAIS, TOI.
TOUT EST DE MA FAUTE !
KAICHI A ÉTÉ COMPRÉ-HENSIF.
IL S'EST FAIT LAVER LE CERVEAU PAR CETTE VICIEUSE DE NOA...
... IL N'Y EST POUR RIEN !
JE VOIS ...
... TU PEUX PENSER CE QUE TU VEUX.

HIRK !
MAIS DIS, ET TOI ? TU L'AIMES VRAIMENT, MIYU ?
AVANT DE RÉPONDRE, J'AURAIS UNE QUESTION À TE POSER...
MH ?
ET ÇA ?
TU L'AS UTILISÉ SUR ELLE ?

MERCI DU COMPLI-MENT !
T'ES VRAIMENT TROP COOL, SUZUKING !
QUAND JE T'AI VU COMME ÇA...
... J'AI COMPRIS POURQUOI MIYU ÉTAIT FOLLE DE TOI.
TU LEUR AS RIVÉ LEUR CLOU À CETTE VIEILLE MO-RALISATRICE ET À LA PRÉ-SIDENTE !
KAICHI...

NON, ARRÊTE !
S'IL TE PLAÎT... PAS ÇA...
BRRT
BRRT
BRRT
ARRÊTE...
?
DANS CE CAS, TU AS INTÉRÊT À CHANGER DE COMPORTEMENT.
TOUT DÉPENDRA DE TOI.
AU MOINDRE FAUX PAS, JE RACONTE TOUT AU DIRECTEUR.
POURQUOI ?
SLAAP
AUTREFOIS, TU ÉTAIS POURTANT UN SI GENTIL GARÇON !
JE TE DÉTESTE !!
VLAM

TU VAS TE TENIR À CARREAU...
OU SINON, JE VAIS TOUT RACONTER SUR TOI...
... À TON PÈRE ET AU PRINCIPAL DE CET ÉTA-BLISSEMENT !
WLIF
TU... TU RIGOLES ?
JAMAIS TU N'OSERAS !
D'ACCORD, J'Y VAIS DE CE PAS !

TU N'AS PAS ARRÊTÉ DE FAIRE DES CAPRICES ...
... TU PEUX BIEN PLEURNICHER TOUT CE QUE TU VEUX...
LE SEUL QUE TOUT LE MONDE CROIT...
... C'EST MOI...
MOI QUI T'AI SERVI DE LARBIN PENDANT TOUT CE TEMPS !
POUR QUI TU TE PRENDS ?
SI TU CROIS POUVOIR T'EN SORTIR COMME ÇA...
LA PROCHAINE FOIS, JE NE TE RATERAI PAS !

OH
AH BOOOOON ?!
HO
HO
HO
HO
SI VOUS LE DITES, ÇA NE PEUT ÊTRE QUE VRAI !!
HO
HO
BON, VOUS POUVEZ RENTRER, VOUS DEUX !
AH... ET NOTRE PUNITION ?
DE QUOI PARLEZ-VOUS ?
MADEMOISELLE TENRYÛJI ! MERCI DE NE PAS RECOMMENCER !
QUOI ? MAIS...
JE ME DISAIS BIEN, AUSSI !
VOUS AUSSI ?
VLAM...
OUH ...
QU'EST-CE QUE JE T'AVAIS DIT ?

UN INSTANT, MADEMOISELLE SAWAGUCHI !!
AOI...
PARDON, MAIS CETTE FOIS-CI...
... TOUT CECI EST L'ŒUVRE DE MADEMOISELLE TENRYÛJI.
CES DEUX ÉLÈVES SE SONT JUSTE LAISSÉ ENTRAÎNER.
SUZUKI...

BLOF !
NOAAAAA !!
GWIISH !
TU N'AS DONC AUCUNE PITIÉÉÉÉ ?
BAS LES PATTES, ESPÈCE D'INCAPABLE !!
MADEMOISELLE SAWAGUCHI !! UNE RETENUE, C'EST TROP PEU !
VOUS N'AVEZ QU'À LES RENVOYER !! ♡
BIEN, SI VOUS LE DITES...
!!
VLAM !

APPRÊTEZ-VOUS À ÊTRE MIS EN RETENUE !
QUOI ?
OUARK !
がばっ
MAIS ATTENDEZ !!
COMMENT ON VA FAIRE POUR LA COMPÉTITION DES NOUVEAUX ?
NE PENSEZ MÊME PAS À Y PARTICIPER !
VOUS ÊTES LA HONTE DE CETTE ÉCOLE.
C'EST PAS GRAVE !
DE TOUTE MANIÈRE, LE CLUB DE NATATION N'A TOUJOURS PAS ROUVERT !

ET EN PLUS, VOUS AMENEZ CES HORREURS ICI...
SOYONS CLAIRS ! ICI, LES RELATIONS ENTRE FILLES ET GARÇONS SONT STRICTEMENT...
MOUF MOUF !
INTERMINABLE, LE SERMON...
JE NE SENS PLUS MES PIEDS...
FLP FLP
ET NE PARLONS PAS DE CES GOÛTS DÉNATURÉS...
MWOP !
MWOP !
TWOT !
ちょんっ
!!!
AH NOOON !! SALETÉ DE MIYUUUU !
HIRK
HIRK
AH HA HA !
HIRK
VOUS ÉCOUTEZ CE QUE JE VOUS DIS, OUI ?
TSUKASA !! HAMANO !!
BREF ! NOUS ALLONS DÉCIDER DE CE QUE NOUS ALLONS FAIRE DE VOUS...
... LUNDI, AU COURS DE LA RÉUNION DU PERSONNEL.
FAIRE DE NOUS ?

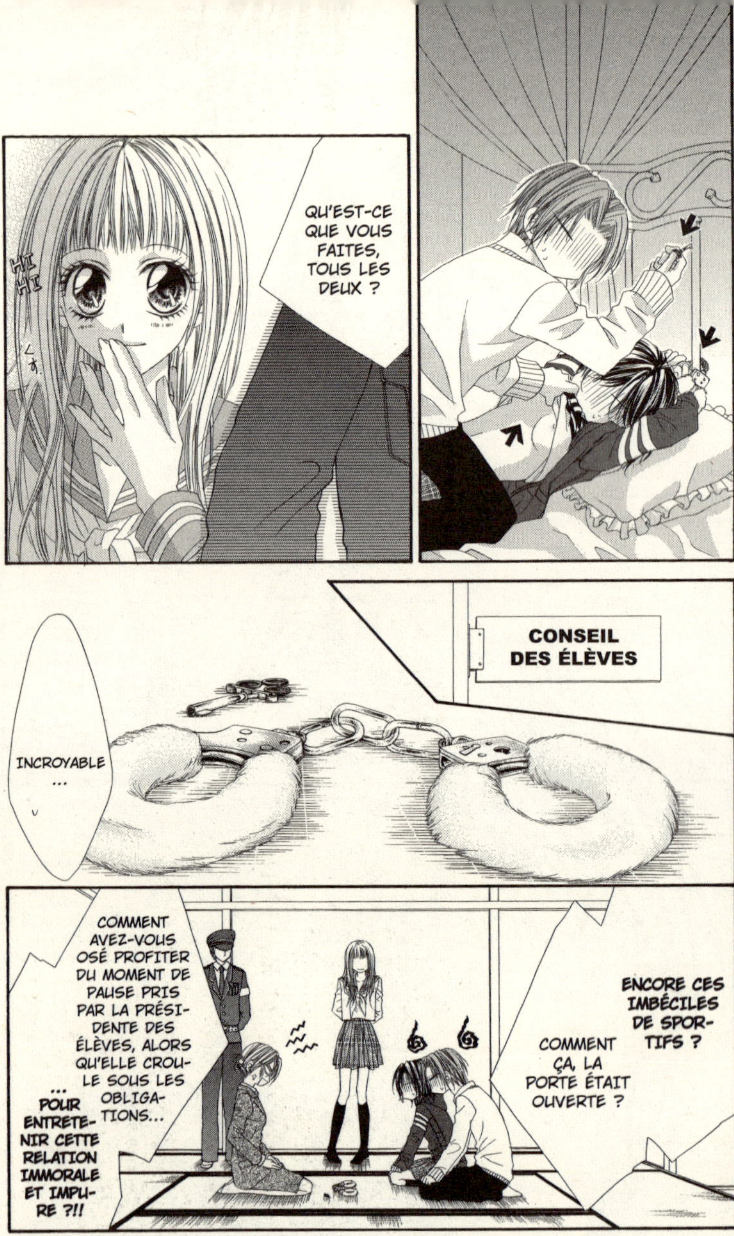

QU'EST-CE QUE VOUS FAITES, TOUS LES DEUX ?
HI HI
くす
CONSEIL DES ÉLÈVES
INCROYABLE ...
ENCORE CES IMBÉCILES DE SPORTIFS ?
COMMENT ÇA, LA PORTE ÉTAIT OUVERTE ?
COMMENT AVEZ-VOUS OSÉ PROFITER DU MOMENT DE PAUSE PRIS PAR LA PRÉSIDENTE DES ÉLÈVES, ALORS QU'ELLE CROULE SOUS LES OBLIGATIONS...
... POUR ENTRETENIR CETTE RELATION IMMORALE ET IMPURE ?!!

MAIS NON, KAICHI !! C'EST PAS LA CLEF, ÇA, IDIOT !!
POUITCH !
C'EST BIEN LE MOMENT D'HÉSITER APRÈS CE QUE TU VIENS DE ME FAIRE !
TU N'AS QU'À RELEVER MES HABITS ET PRENDRE CETTE SATANÉE CLEF !
QUOI ? HEIN ? OUUUAH ! PARDOOON !
DÉPÊCHE-TOI AVANT QUE CETTE OBSÉDÉE NE RAMÈNE LE GARDIEN ICI !!
AH... D'AC-CORD !
ROLL
VLAM !
SUPER, MIYU ! JE L'AI !
PAR ICI !!

CELA FAISAIT LONGTEMPS QUE JE N'AVAIS PAS RÉALISÉ D'ILLUSTRATION COULEUR. QUAND ON M'A DEMANDÉ QUI JE VOULAIS REPRÉSENTER... NOA M'EST TOUT DE SUITE VENUE À L'ESPRIT ! (RIRES) J'AI DONC CRÉÉ UN CADRE QUI CORRESPONDRAIT À NOA EN GOTHIC LOLITA COMME JE VOULAIS LA VOIR. C'EST FOU CE QUE ÇA LUI VA BIEN !

C'EST TOUT DE MÊME EMBÊTANT QU'ELLE SOIT LA PLUS AMUSANTE À DESSINER. MAIS QUE VOULEZ-VOUS, ELLE SORT DU LOT... CE QUI M'A TOUT PARTICULIÈREMENT PLU, CE SONT LES DENTELLES. JE COMPTE BIEN EN REPRODUIRE À PARTIR DE MAINTENANT. J'AI HÂTE !

REVENONS À NOTRE L'HISTOIRE. KAICHI DOIT RETROUVER LES MENOTTES QUI SONT CACHÉES SUR MIYU ET IL FINIT PAR LUI PELOTER LES SEINS... C'ÉTAIT TIRÉ PAR LES CHEVEUX... MAIS MES ASSISTANTES ONT CARRÉMENT ADORÉ. APRÈS CETTE SCÈNE, ON PERÇOIT LE PERSONNAGE D'UN AUTRE ŒIL ! CETTE FOIS-CI, AOI A AUSSI L'AIR PLUS AFFIRMÉ EN TANT QUE GARÇON, VOUS NE TROUVEZ PAS ? RESTE À SAVOIR SI JE VAIS LEVER LE VOILE SUR SES RELATIONS AVEC NOA ET SON PÈRE...

TENUES DE TRAVAIL
VOUS VOUS DEMANDEZ SANS DOUTE DANS QUELLES TENUES MINAMI TRAVAILLE... (VOIR L'ÉBAUCHE FINIE)
EN ÉTÉ
LUNETTES
MINAMI
OK
NO GOOD
TOTALEMENT IMPOSSIBLE
JE PORTE GÉNÉRALEMENT DES POLOS, OU DES T-SHIRTS...
MITAINES DE SOIE
EN GROS, JE M'HABILLE DE CETTE MANIÈRE. LES CHEVEUX DANS LES YEUX M'ÉNERVENT ET DU COUP, JE LES ATTACHE UN PEU N'IMPORTE COMMENT... (RIRES) EN FAIT, LA VERSION NON RÉALISTE AVEC LES CHEVEUX JOLIMENT RELEVÉS, SERAIT UN IDÉAL POUR MOI... MAIS LES VÊTEMENTS QUE JE METS LE PLUS SOUVENT POUR TRAVAILLER SONT CE QUE VOUS VOYEZ... MOI QUI AIMERAIS TANT PORTER DE PLUS JOLIS HABITS ! MAIS BON, CE N'EST PAS PRATIQUE !
IL M'ARRIVE AUSSI DE PORTER DES JUPES...
PROTÈGE-SEMELLES POUR LES SOINS DE LA VOÛTE PLANTAIRE...
ENFIN, DANS LA VERSION NON HOMOLOGUÉE, JE PORTE UN HAUT PLUTÔT DÉCOLLETÉ. VU MA PROPENSION À ATTRAPER FROID, CE N'EST PAS RÉALISTE. ENSUITE, J'AI DE TERRIBLES CONTRACTURES DANS LES ÉPAULES. (BRRR...).
ESPACE 4

NEUVIÈME

PLONGEON

OUH...
CLANG
CLANG
OH, NON...
AH... KAICHI... NE PANIQUE PAS !
GULP
S'IL TE PLAÎT... VAS-Y D'UN COUP !

DERNIÈREMENT, SUR LE SITE, UNE NOUVELLE RUBRIQUE INTITULÉE : "LE BLOG DE LA RÉDACTION" A ÉTÉ OUVERTE. LES PHOTOS DE MES CADEAUX ET DE MES SÉANCES DE DÉDICACE Y SONT PRÉSENTÉES, ALORS N'HÉSITEZ PAS À ALLER Y JETER UN ŒIL.
... À CE PROPOS, JE CONSTATE QUE CES DERNIERS TEMPS, NOMBREUX SONT LES AUTEURS QUI CRÉENT LEUR PROPRE BLOG... DÉCIDÉMENT, JE NE SUIS PAS ENCORE PRÊTE À M'Y METTRE... D'ABORD, ÇA A L'AIR TRÈS CONTRAIGNANT, ET EN PLUS, JE N'AI PAS LE TEMPS POUR ÇA. J'IMAGINE QUE QUAND JE PRENDRAI MA RETRAITE, J'AURAI ENVIE D'EN FAIRE UN.
ENFIN BREF ! EN PARLANT DE SÉANCES DE DÉDICACE... DENTES ? VOUS AVEZ NOTÉ MON ERREUR DANS LES PAGES PRÉCÉDENTES ? EN RÉALITÉ, LA SÉANCE DE TACHIKAWA ÉTAIT MA SIXIÈME SÉANCE. LA CINQUIÈME S'ÉTAIT DÉROULÉE À HIMEJI, DANS LE HYÔGO. JE ME SUIS ENCORE MIS DU MONDE À DOS, JE SUIS DÉSOLÉE !!
D'AILLEURS, EN PARLANT DE HIMEJI, LA JOURNÉE ÉTAIT TRÈS MAL ORGANISÉE. J'AI QUITTÉ LA MAISON À 8 HEURES ET JE NE SUIS RENTRÉE QU'À 8 HEURES DU SOIR...
↓
COMME SOUVENIR...
ESPACE 3

HUF...
KYAAH !
MONSIEUR !!
VENEZ VITE !! IL Y A DES ÉLÈVES QUI FONT DES COCHONNERIES DANS LA SALLE DU CONSEIL DES ÉLÈVES !!
HEIN ?!

AH NOOOOON !! C'EST TROP NULLLUL !!
DASH !
?!
TIENS ! LA VOILÀ TA SATANÉE CLEF !
GWP !
HÉ !!
VLAM !
MAIS ÇA VA PAS LA TÊTE ? PAS LÀ !!
CRÉTIIIINE !!

KAICHI...
... A ENFIN COMPRIS MA POSITION !
NOA !
FINALEMENT, C'EST UNE ERREUR.
SÛÛÛÛR ?
TU VAS LAISSER AOI S'AMUSER AVEC ELLE, ALORS ?
ET ALORS ? MÊME S'IL LA MÈNE EN BATEAU...
JE N'AI AUCUNE RAISON DE LUI FAIRE DU MAL.
ALORS PASSE-MOI LES CLEFS DE CES MENOTTES !
... EN CE MOMENT, C'EST MOI QUI LA FAIS SOUFFRIR !
OUH...

ÇA ALORS ...
MAIS TANT PIS ! ÇA M'EST ÉGAL !
DE TOUTE MANIÈRE, IL ARRIVE TROP TARD.
GTCHACK
GTCHACK
GTCHACK
GTCHACK
AH, HA ! COMME DES BÊTES !! ♡
AH ?!
BEN ÇA !! TU AS DÉJÀ FINI ?
ON N'A RIEN FAIT, IDIOTE !!
GTCHACK !
GTCHACK !

... N'EST PAS UNE MANIPULATRICE COMME TOI.
ELLE EST SIMPLE ET DROITE...
... LIBRE...
... C'EST TOUT LE CONTRAIRE DE TOI.
JE LE SAVAIS, JE N'AURAIS JAMAIS DÛ LA LAISSER Y ALLER SEULE !
MIYU !!

PENDANT TOUT NOTRE PARCOURS SCOLAIRE, DE L'ÉCOLE PRIMAIRE AU LYCÉE...
... J'AI FAIT EN SORTE...
... DE ME PLIER À TOUTES TES VOLONTÉS.
SELON TOI...
... ENTRE TOI ET MOI, QUI CROIRA-T-ON ?
QU'EST-CE QUI TE PREND ?
TU ES ACCRO À ELLE, OU QUOI ?
TOUT CE QU'ELLE SAIT FAIRE, C'EST NAGER.
QU'EST-CE QUE TU LUI TROUVES ?
MOI, JE SUIS BEAUCOUP PLUS...
MIYU...
OUH...

À TON AVIS...
J'IMAGINE...
... QUE TU AS PEUR DE MON PÈRE ?
ÇA FAIT BIEN LONGTEMPS QUE J'AI COMPRIS QUE TES : << JE VAIS LE DIRE À MON PÈRE >>...
... NE SONT QUE DES BOBARDS.
... POURQUOI T'AI-JE OBÉI PENDANT TOUT CE TEMPS ?
MAIS SI J'AI FAIT COMME TU LE DISAIS ...
... C'ÉTAIT POUR PROTÉGER CELLE QUE J'AIME...
... DE TES CAPRICES !

CONSEIL DES ÉLÈVES
VAS-Y ! NE TE GÊNE PAS !!
SLAP !
ATTENDS !!
TU NE VEUX PAS LA CLEF ?
PAS QUESTION DE ME LAISSER EMBARQUER DANS UN DE TES PLANS PUÉRILS ...
... MIYU POURRAIT MAL L'INTERPRÉTER.
JE VAIS CHERCHER LE DOUBLE CHEZ LE CONCIERGE.
AH, HA, HA ! QU'EST-CE QUE TU RACONTES ?
ON EST SAMEDI !
EN PLUS, SANS MA PERMISSION, TU NE POURRAS PAS L'AVOIR.
BON, TU NE ME LAISSES PAS LE CHOIX...
SI TU ME PROMETS DE NE PLUS JAMAIS L'APPROCHER...
... JE TE DONNE LA CLEF. D'ACCORD ?
MF...

PARDON POUR L'AUTRE FOIS...
J'AVAIS PEUR DE ME RETROUVER SEULE...
JE N'AI PAS PU TE REJETER.
PAR-DON ...
JE T'ADORE...
... MAIS JE NE PEUX PAS ÊTRE TA PETITE COPINE !
GWISH !
AOIIII !!
ET ALORS ?
QU'EST-CE QUI TE RETIENT ?

... C'EST QUE JE NE VEUX PAS FAIRE ÇA...
... AVEC UN AUTRE QUE LUI !!
AVEC LUI, JE ME SENS FONDRE.
QUAND NOS REGARDS SE CROISENT, LE BONHEUR M'ENVAHIT...
EST-CE QUE ÇA NE SUFFIT PAS...
... POUR DIRE QUE C'EST DE L'AMOUR ?

MIYU !!
TU ES...
... MON MEILLEUR AMI !
ALORS POURQUOI ?
JE NE VEUX PAS !
CE N'EST PAS JUSTE !
JE NE VEUX PAS EN ARRIVER À TE DÉTESTER !
C'EST VRAI... LA PRÉSIDENTE AVAIT RAISON...
GNH...
... JE ME SUIS SENTIE ATTIRÉE PAR AOI PARCE QU'IL M'AVAIT EMBRASSÉE...
HIC !
MAIS QUANT À DIRE CE QUE J'AIME CHEZ LUI...
... JE NE SAURAIS PAS LE DIRE...
HIC !
TOUT CE QUE JE SAIS...

ELLE EST QUELQUE PART SUR MOI !
N'OUBLIE PAS DE CHERCHER DANS MA LINGERIE, HEIN ?
...
JE T'AI-ME...
KAICHI !
JE T'AIME BEAUCOUP !

HÉ ! À QUI TU CROIS PARLER, LÀ ?
JE VAIS LE DIRE À MON PÈ...
ZRF !
TU TIENS VRAIMENT À AVOIR DES MARQUES SUR TON JOLI VISAGE ?
ARRÊ-TE...
TU ME FAIS PEUR...
WUP
WUP
SI TU LA VEUX TANT QUE ÇA, TA CLEF...
... TU N'AS QU'À VENIR LA CHER-CHER !

GTCHACK ! GTCHACK !
MAIS ARRÊTE !
NE SOIS PAS BÊTE. TU NE DOIS PAS LES DÉRANGER.
ELLE ÉTAIT TOUT ÉMOUSTILLÉE !
DWACK !!
LA CLEF !!
... QU...

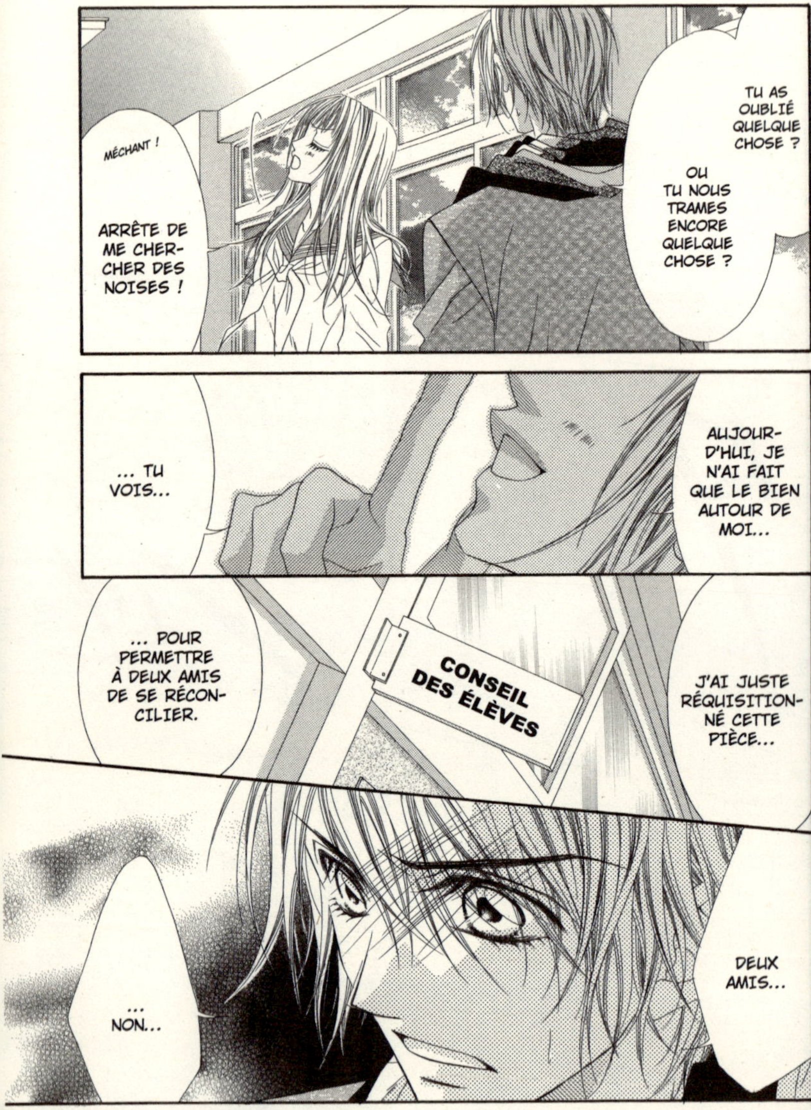
TU AS OUBLIÉ QUELQUE CHOSE ?
OU TU NOUS TRAMES ENCORE QUELQUE CHOSE ?
MÉCHANT !
ARRÊTE DE ME CHERCHER DES NOISES !
AUJOURD'HUI, JE N'AI FAIT QUE LE BIEN AUTOUR DE MOI...
... TU VOIS...
J'AI JUSTE RÉQUISITIONNÉ CETTE PIÈCE...
CONSEIL DES ÉLÈVES
... POUR PERMETTRE À DEUX AMIS DE SE RÉCONCILIER.
DEUX AMIS...
... NON...

GTCHACK !
ガチャリ
UNE FOIS QU'IL L'AURA OBLIGÉE À COUCHER AVEC LUI...
... CETTE GRELUCHE NE S'APPROCHERA PLUS JAMAIS DE LUI...
ÇA LUI APPRENDRA À VOULOIR ME PIQUER MON AOI !!
HI HI
くす
NOA ?!
AOI ?!
QU'EST-CE QUE TU FABRIQUES À L'ÉCOLE UN SAMEDI ?

...
AH, HA ! J'AI TOUCHÉ JUSTE ? ♡
OUF, KAICHI ! TU N'AURAS PAS À ALLER JUSQU'AU BOUT...
MIYU EST TOUTE À TOI !
WUP
GTCHACK !
BON... JE TE LAISSE LUI FAIRE SON AFFAIRE !
VLAM
ALORS...
... TOUT CE QUE JE VOULAIS, C'ÉTAIT JUSTE DU PLAISIR, C'EST ÇA ?

D'ACCORD... ALORS QU'EST-CE QUI TE PLAÎT TANT QUE ÇA CHEZ AOI ?
TU L'AS RENCONTRÉ IL Y A À PEINE DEUX MOIS.
QU'EST-CE QUI TE FAIT DIRE QUE TU LE CONNAIS ?
UN SIMPLE PETIT BAISER ET TU PERDS LA TÊTE ?!
WLIP

JE TE CONNAIS DEPUIS DES ANNÉES !!
C'EST VRAI QUE C'ÉTAIT UNE PÉRIODE D'ESSAI POUR NOUS...
... MAIS CE N'EST PAS DU TOUT TON GENRE DE TE MONTRER AUSSI OPPORTU-NISTE !
C'EST ...
HIRK !
NON... KAI-CHI...
ARRÊTE...
TIENS ?
REGARDE ! MIYU EST TOUTE PANTE-LANTE !
TU VOIS ? ELLE CRAQUE POUR TOI JUSTE COMME ÇA !
NON, C'EST FAUX...
BLUSH !

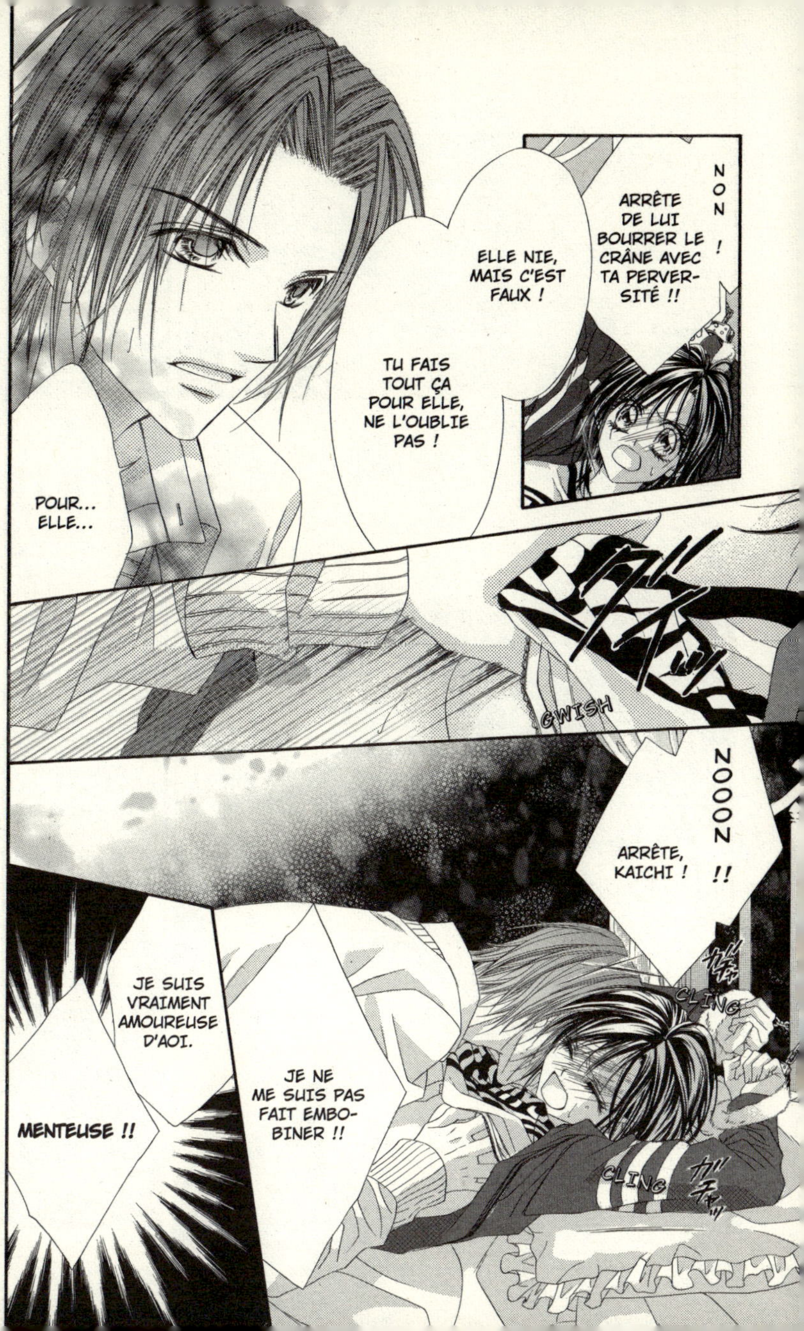
NON !
ARRÊTE DE LUI BOURRER LE CRÂNE AVEC TA PERVERSITÉ !!
ELLE NIE, MAIS C'EST FAUX !
TU FAIS TOUT ÇA POUR ELLE, NE L'OUBLIE PAS !
POUR... ELLE...
GWISH
NOOOON !!
ARRÊTE, KAICHI !
CLING
CLING
JE NE ME SUIS PAS FAIT EMBOBINER !!
JE SUIS VRAIMENT AMOUREUSE D'AOI.
MENTEUSE !!

PLUS QUESTION DE MENTIR !!
SI JE SUIS VENUE AUJOURD'HUI, C'EST JUSTEMENT POUR M'EXCUSER D'AVOIR TROMPÉ KAICHI !!
MF...
... MMMH ...
TU TIENS TANT QUE ÇA À PASSER UN MAUVAIS QUART D'HEURE...
MON PAUVRE KAICHI ! ÇA NE VA PAS LE FAIRE !
ON PASSE À LA SUITE !
AH...
... D'ACCORD...
FAIS COMME JE TE L'AI ENSEIGNÉ...
... MAIS NE SOIS PAS TROP DUR !!
MIYU SEMBLE ÊTRE DU GENRE À VOULOIR EN RETIRER UN PEU DE PLAISIR QUAND MÊME...

JE...
AH...
MES SENTIMENTS POUR AOI...
NE SONT PAS...
MES SENTIMENTS NE SONT...
... PAS UNE ERREUR !!
JE L'AIME VRAIMENT !!

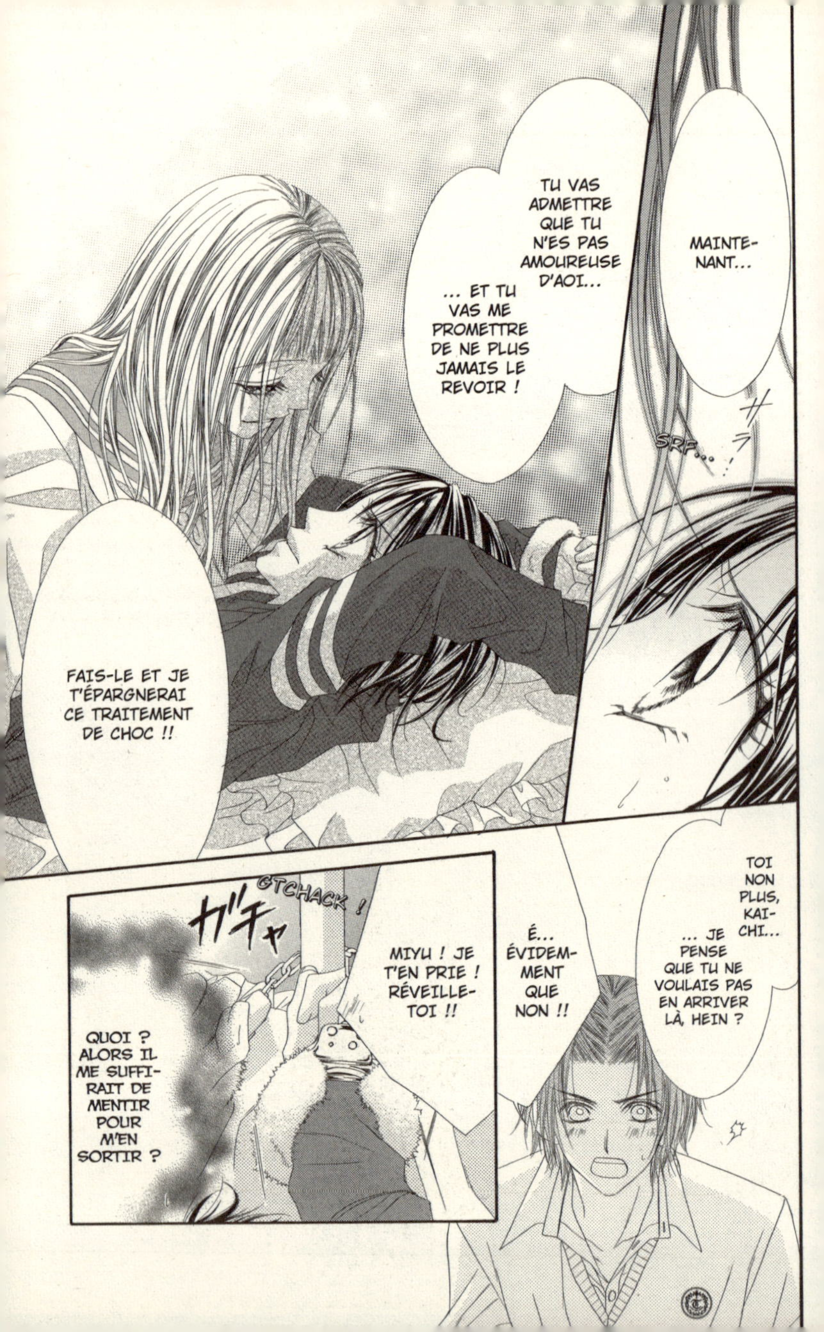
MAINTE-NANT...
TU VAS ADMETTRE QUE TU N'ES PAS AMOUREUSE D'AOI...
... ET TU VAS ME PROMETTRE DE NE PLUS JAMAIS LE REVOIR !
SRF...
FAIS-LE ET JE T'ÉPARGNERAI CE TRAITEMENT DE CHOC !!
TOI NON PLUS, KAI-CHI...
... JE PENSE QUE TU NE VOULAIS PAS EN ARRIVER LÀ, HEIN ?
É... ÉVIDEM-MENT QUE NON !!
MIYU ! JE T'EN PRIE ! RÉVEILLE-TOI !!
GTCHACK !
ガチャ
QUOI ? ALORS IL ME SUFFI-RAIT DE MENTIR POUR M'EN SORTIR ?

ET VOILÀ !
MAINTE-NANT, C'EST PARFAIT !
HEIN ?
ESPÈCE D'OBSÉ-DÉE !!
C'EST COMME ÇA QUE TU FAIS ?!
D'AILLEURS, J'AURAIS DÛ POSER LA QUESTION AVANT...
... QU'EST-CE QU'UN LIT FABRIQUE ICI ?!
SI TU SAVAIS LE NOMBRE DE PROBLÈMES QUI SE RÈGLENT ICI...
... GRÂCE À ÇA !!

GWP !
HIII !!
TU VAS TE CALMER, OUIII ?!!
T'ES TROP BÊTE, KAICHI !!
DWOCK !
PFF... ALLEZ ! METS-LUI ÇA !!
BAF !
ÔTE-TOI DE MOI MAINTENANT !
CRÉTIN !!
SCRIII
BOM !
DWACK !
TCHCK !
がちゃりっ
CLING !

TU AS COMPRIS, KAICHI ?
À CAUSE D'AOI...
... TA PETITE MIYU EST PASSÉE À LA CASSEROLE POUR CE QU'ELLE CROYAIT ÊTRE DE L'AMOUR.
C'EST POUR ÇA...
... QUE TU DOIS Y METTRE DU TIEN POUR LE LUI FAIRE OUBLIER.
JE TE GARANTIS QUE MIYU VA REVENIR À LA RÉALITÉ ! ♡
... OUH...
GNNNH...

<< JE T'AIME, AOI, ET JE TIENS À DIRE MOI-MÊME À KAICHI QUE JE NE PEUX PAS ÊTRE AVEC LUI. >>
<< NE T'EN FAIS PAS. C'EST UN GARÇON TRÈS DROIT. >>
JE L'ESPÈRE...
COMMENT ?
IL Y A QUELQU'UN DANS LA SALLE DU CONSEIL DES ÉLÈVES, UN JOUR DE CONGÉ ?

MES RESPONSABLES ONT BEAUCOUP APPRÉCIÉ MON ILLUSTRATION D'OUVERTURE DU CHAPITRE HUIT. ÇA SE PASSE À YOKOHAMA. J'Y ÉTAIS ALLÉE À NOËL ET CELA M'A INFLUENCÉE. (C'ÉTAIT MA TOUTE PREMIÈRE ILLUSTRATION DE L'ANNÉE.) AMUSANT... J'OBSERVAIS, ET... DES COUPLES, DES COUPLES ET ENCORE DES COUPLES... C'EN EST AU POINT QUE JE ME DEMANDE SI CE NE SERAIT PAS LE HAUT LIEU DU RASSEMBLEMENT DES COUPLES AU JAPON ? (JE SAIS, C'EST RIDICULE.) BIEN, PARLONS DU CHANGEMENT D'AOI. IL VA FALLOIR QUE TRÈS BIENTÔT, IL Y AIT UNE CONTRE-ATTAQUE ! SINON, NOA NE SERA PAS DIGNE DE SA RÉPUTATION. (SNIF !) JE ME SUIS PROCURÉ UNE PAIRE DE MENOTTES EN FOURRURE SUR INTERNET POUR ME DOCUMENTER. JE NE SAVAIS PAS QUE C'ÉTAIT AUSSI LOURD... LA RÉALITÉ EST SURPRENANTE. QUAND JE PENSE QU'ON EN DESSINE AUTANT DANS LES MANGA... CE N'EST PAS UN JOUET POUR ENFANTS, FINALEMENT... (RIRES)

HUITIÈME PLONGEON

SÉANCE DE DÉDICACE

MA SÉANCE DE DÉDICACE A FINALEMENT BIEN EU LIEU LE 29 AVRIL 2007 À TOKYO, TACHIKAWA ! OUF... MERCI À TOUS CEUX QUI M'ONT FAIT LE PLAISIR DE VENIR. VOUS VOUS ÊTES TOUS INQUIÉTÉS DE MON ÉTAT DE SANTÉ ET J'AI REÇU UN MONCEAU DE CARTES ET DE CADEAUX. MERCI POUR TOUT !! CELA M'A FAIT TRÈS PLAISIR. MERCI !! CE QUI M'A LE PLUS TOUCHÉE LORS DE CETTE SÉANCE, CE SONT LES FLEURS QUI M'ONT ÉTÉ OFFERTES. C'ÉTAIT LA TOUTE PREMIÈRE FOIS QUE J'EN RECEVAIS LORS D'UNE DÉDICACE !! (EN FAIT, C'ÉTAIT UN DE MES RÊVES.) ET EN PLUS, J'EN AI EU PLEIN ! J'AI EU UN BOUQUET DANS LES TEINTES BLEUES À L'IMAGE DE RHAPSODY IN HEAVEN. MOI QUI SUIS ORIGINAIRE DU KANTO, J'ADORE DÉCIDÉMENT LA RÉGION DE TOKYO, ET TACHIKAWA ! LOVE !! (RIRES) POUR ME FAIRE PARDONNER L'ANNULATION DE MES SÉANCES DE DÉDICACE DU MOIS DE SEPTEMBRE 2006, J'AI CRÉÉ DES PAPIERS À LETTRE ET DES CHEMISES EN PLASTIQUE (?) J'AI L'HABITUDE DES PAPIERS SPÉCIAUX POUR MES DÉDICACES, MAIS C'ÉTAIT LA PREMIÈRE FOIS QUE JE FAISAIS FABRIQUER DES CADEAUX PROMOTIONNELS.

↓

À SUIVRE AU TROISIÈME ESPACE !

ESPACE 2

JE VAIS TE SAUVER !
SI TU VEUX QU'ELLE OUVRE LES YEUX...
... TU VAS FAIRE COMME JE T'AI DIT : TU VAS COUCHER AVEC ELLE !!
N... NON...
MMMH...
... ÇA NE SUFFIRA PAS DE L'EMBRASSER !

AVOUE, MIYU, SI TU AS SUPPORTÉ TOUT ÇA...
... C'ÉTAIT POUR MOI ET POUR LE CLUB DE NATATION, HEIN ?
QUOI ?
QU'EST-CE QUE TU RACONTES ?
C'EST PAS VRAI !!
MAIS QU'EST-CE QUE TU LUI AS MIS DANS LE CRÂNE ?
ALLEZ ! RÉAGIS, KAICHI !!
ELLE EST EN TRAIN DE T'EMBOBINER !!
SLP !
SLP !
SLP !
ÉCOUTE-MOI !
NE T'EN FAIS PAS, MIYU !

TU VOIS ?
AOI A LA SUPER TECHNIQUE !!
VLAM !
TA COPINE A TOTALEMENT MORDU À L'HAMEÇON !!
QUAND AOI VEUT QU'ON L'ÉCOUTE...
... IL SE FAIT TOUT DOUX ET SAIT MENTIR ...
C'EST TOU-JOURS PAREIL !
TOUT LE MONDE SE LAISSE FASCINER PAR LUI.
MAIS TU NE DOIS PAS LUI EN VOU-LOIR...
C'EST VRAI, IL FAUT QUE...
JE LE SAIS, TOUT ÇA !!

KA...
... ICHI ?!
BLAF
KYAH...
GTCHCK !
NON !
JE T'EN PRIE !
QU'EST-CE QUE TU FAIS ?
SBLAAF !
!!
SQUIIST !

AOI N'OBÉIT PLUS À TES ORDRES !
JE LUI FAIS CONFIANCE !
AH ? COMMENT PEUX-TU DIRE ÇA DEVANT TON COPAIN ?
POUR MOI...
... C'EST LA PREUVE QUE TU LE TROMPES !!
!!
OH NON ! C'EST HOR-RIBLE... JE NE VOULAIS PAS QU'IL L'AP-PRENNE DE CETTE MANIÈRE !!
KAI-CHI...
JE... JE VOULAIS T'EN PARLER ...
NOA A RAISON...

EH OUI...
ENFIN, LAISSONS PASSER POUR CETTE FOIS !
THMP !
... ON DIRAIT QUE MON AOI EST ALLÉ TROP LOIN, CE COUP-CI.
...?
ALLEZ ! LA FERMETURE DE VOTRE CLUB DE NATATION...
... VOUS SAVEZ BIEN QUE C'EST À MOI QUE VOUS LA DEVEZ, NON ?
ET APRÈS, JE VOUS AI ENVOYÉ AOI POUR VOUS FAIRE TAIRE.
BON, D'ACCORD...
... IL A DIT QU'IL AMADOUERAIT MIYU EN LA SÉDUISANT...
MAIS COMME TOUJOURS, IL A ÉTÉ TROP LOIN !
DÉSOLÉE, HEIN ?
JE VAIS LE RAISONNER.
QUOI ?
ET TU T'IMAGINES QUE JE VAIS MORDRE À CE MENSONGE ?

コンコンッ
TOC TOC
J'ENTRE !
QUOI ?! COMME SI ON ALLAIT NOUS OUVRIR !!
EN PLUS, ON EST SAMEDI !!
JE T'EN PRIIIIE !!! ♡
QUOI ?
ガチャッ
GTCHACK !
QU'EST-CE QUI SE PASSE ?
EH BEN ! TU AS ÉTÉ BIEN LONG !
JE DÉTESTE ATTENDRE !!
PETITE IMPUDENTE !!
QUOI ? CETTE PERVERSE DE PRÉSIDENTE ?
GNF...

VIENS !
... HÉ...
... ATTENDS, KAICHI !
OÙ TU M'EMMÈNES ?
MAIS RÉPONDS !!
TU NE VEUX QUAND MÊME PAS ALLER AU...
CONSEIL DES ÉLÈVES

BON TRAVAIL !
SALUT !!
KAICHI !
JE DOIS TE PARLER.
TU AS DU TEMPS ?
WOP !
どきん
WOP !
どきん
WOP !
どきん
AH ! TU TOMBES À PIC !
MOI AUSSI, J'AI UN TRUC IMPORTANT À TE DIRE !

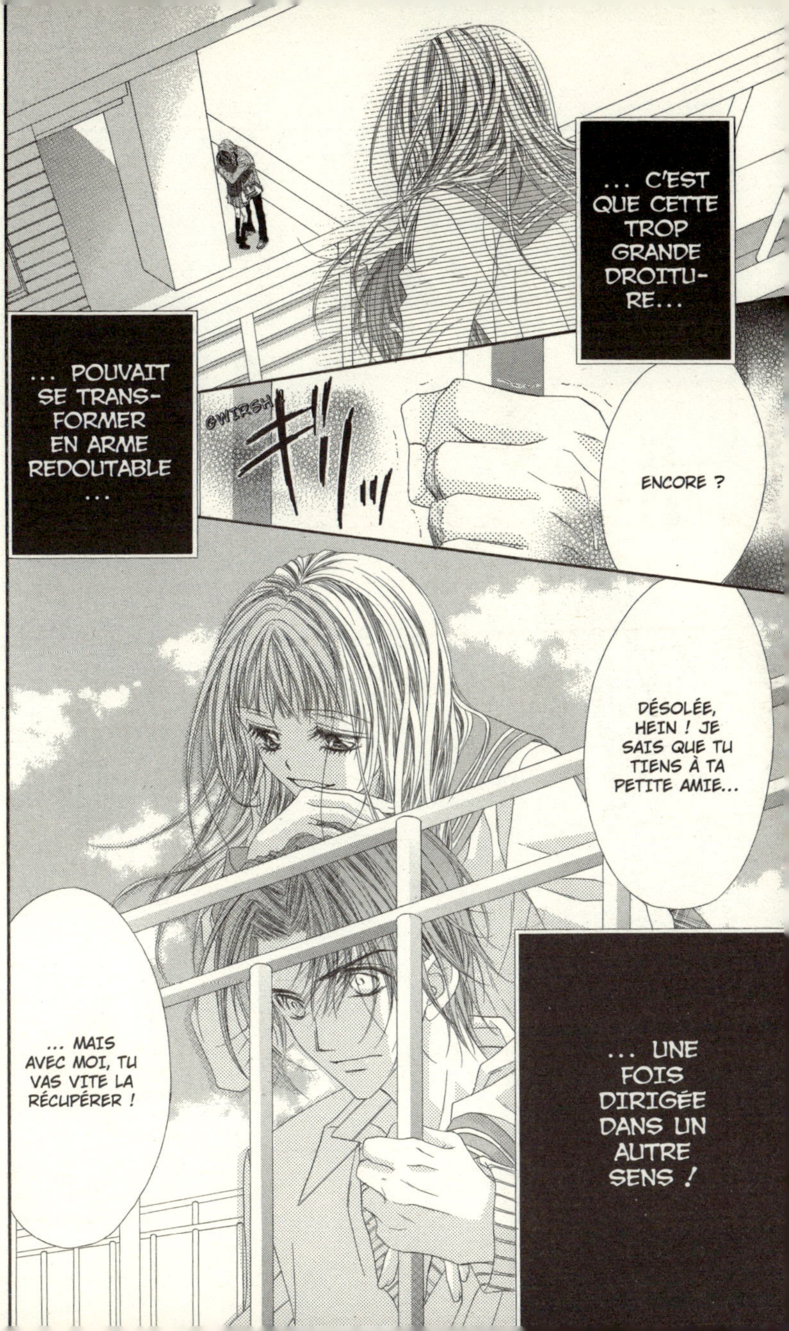
... C'EST QUE CETTE TROP GRANDE DROITU-RE...
... POUVAIT SE TRANS-FORMER EN ARME REDOUTABLE ...
ENCORE ?
GWIRSH
DÉSOLÉE, HEIN ! JE SAIS QUE TU TIENS À TA PETITE AMIE...
... MAIS AVEC MOI, TU VAS VITE LA RÉCUPÉRER !
... UNE FOIS DIRIGÉE DANS UN AUTRE SENS !

KAICHI N'A PAS MAUVAIS FOND !
NE T'EN FAIS PAS. C'EST UN GARÇON TRÈS DROIT !
BON, J'Y VAIS !
SBLIF !
MIYU !
MH...
CE QUE J'IGNORAIS...

BON... JE SERAI AUX ALENTOURS DE L'ÉCO-LE...
D'AC-CORD...
TU ME TÉLÉPHONES DÈS QUE TU AS FINI.
D'AC-CORD...
N'HÉSITE PAS AU MOINDRE PROBLÈME...
くす くす くす
AH HA HA ! MAIS NON ! IL N'Y EN AURA PAS !

TOUS MES SOUHAITS SE RÉALISENT...
QUE FAIRE ?
... MAIS MON CORPS ME TRAHIT...
... J'AI L'IMPRESSION DE NAGER EN PLEIN RÊVE...
JE NE DEVRAIS PAS, TANT QUE JE N'AI PAS CLOS CETTE HISTOIRE ...
... C'EST CE QUE MA TÊTE ME DIT ...

...
キュ〜ううう
GWIIISH !
LE BONHEUUUR !!
ぐいっ
GWIP
ドキッ
WUP !

歩行者
自転車
TU M'AS FAIT...
... UNE DE CES PEURS !!
AH HA HA !
あはは
ALLEZ ! TU DOIS AVOIR L'HABITUDE DE TOUJOURS M'AVOIR SUR LE DOS, NON ?
MMH ?
CE MATIN, J'AVAIS UN SHOOTING DU CÔTÉ DU PORT.
ÊTRE PRÈS DE L'EAU M'A TROP FAIT PENSER À TOI.
*PIÉTONS ET VÉLOS
JE DEVAIS ABSOLUMENT TE VOIR !
IMPOSSIBLE D'ATTENDRE JUSQU'À LUNDI.

D'AC-CORD...
... JE T'ADMIRE, TU SAIS ?
ARRÊTE !!
ÇA ME DONNE ENCORE PLUS ENVIE DE TE VOIR...
MOI AUSSI ! QU'EST-CE QUE TU CROIS ?
WLUP
WLUP
WLUP
AH...
TU ES SÛRE QUE TU N'AS PAS UNE MINUTE POUR MOI, LÀ ?
ÇA NE ME GÊNE PAS QUE TU SOIS EN PYJAMA !
AOI ?!

... JE PENSE QUE...
... JE VAIS DISCUTER AVEC KAICHI...
NE T'EN FAIS PAS POUR ÇA, JE M'EN CHARGE !
APRÈS TOUT, C'EST MOI QUI T'AI ARRACHÉE À LUI !
NON, MERCI.
DWOCK
EN PLUS, TU NE M'AS PAS ARRACHÉE À LUI...
JE T'AIME...
JE NE VEUX PLUS LUI MENTIR.
C'EST VRAI QUE KAICHI COMPTE BEAUCOUP POUR MOI, MAIS IL NE SERA JAMAIS QU'UN AMI.
JE TIENS À LE LUI DIRE ET À M'EXCUSER.

TU ES LIBRE, AUJOUR-D'HUI ?
WUP !
UN RENDEZ-VOUS AMOUREUX ?
OUI !!
AUSSI LIBRE QUE L'AIIIIR !!!
... J'AI TERRIBLEMENT ENVIE DE LUI DIRE ÇA, MAIS ...
AH... AUJOUR-D'HUI, TU DIS ?
J'AI UN ENTRAÎNEMENT AVEC LES MEMBRES DE L'ASSOCIATION DES AMOUREUX DU SPORT...
ET...
... ENSUI-TE...

ALLEEEZ !!
BTP
ALLÔ, ALLÔÔÔ ? QUI EST-CE ?!
POUITCH !!
HI HI HI
TU RÉPONDS TOUJOURS COMME ÇA AU TÉLÉPHONE ?
C'EST MOI, SUZUKI, TU ME RECONNAIS ?
HI HI
EH, HÉ !!
KOOOF !!
AH...
AH OUI...
GYAH !
MON TOUT PREMIER APPEL DE LA PART D'AOI !!
APPEL
0:39
AOI SUZUKI
080XXXXXXXX
MAIS OUI, BIEN SÛR QUE JE TE RECONNAIS !!
QU'EST-CE QUE TU VEUX ?
TU ES CHEZ TOI, LÀ ?
OUI !
SUPER, ÇA TOMBE BIEN...
?

... J'EN AVAIS DÉJÀ UN AUTRE DANS MON CŒUR.
JE NE M'IMAGINAIS PAS QUE DEVENIR LA COPINE DE MON MEILLEUR AMI...
... ME PÈSERAIT À CE POINT...
PAR CONTRE, CE QUI S'EST PASSÉ AVEC AOI ME PARAÎT SI NATUREL...
J'AIME AOI, C'EST INDÉNIABLE...
VOILÀ POURQUOI...
... JE DOIS L'AVOUER À KAICHI !

COMME SI J'AVAIS ENVIE DE LUI FAIRE DE LA PEINE !
JE NE SUIS PAS COMME TOI, MOI...
... JE TIENS À LUI !
JE TE PRÉVIENS !
VLAM !
SI TU LUI FAIS DU MAL, JE TE LE PARDONNERAI JAMAIS !
... IMBÉCILE ...
C'EST DÉJÀ FAIT...
JE SAIS BIEN QUE C'EST LUI LE GRAND PERDANT...
... C'EST TRISTE, MAIS QUAND J'AI ACCEPTÉ SA PROPOSITION...

T'ES FÊLÉ, OU QUOI ?!
DWACK !
NE REGARDE PAS, MIO !! ON VOIT SA CULOTTE !!
KAICHI ET MOI ? ÇA NE VA PAS LA TÊTE ?!
POUH !!
BEN QUOI ? VOUS N'ÉTIEZ PAS ENSEMBLE ?
HUF !
BEN ALORS ...
SI C'EST ÇA...
... AVEC QUI TU AS COUCHÉ ?
GTCHACK !
TSKT !
ON AURAIT MIEUX FAIT DE TE LAISSER TE NOYER !!
MIO !!
PROMETS DE NE RIEN DIRE À KAI...
T'EN FAIS PAS POUR ÇA !!

TU DEVRAIS DIRE MERCI À EMIRI !
ELLE T'A HABILLÉE ET M'A AIDÉ À TE PORTER ICI.
OH, MERCI BEAUCOUP...
MAIS DE RIEN...
WUP
EMIRI... JE VOUDRAIS SAVOIR...
... TU AS VU MON CORPS, QUAND TU M'AS CHANGÉE ?
JE N'AVAIS PAS L'AIR TROP...
... EUH... SEXY ?
TU VOIS...
WUP
どき
QUOI ?
AH, MAIS NON, OUBLIE !!
AH, HA, HA, HA !!
TOI, SEXY ? DANS TES RÊVES !
OH, LA FERME, MIO !!
ON DIT POURTANT QUE FAIRE L'AMOUR REND JOLIE...
MURMURE
HÉ, MIO...
MURMURE
MH ?!
AH, HAAA !! ♡
JE VOIIIIS !
NAN, SANS BLAGUE, MIYU !
TU AS ENFIN SAUTÉ LE PAS AVEC KAICHI ?!
BRAVO !!
HEIN ?!

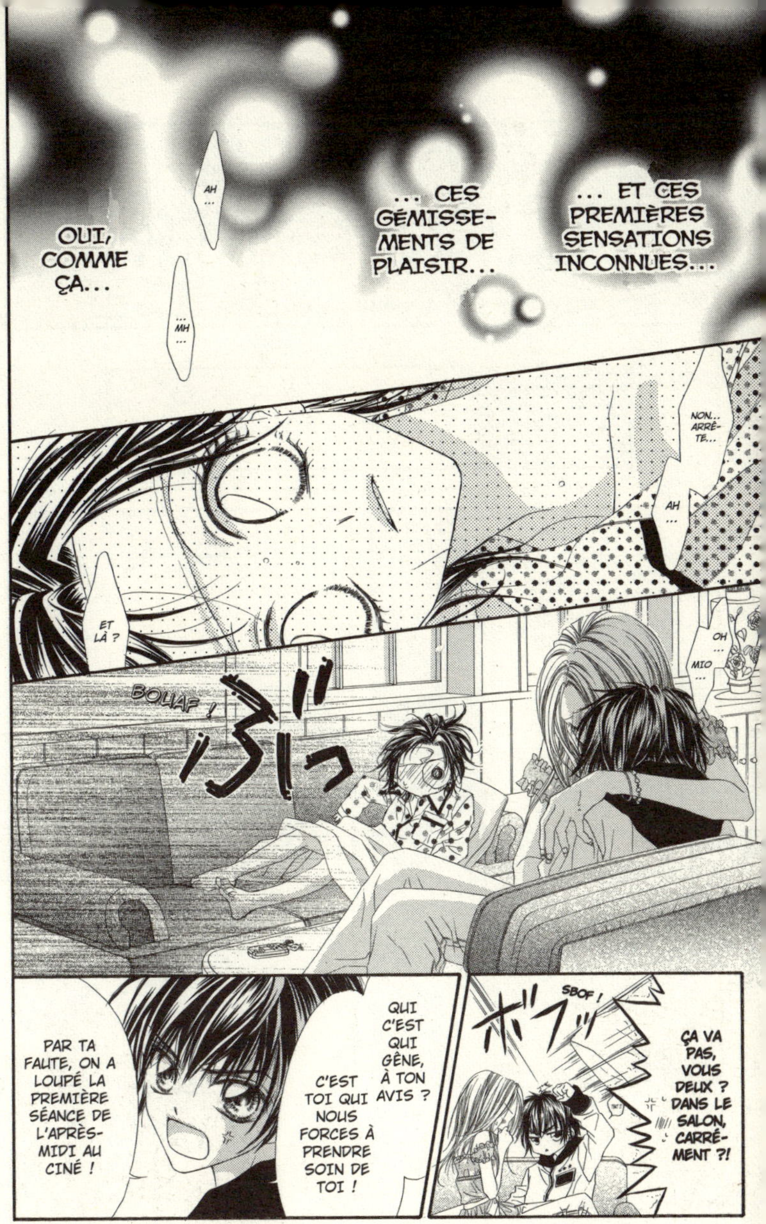
... ET CES PREMIÈRES SENSATIONS INCONNUES...
... CES GÉMISSEMENTS DE PLAISIR...
AH ...
OUI, COMME ÇA...
... MH ...
NON... ARRÊTE...
AH ...
ET LÀ ?
OH ... MIO ...
BOUAF !
SBOF !
ÇA VA PAS, VOUS DEUX ? DANS LE SALON, CARRÉMENT ?!
QUI C'EST QUI GÊNE, À TON AVIS ?
C'EST TOI QUI NOUS FORCES À PRENDRE SOIN DE TOI !
PAR TA FAUTE, ON A LOUPÉ LA PREMIÈRE SÉANCE DE L'APRÈS-MIDI AU CINÉ !

BLUP
BLUP
BLUP !
ぶくぶくぶく
SI ÇA SE TROUVE, J'AI TOUT RÊVÉ...
C'EST VRAI... ÇA A ÉTÉ SI SOUDAIN...
...
BLOOP !
...
...
KYAH !
きゃあっ
TU AVAIS RAISON, MIO !
MIYU A FAIT UN MALAISE !!
BOUARF !
ぐったり
J'HALLUCINE...
TU PARLES D'UNE SŒUR !
... UN RÊVE ?
NON... JE N'AI RIEN IMAGINÉ...
... MON CORPS S'EN SOUVIENT...
... LA FORCE DES BRAS D'AOI...
L'ODEUR DU CHLORE DE LA PISCINE...
LA PEAU D'AOI COLLÉE À LA MIENNE...

... MA VIE AMOUREUSE S'EST EMBALLÉE...
... ET EST DEVENUE TRÈS RÉELLE !
ET AUJOUR-D'HUI...
... JE SUIS ENTRÉE EN COMMUNION AVEC LUI DANS CETTE EAU QUI EST MA VIE !
PLITCH !
ぱちんっ

... JE ME SUIS INTÉRESSÉE À L'AMOUR ...
... À TEL POINT QUE...
AH OUI, C'EST LA MODE DES CHEVEUX LONGS.
流行スタイル♡コーディネイト*
EVE
... J'AI TOUT MISÉ SUR MA TOUTE NOUVELLE VIE AU LYCÉE ...
... JE M'ÉTAIS PRÉPARÉE PARFAITEMENT À VIVRE UNE GRANDE PASSION ...
PARFAIIITE !!
VEUILLEZ VOUS CHANGER AVANT LA CÉRÉMONIE DE RENTRÉE !
ARGH !
ガーンッ
*COIFFURES DE STAR
ET AINSI ...
... DÈS CE MOMENT...
... OÙ LA PASSION M'A ENVAHIE AU POINT D'EN TREMBLER COMME UNE FEUILLE...

HEEEEIN ?!
LA COPINE DE MON FRÈRE ?!
MIO ! C'EST PAS POSSIBLE ! TU N'AS QUE 11 ANS !!
COMMENT TU PEUX SORTIR AVEC UNE FILLE PLUS VIEILLE QUE MOI ?
15 ANS
BON-JOUUUR !
16 ANS
11 ANS
ET TOI, ALORS ? TOUJOURS PAS LE MOINDRE PETIT COPAIN À L'HORIZON, À TON ÂGE ?
C'EST TOI QUI ES BIZARRE !!
ET C'EST QUOI CET ACCOUTREMENT ?
OH ! TU AS DE LA CRÈME, LÀ !
ÇA ME RAPPELLE QUAND NOUS AVONS COMMENCÉ À SORTIR ENSEMBLE, MA CHÉRIE !!
EH OUI ! NOUS AVIONS ÉTÉ ÉLUS AU CONSEIL DES ÉLÈVES EN SECONDE ANNÉE DE COLLÈGE !
QUOI ? VOUS SORTIEZ DÉJÀ ENSEMBLE ?
DEPUIS CE JOUR...

JE N'AI RIEN CONNU DE MIEUX...
AVANT, LE BONHEUR POUR MOI, C'ÉTAIT DE PASSER UNE SECONDE DE PLUS DANS L'EAU...
... OU DE BATTRE MON RECORD D'UNE SECONDE...
SEULS MES AMIS COMPTAIENT POUR MOI.
MAIS TOUT A CHANGÉ...
... IL Y A SIX MOIS...
MIYU ! ENCHANTÉE !!
JE SUIS LA COPINE DE MIO !! ♡
JE SUIS EMIRI YOKOKAWA ! EN PREMIÈRE ANNÉE DE LYCÉE !

ET VOILÀ ! DÈS LE CHAPITRE 7, JE METS MIYU EN AVANT !
PENDANT QUE JE CRÉAIS L'ILLUSTRATION D'OUVERTURE DE CHAPITRE, QUELQUES-UNES DE MES ASSISTANTES M'ONT DEMANDÉ : << C'EST QUI ? >>. BON, C'EST VRAI QUE SES CHEVEUX SONT TRÈS LONGS ! C'EST UNE PERRUQUE !
LA FAMILLE DE MIYU VA FAIRE SON APPARITION. SON PÈRE EST HOMME AU FOYER. SON PETIT FRÈRE, MIO, EST LE CHOUCHOU DE SES AÎNÉES ! (RIRES)
PERSONNELLEMENT, J'AI UN GRAND FRÈRE (DEUX ANS DE PLUS) ET JE NE TIENS PAS, MAIS PAS DU TOUT, À L'IMAGINER EN SITUATION ROMANTIQUE ! ENFIN, EN DEHORS DE SA CÉRÉMONIE DE MARIAGE, BIEN SÛR ! (C'EST VRAI !) MAIS MÊME LÀ, JUSTE AVANT LE BAISER DES NOUVEAUX MARIÉS, JE ME SUIS DEMANDÉ SI J'ALLAIS POUVOIR LE SUPPORTER. FINALEMENT, J'AI IMMORTALISÉ LE MOMENT PAR UNE BELLE PHOTO ! (RIRES) DÉCIDÉMENT, C'EST ÇA, LA MAGIE DU MARIAGE ! L'ANNÉE DERNIÈRE, JE ME SUIS RETROUVÉE AU MILIEU D'UN TOURBILLON DE CÉRÉMONIES. J'ÉTAIS SI ACCAPARÉE PAR MON TRAVAIL QUE J'AVAIS TRÈS PEU DE NOUVELLES DE MES AMIES ET QUE JE PENSAIS LES AVOIR PERDUES. AUSSI, QUAND J'AI REÇU LEURS INVITATIONS, J'ÉTAIS TOTALEMENT RAVIE !
MERCI À TOUS ET À TOUTES !

ATTENTION, CETTE RUBRIQUE COMPORTE DES SPOILERS, ALORS LISEZ-LA À LA FIN DU MANGA !

SEPTIÈME PLONGEON

JE NE SAIS PAS SI C'EST DÛ AU CLIMAT,
MAIS JE ME SENS EN PLEINE FORME !
BON, JE DOIS AVOUER QUE PENDANT
LA RÉDACTION DE CE MANGA, J'AI ÉTÉ MALADE.
LA VEILLE DE MON MALAISE,
J'ANNONÇAIS À MON ÉDITEUR : << EN CE MOMENT,
JE N'AI PAS DU TOUT MAL À LA GORGE. >>
JE SUIS COMME ÇA : DÈS QUE JE ME DIS QUE JE NE
POURRAI PAS ÊTRE PLUS HEUREUSE, QUELQUES JOURS
PLUS TARD, UNE TUILE ME TOMBE DESSUS.
PAR EXEMPLE, EN AMOUR, JE ME FAIS LARGUER...
VOILÀ POURQUOI, POUR NE PAS VOIR MON
BONHEUR S'ÉCROULER, JE FAIS EN SORTE
DE NE SURTOUT PAS EN PARLER.
DE LA SUPERSTITION ?
J'AI L'IMPRESSION QUE PLUS
JE PARLE DE BONHEUR,
PLUS IL M'ÉCHAPPE !
J'EN SUIS À ME DIRE QUE
JE DOIS TOUJOURS ME
MONTRER DISCRÈTE.
KANAN MINAMI
ESPACE 1

DWOCK
AH...
QUOI ?
ENCORE TOI, LE RETARDÉ DU CLUB DE NATATION ?!
GNIIIIIIIIIIIH !!
AH, MAIS QUELLE GLU !!
SI C'EST UNE QUESTION SENTIMENTALE...
... TU PEUX TE CONFIER À MOI, TU SAIS ?

BAAM !
BAM
BAM
BAM
CRUTCH !
OOUH... GNH...
MAIS POUR-QUOIII ?!
FLÛÛÛTE !!

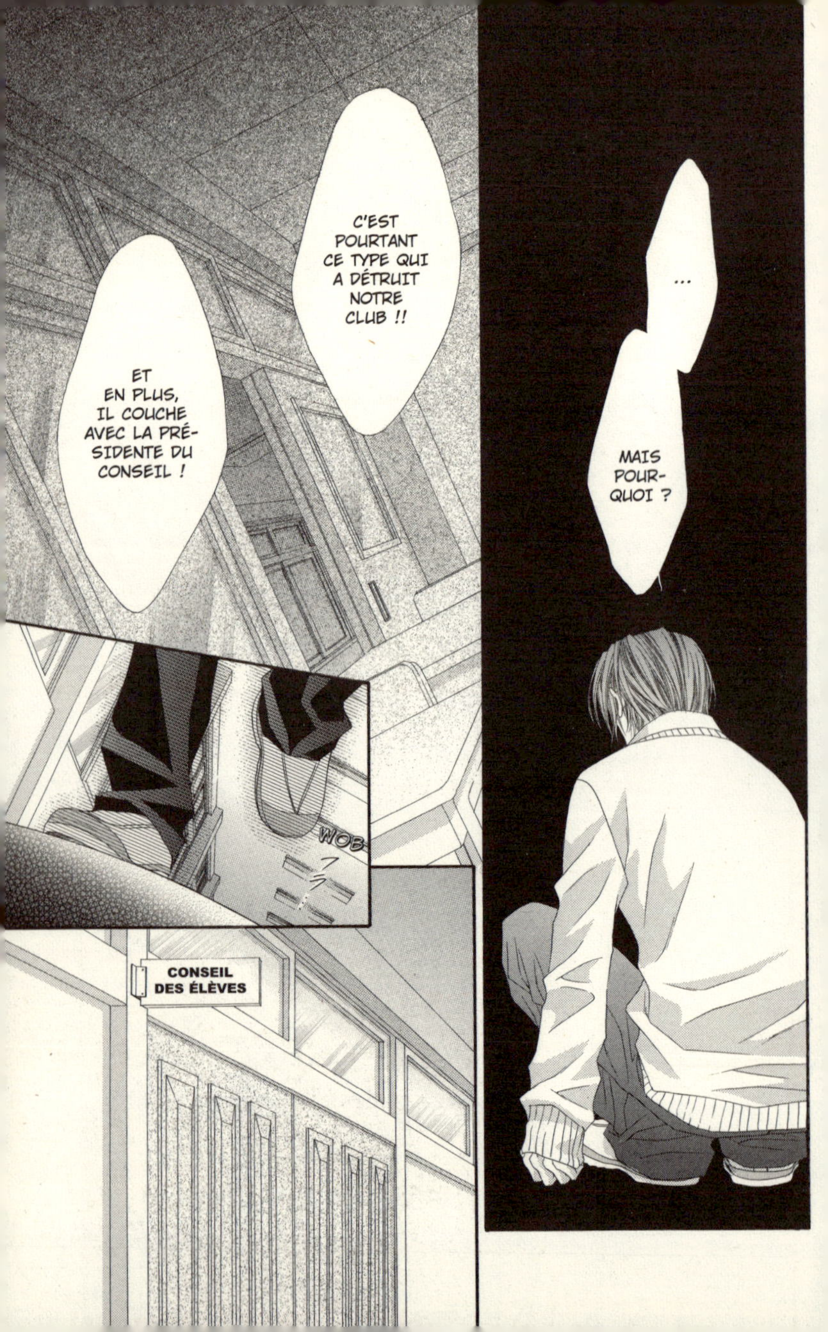
C'EST POURTANT CE TYPE QUI A DÉTRUIT NOTRE CLUB !!
ET EN PLUS, IL COUCHE AVEC LA PRÉSIDENTE DU CONSEIL !
WOB
CONSEIL DES ÉLÈVES
...
MAIS POURQUOI ?

AAAH !
LE VOILÀ ! MON CARTABLE ÉTAIT BIEN ICI !
HEUREUSEMENT QUE L'ÉLECTRICITÉ ÉTAIT TOUJOURS ALLUMÉE !
L'ÉCOLE, LA NUIT, C'EST LUGUBRE...
OUH HOU HOU !
ELLE A TOUJOURS TROP PENSÉ À HAUTE VOIX !!
LA FOIS PROCHAINE, N'OUBLIE PAS DE PRENDRE TES AFFAIRES !
OUI... D'ACCORD !
MH ?
IL Y A QUELQU'UN AVEC ELLE ?
MMH...
ET EN PLUS, UN GARÇON ?!

...
BON...
CONSIDÉRONS QUE LE TEST EST FINI POUR AUJOURD'HUI !
PLAF !
PLAF !
...
...
PLAF !
WUP !
どきいっ
AH...
DU... DU BRUIT ?
ENFIN ! VOILÀ MIYU !!
WUP
WUP
WUP
どっくん
どっくん
どっくん
ELLE VA VOIR ! JE VAIS LUI APPRENDRE, MOI, À ME LAISSER POIREAUTER !!
À MON TOUR DE LUI FAIRE UN PETIT CADEAU SURPRISE !
GLIMPSE
きょろ
きょろ
GLIMPSE

À PEINE L'ENTRAÎNEMENT TERMINÉ ...
<< J'AI UN TRUC À FAIRE ! >>
ET DEPUIS 19 H... PLUS DE NOUVELLES !
ELLE ...
... N'EST SÛREMENT PAS RENTRÉE QUAND MÊME !
COMME LA FOIS DERNIÈRE, QUAND ELLE A OUBLIÉ SON CARTABLE (ET MOI !) !
ELLE POURRAIT AU MOINS M'ENVOYER UN MAIL !
QU'EST-CE QU'ELLE CROIT ! JE SUIS SON COPAIN ! JE M'INQUIÈTE !
...
"SON COPAIN" ...
BLUSH
かあっ
... OUI, EN FAIT, C'EST JUSTE UNE PÉRIODE D'ESSAI ...
MAIS LÀ, ÇA CRAINT...
ÇA A L'AIR MAL BARRÉ...

BIIP
ピーッ
BIIP
ピーッ
BIIP
ピー…
I –C
HURK
HURK
AH, MAIS ALORS, CETTE MIYU !!
OÙ EST-CE QU'ELLE EST ENCORE ALLÉE EN LAISSANT SON CARTABLE EN PLAN !
HURF

00:15
カチッ
TIC !
00:00

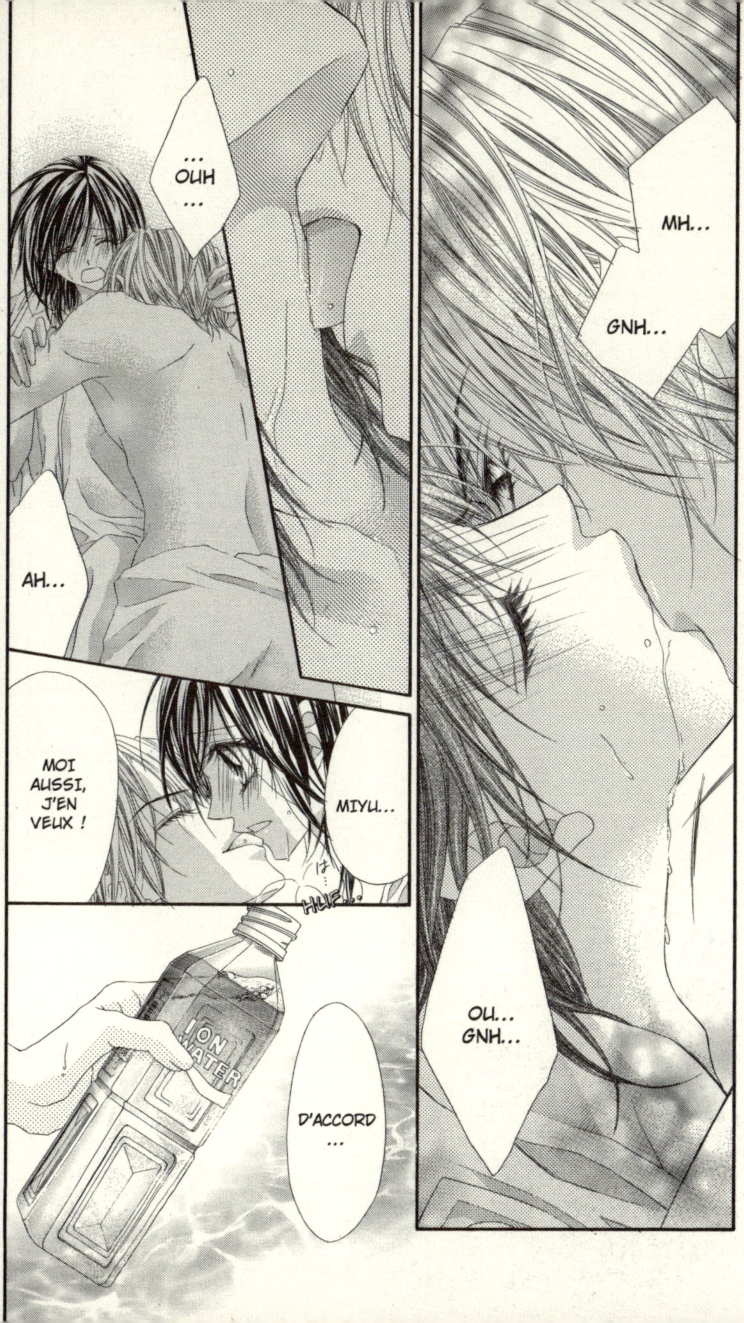
MH...
GNH...
OU... GNH...
... OUH ...
AH...
MIYU...
MOI AUSSI, J'EN VEUX !
HUF...
D'ACCORD ...

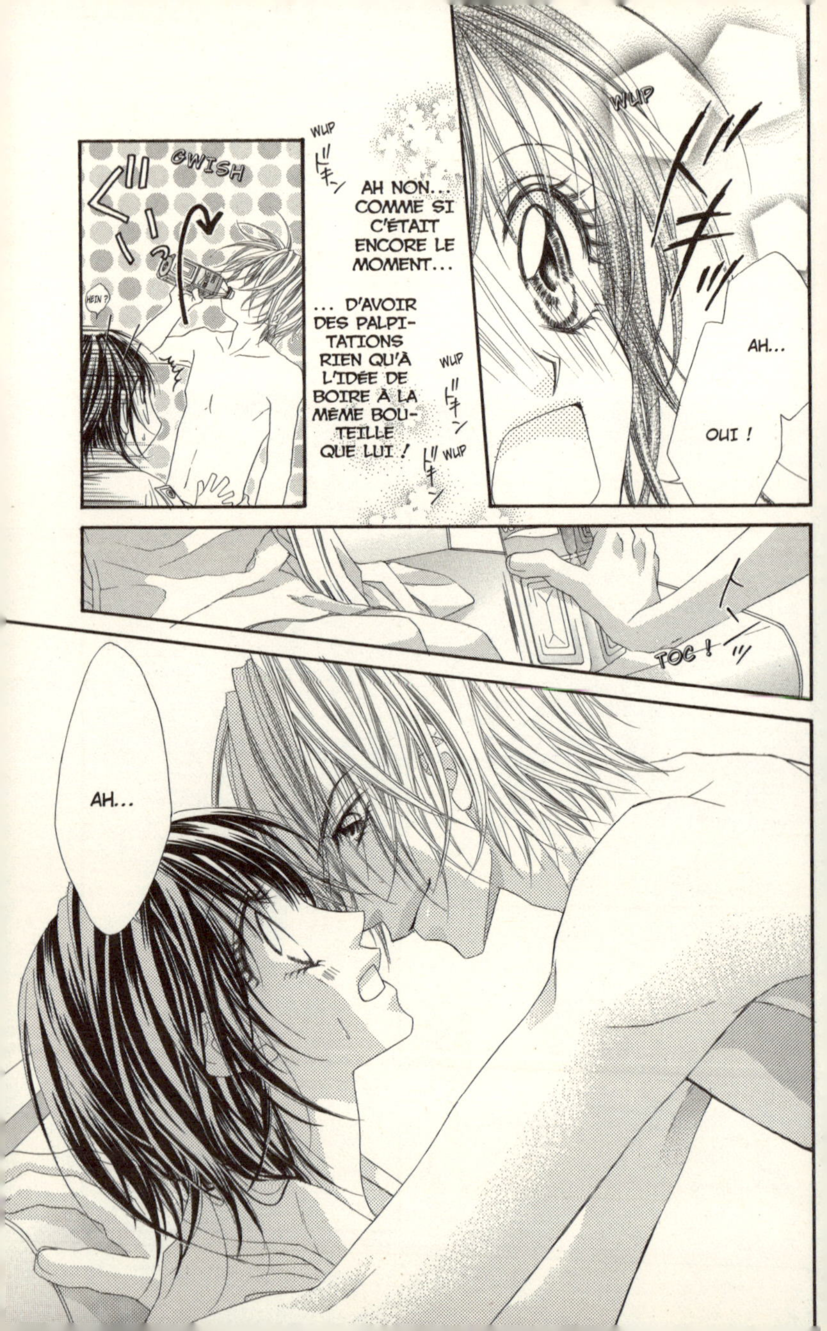
WUP
AH...
OUI !
WUP
AH NON... COMME SI C'ÉTAIT ENCORE LE MOMENT...
... D'AVOIR DES PALPITATIONS RIEN QU'À L'IDÉE DE BOIRE À LA MÊME BOUTEILLE QUE LUI !
WUP
WUP
GWISH
HEIN ?
TOC !
AH...

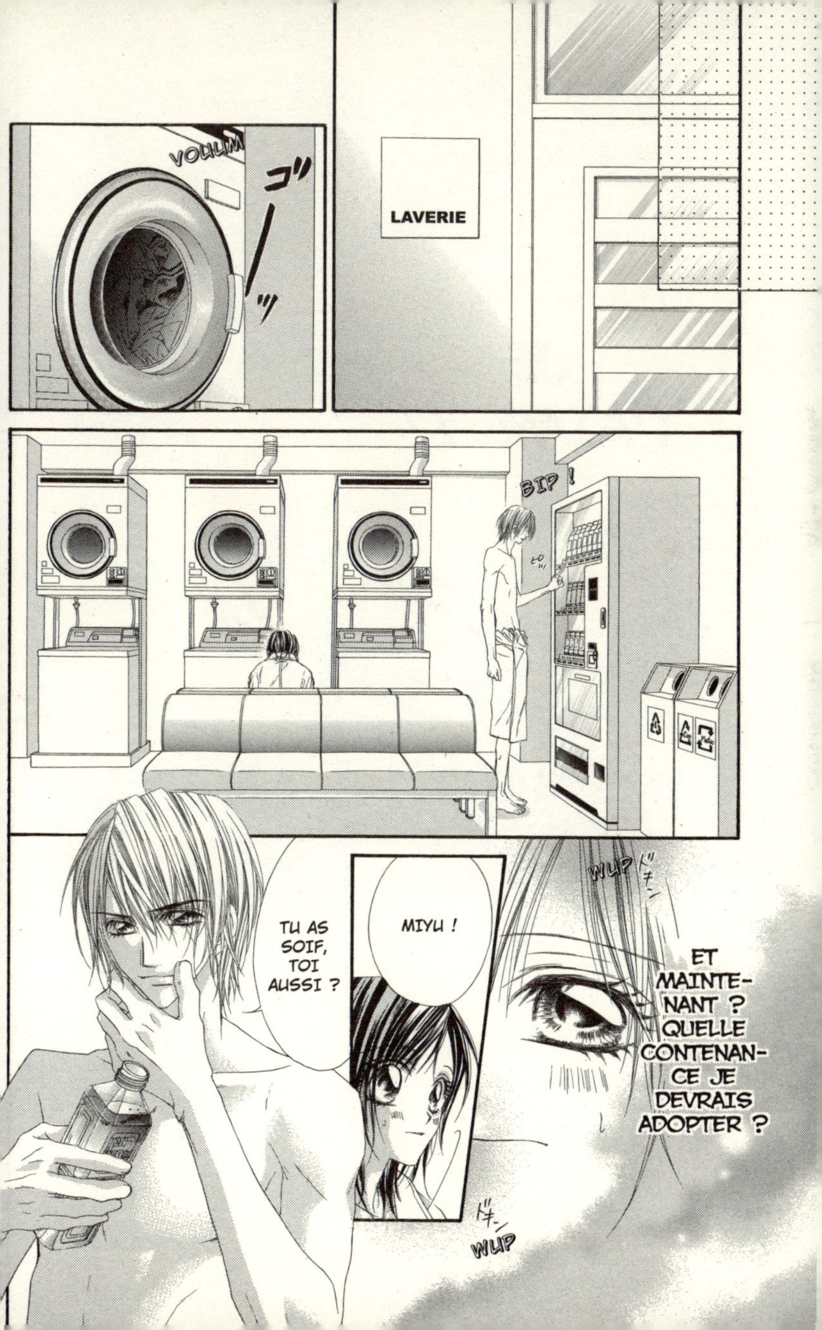
LAVERIE
VOUUM
ゴッ
BIP !
ピッ
WUP ドキン
ET MAINTE-NANT ? QUELLE CONTENAN-CE JE DEVRAIS ADOPTER ?
MIYU !
TU AS SOIF, TOI AUSSI ?
ドキン
WUP

JE T'AIME !!

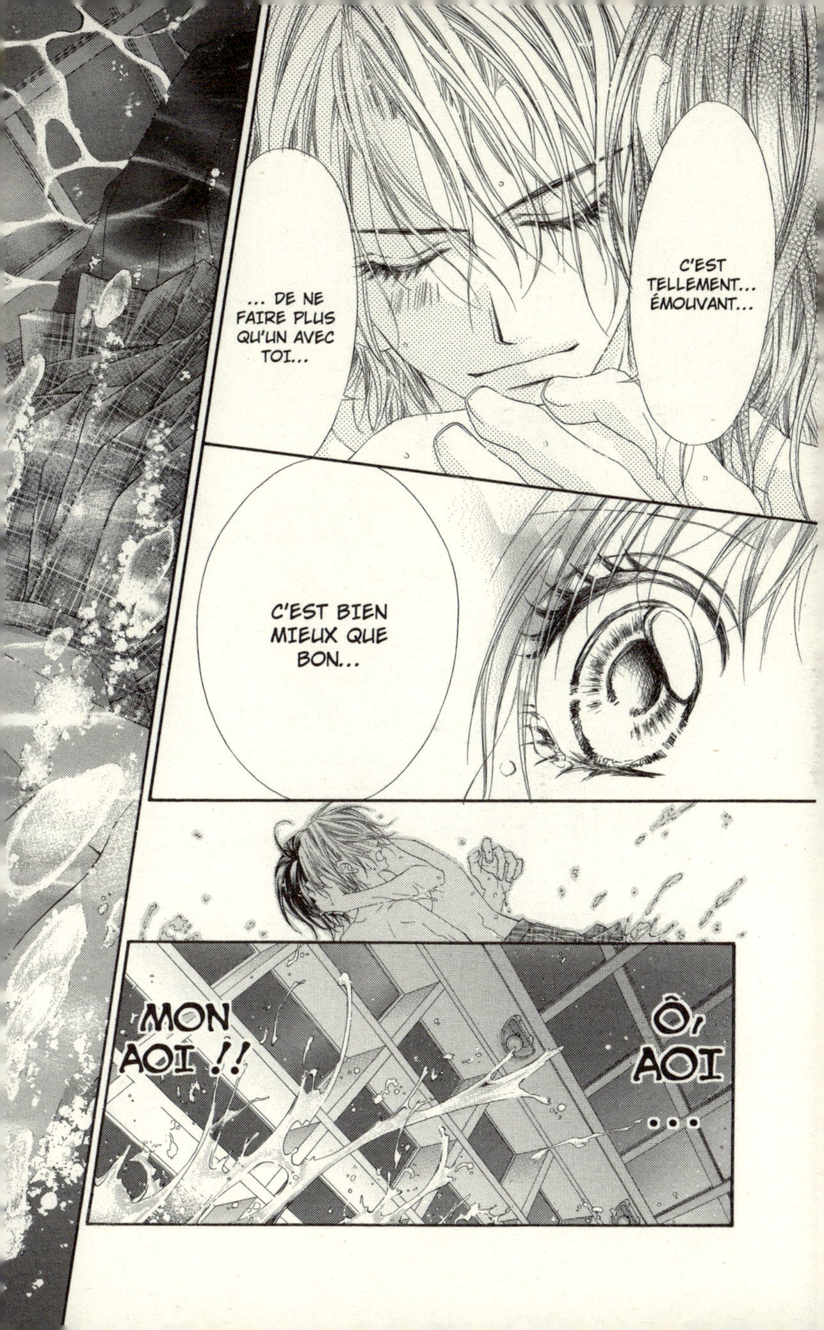
C'EST TELLEMENT... ÉMOUVANT...
... DE NE FAIRE PLUS QU'UN AVEC TOI...
C'EST BIEN MIEUX QUE BON...
Ô, AOI ...
MON AOI !!

JE... JE NE PEUX PAS ! PARDON !
HUF
ÇA FAIT MAAAL !
HUF
JE NE... JE NE PEUX PAS !
HUF !
CE... JE TE FAIS ARRÊTER AVANT QUE ÇA NE SOIT BON POUR TOI...
JE SUIS DÉSO-LÉE...
GNH...
MAIS NON ! ÇA VA !
C'EST MOI QUI NE POUVAIS PLUS ME RETENIR. PARDON !
...
...
DIS...
ON PEUT RESTER UN PEU COMME ÇA ?
OU ÇA FAIT TROP MAL ?
QUOI ?
MMH ?
AH...
AOI ?

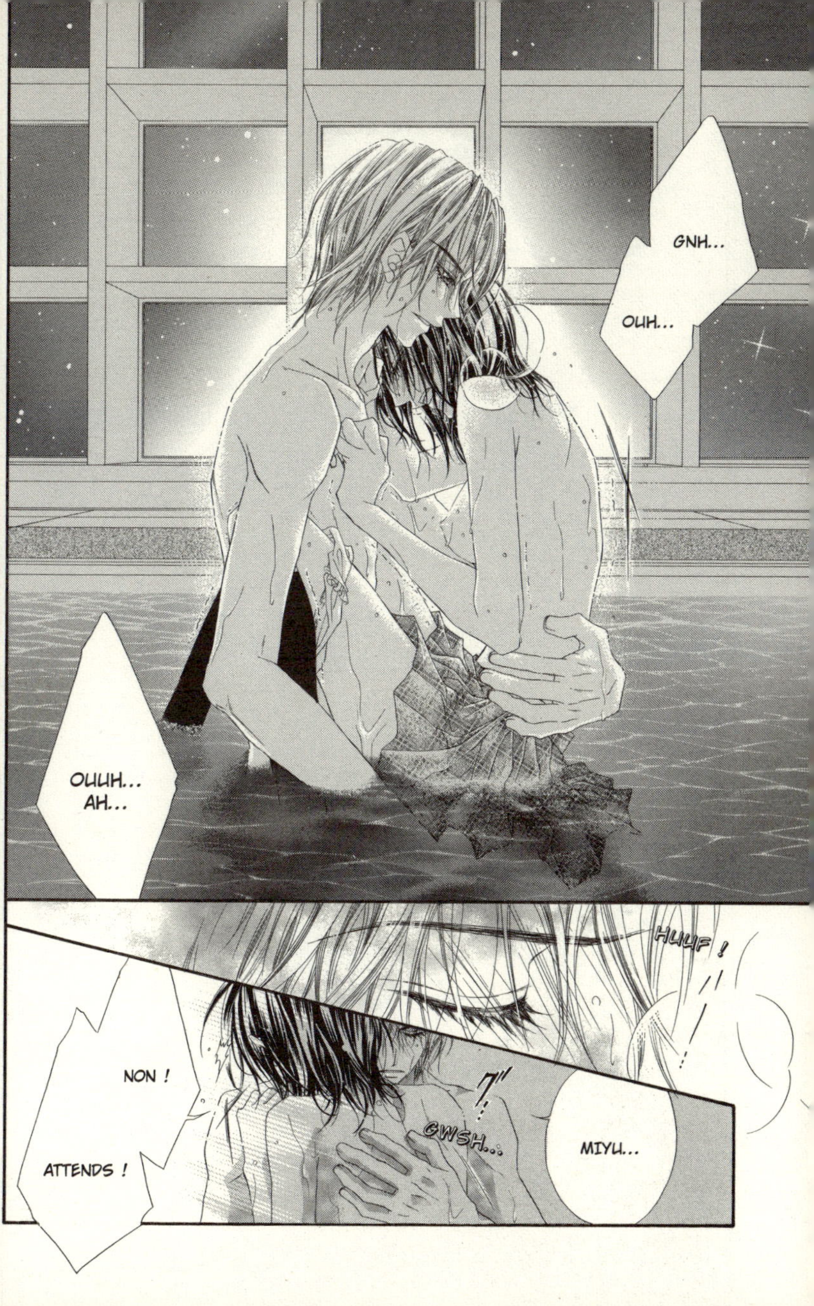
GNH...
OUH...
OUUH... AH...
HUUF !
MIYU...
GWSH...
NON !
ATTENDS !

PLASH
AH...
NON...
PLASH !
HIRK
SRSH...
OUAH...
PLASH !

LAISSE-MOI TE VOIR...
... ET T'ENTENDRE !
JUSTE POUR MOI !
JE TE PROMETS DE LE GARDER RIEN QUE POUR MOI !
AOI... IL EST TROP RUSÉ...
IL SAIT PARFAITEMENT ...
... QUE JE NE SAIS PAS RÉSISTER À UN SECRET !

JE NE PEUX PLUS M'ARRÊTER...
AH ?!
AH...
OUAH !
GNH ...
PFF...
GNH...
OUAAH...
MIYU ...
ARRÊTE DE TE COUVRIR LA BOUCHE !
REGARDE-MOI !
MOLF
MOLF

SPLASH
パシャ
... GNH...
AH... NON ! STOP, AOI !!
MIYU ?
JE...
J'AI TELLEMENT HONTE !!
JE... JE NE PEUX PAS M'EMPÊCHER DE GÉMIR !
SPLASH
パシャッ
NOON !!
GWP
ギュッ
!
TU N'AS PAS À ÊTRE EMBARRASSÉE !
C'EST ADORABLE !
TU N'IMAGINES PAS CE QUE ÇA ME FAIT DE T'ENTENDRE DIRE ÇA...

HIRK !
ピクーッ
OUH...
GNH...
GLOUP !
コポ
... OUH !
AH !!

QU'ÊTRE AVEC UNE FILLE QUE J'AIME...
... ME RENDE SI NERVEUX...
C'EST VRAI, SON CŒUR BAT SI FORT ...
C'EST ...
ÇA ME FAIT TELLEMENT PLAISIR !
ぱっ
BLAF !
ARRÊTE DE SOURIRE COMME ÇA !
!!
!

ET ALORS ? C'EST MAL ?
C'EST QUE... TU AS L'HABITUDE...
AVEC LA PRÉSIDENTE...
GNNF...
COMMENT TU PEUX COMPARER ÇA AVEC CETTE CORVÉE ?
EN PLUS, JE NE SUIS JAMAIS ALLÉ JUSQU'AU BOUT AVEC ELLE.
AH... AH BON ?
... OUI, ENFIN ÇA CRAINT...
JE NE PENSAIS PAS QUE JE SERAIS TENDU À CE POINT.

TU... TU VEUX QUE JE L'ÔTE MOI-MÊME ?
QUOI ? NON...
ÇA VA ALLER ...
POUIC !
HUF...
... AOI, NE ME DIS PAS...
... QUE TU ES NERVEUX...
... HEIN ?
... GNH...

グ
GWP...
ドキ
WLIP
...!
ドキン
WLIP
WLIP
ドキン
...

J'AI DÉCIDÉ DE BIEN DESSINER LA PREMIÈRE SCÈNE DE SEXE DE L'HÉROÏNE. FAIRE L'AMOUR DANS L'EAU, CE N'EST PAS CE QUE J'APPELLERAIS TRÈS HYGIÉNIQUE, ET JE NE LE CONSEILLE PAS VRAIMENT. (RIRE GÊNÉ). MAIS QUE DIABLE ! C'EST RHAPSODY IN HEAVEN ! ALORS JE ME SUIS DIT : ÇA NE POUVAIT PAS ÊTRE AUTREMENT ! J'AIME BEAUCOUP LA SCÈNE PENDANT LAQUELLE NOS JEUNES AMIS S'EMBRASSENT ET SE DISENT : JE T'AIME DANS L'EAU. MES ASSISTANTES ONT FAIT UN TRAVAIL FORMIDABLE DANS LEUR EXPRESSION DE L'EAU. JE LEUR SUIS TELLEMENT RECONNAISSANTE ! BIEN, LA SCÈNE DU CADEAU SURPRISE À MIYU, LA SITUATION VA TRÈS NETTEMENT SE GÂTER ENTRE ELLE ET KAICHI... LE MOT-CLEF SERA : MENOTTES EN FOURRURE ! JE COMPTE SUR VOUS POUR APPRÉCIER !!

SIXIÈME PLONGEON

JE SUIS SI CONTENTE DE POUVOIR TOUT VOUS MONTRER ! C'EST VRAI, LES PARTIES DE DESSIN QUI RESTENT CACHÉES M'ONT PRIS SOUVENT BEAUCOUP DE TEMPS POUR LES RÉALISER. (RIRE AMER). ÉTANT DONNÉ QU'IL Y A DE BONNES CHANCES QUE MES PROCHAINES ILLUSTRATIONS SOIENT PUBLIÉES, JE VAIS Y METTRE BEAUCOUP D'ÉNERGIE ! QUAND J'AI COMMENCÉ À DESSINER RHAPSODY IN HEAVEN, J'AI ACHETÉ DES TONNES ET DES TONNES DE LIVRES SUR LES POISSONS. JE ME PROPOSE MÊME D'ÉLEVER DES POISSONS ROUGES ! (ILS EN VENDAIENT AU FOND DU MAGASIN OÙ J'ÉTAIS.) (RIRES). AH, LES POISSONS... SI INTÉRESSANTS À DESSINER (QUAND ON A LE TEMPS) ET TOUT PARTICULIÈREMENT LEURS COULEURS ! J'AI CRU QUE MES YEUX ALLAIENT TOMBER, MAIS BON... (RIRES). ENFIN BREF, JE LES TROUVE MAGNIFIQUES ! LA PROCHAINE FOIS, J'ESPÈRE EN UTILISER EN TANT QUE MOTIFS DANS MES ILLUSTRATIONS. HAUT LES CŒURS !

MÉGA MERCI !!

HARUKA TOMIOKA
MASAKO KUDO
MIKIKO MORI
RINA TANIGUCHI
MARIE IKEDA

RESPONSABLE DE PROJET : MONSIEUR MAEDA

DESIGNER : LALA KAWAI

PHOTOGRAPHE : YOSHITOMO TANAKA

MA DISEUSE DE BONNE AVENTURE : CHIGUMI YUASA

REMERCIEMENTS : MES PARENTS ET TOUS CEUX QUI M'ONT ENCOURAGÉE, AINSI QUE LES LECTEURS

POUR TOUS VOS COMMENTAIRES ET REMERCIEMENTS, N'HÉSITEZ PAS À ME CONTACTER ! →

T101-8001
TOKYO TO CHIYODA KU
HITOTSU BASHI 2-3-1
SHÔGAKKAN, SHÔJO COMICS
À L'ATTENTION DE
KANAN MINAMI

AOI...
... ET LA MAGIE DE L'EAU...
JE N'AI AUCUNE CHANCE...
... DE POUVOIR RÉSISTER !

D'ACCORD, MAIS TU NE TRAHIRAS PAS HAMANO !
C'EST MOI QUI VAIS T'ENLEVER À LUI...
... DANS UN MOMENT DE FOLIE !

SPLASH
ザッ
AH HA HA !
あはは
DÉCIDÉMENT, C'EST INUTILE D'ESSAYER DE NAGER AVEC TON ÉLÉGANCE !
J'AIME TA FAÇON DE NAGER, AUTANT QUE TOI...
JE VAIS FAIRE CE QUE JE PEUX POUR ROUVRIR TON CLUB.
ET LÀ, JE REVIENDRAI TE DEMANDER D'ÊTRE À MOI ! ALORS ATTENDS-MOI !
OUH...
C'EST TROP TARD !!
J'AVAIS TROP PEUR DE RESTER SEULE !
J'AI ACCEPTÉ DE SORTIR AVEC KAI-CHI !
IL A ACCEPTÉ DE RENONCER À SON AVENIR POUR MOI !
JE NE PEUX PAS LE TRAHIR !
SHF...
ス

MERCI DE M'AVOIR ÉCOUTÉ…
SHF…
SI TU VEUX, TU PEUX PRENDRE L'ESCALIER DE GAUCHE POUR SORTIR.
AO…
AOI ?!
ZAF !
SBLASH !

JE NE VOULAIS PAS QUE CELLE QUE J'AIME...
... APPRENNE À QUEL POINT JE M'ÉTAIS ABAISSÉ.
CE QUE JE T'AI DIT À CE MOMENT-LÀ, CE N'ÉTAIT PAS UN MENSONGE.
SI JE T'AI EMBRASSÉE, C'EST PARCE QUE JE T'AIME.
FWAP

MAIS APPAREMMENT...
... ÇA N'A PAS SUFFI...
JE SUIS VRAIMENT DÉSOLÉ...
... ALORS ...
PEU IMPORTE TOUT CE QU'IL RACONTE ...
... JE NE VEUX ENTENDRE QU'UNE CHOSE...
... TU NE M'AS PAS SIMPLEMENT EMBRASSÉE POUR M'EMBROUILLER...
... C'EST ÇA ?
POUR ÊTRE FRANC...
... J'Y AI UN PEU PENSÉ À CERTAINS MOMENTS ...

TU REPRÉSENTAIS CETTE "LIBERTÉ" QUI M'ATTIRAIT TANT...
MOI QUI NE POUVAIS NI BATTRE D'UN CIL...
... NI RESPIRER ...
JE ME SUIS MIS EN TÊTE DE T'AVOIR !
POUR LA PREMIÈRE FOIS, CE JOUR-LÀ...
... JE ME SUIS REBELLÉ CONTRE NOA.

EH BEN, JE VAIS LE DIRE À MON PAPA !!
LE SOIR MÊME, MES PARENTS EN LARMES M'ONT PASSÉ UN SAVON...
C'EST LÀ QUE J'AI SU QU'À LA MOINDRE SAUTE D'HUMEUR DE NOA...
... SON PÈRE ÉTAIT PRÊT À VIRER LE MIEN.
JE NE POUVAIS PLUS LUI RÉSISTER.
ET PETIT À PETIT ...
... JE ME SUIS LAISSÉ ENDORMIR PAR SES CAPRICES ...
JE NE PENSAIS QU'À ME PROTÉGER.
JUSQU'À CE JOUR OÙ JE T'AI RENCONTRÉE, MIYU !

JE T'AI VU DANS LE LIT, AVEC ELLE !
POUR ELLE, COUCHER, C'EST COMME PRENDRE UN THÉ !
JE NE FAIS QUE RÉPONDRE À SES CAPRICES.
JE N'AI JAMAIS RESSENTI LE MOINDRE AMOUR POUR CETTE FILLE.
POURQUOI TU ME DIS ÇA ?
J'AI RENCONTRÉ NOA JUSTE AVANT D'ENTRER À L'ÉCOLE PRIMAIRE...
NOUS AVIONS QUASIMENT LE MÊME ÂGE ET MON PÈRE EN A PROFITÉ POUR ME PRÉSENTER À LA FILLE DE SON SUPÉRIEUR.
APPAREMMENT, LES PARENTS DE NOA ÉTAIENT TOUJOURS OCCUPÉS...
... ELLE PASSAIT BEAUCOUP DE TEMPS CHEZ MOI.
JE VEUX JOUER À HUE DADA !!
C'EST TOI, LE CHEVAL, AOI !
MAIIIIS OUI ! DANS TES RÊVES !

JE SAIS BIEN QUE C'EST LÂCHE CE QUE JE FAIS...
RHÔÔ... MAIS POUR-QUOI ?
MAIS SI C'EST LA SEULE CHANCE QUE J'AIE DE TE PARLER...
... JE SUIS PRÊT À TOUT POUR NE PAS TE LAISSER PARTIR !
MON CŒUR BAT SI FORT QUE J'EN AI LES OREILLES QUI BOUR-DONNENT !
... ET QU'EN PENSE TA COPINE ?
À TE VOIR AGIR COMME ÇA ?
... NOA N'A JAMAIS ÉTÉ MA COPINE !

OH, MON DIEU... IL M'AT-TENDAIT ...
... MAIS ALORS ...
... IL M'A VUE ?!
BLUSH !
JE VOULAIS TE DIRE QUE...
TIENS ! TA VESTE COMME PROMIS !!
MAINTENANT, RENDS-MOI MON ÉCHARPE !
D'ACCORD, MAIS TU M'ÉCOUTES AVANT...
TCHCK
BON... ALORS NON MERCI ...
J'EN ACHÈTE-RAI UNE AUTRE.
TCHCK
?!
EH OUI, LA PORTE EST VERROUILLÉE DE L'AUTRE CÔTÉ.

...!!
...!!
...!!
IL Y A ENCORE DE LA LUMIÈRE DANS LE COULOIR ...
QUELQU'UN ? ÉTRANGE...
... J'AI COMPRIS AVANT D'Y PENSER...
... C'EST AOI ...
MERCI D'ÊTRE VENUE...

... IL ME SUFFIT DE RES-PIRER SON ODEUR...
... POUR SENTIR MON CŒUR S'EMBAL-LER...
<< JE N'IRAI NULLE PART ! >>
<< EN-SEMBLE, ON VA FAIRE ROUVRIR LE CLUB DE NATA-TION ! >>
HUF !
ALLEZ, JE RENTRE ...
JE DEMANDE-RAI UNE NOUVELLE ÉCHARPE À MAMAN...
FUSH !

JE SUIS TOMBÉE AMOUREUSE LE TEMPS D'UN SOUFFLE...
J'AI CRU QUE J'AVAIS TROUVÉ LE GRAND AMOUR, SUR-LE-CHAMP...
MAIS MAINTENANT QUE JE SAIS QUE CE N'ÉTAIT QU'UN MENSONGE...
QU'EST-CE QUE JE SUIS CENSÉE FAIRE ? IL S'EST SERVI DE MOI, ET POURTANT...

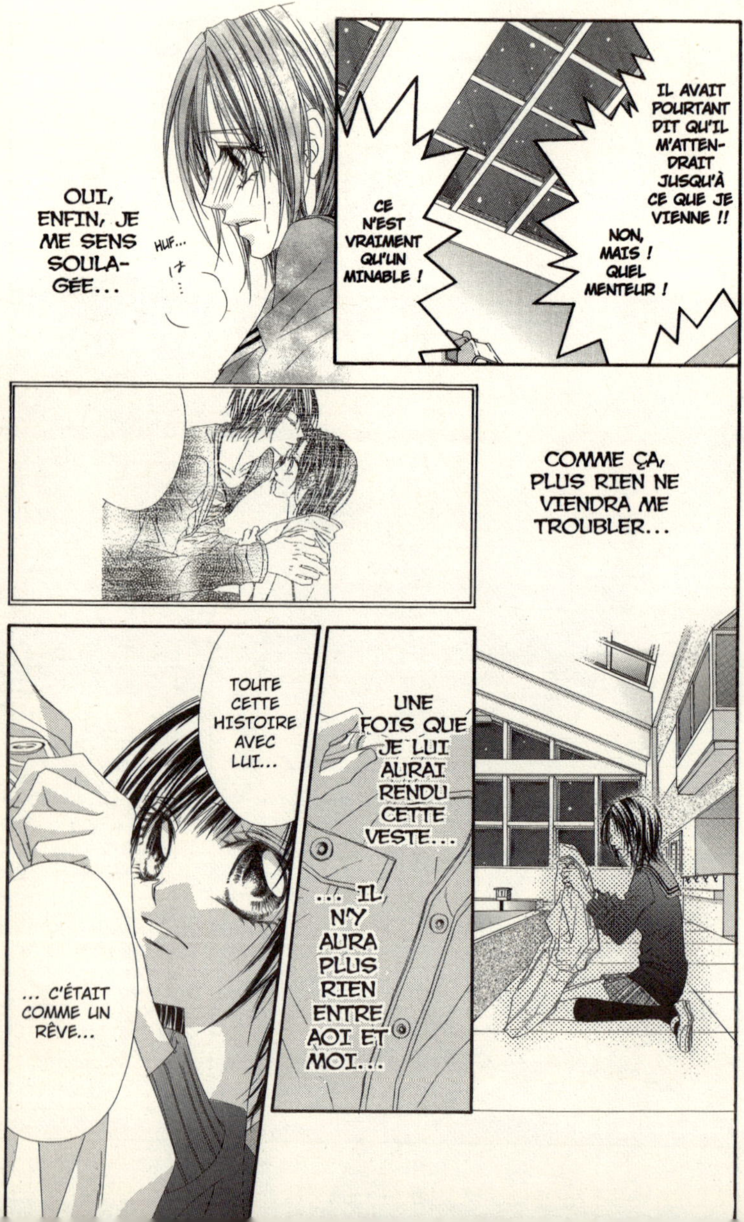
IL AVAIT POURTANT DIT QU'IL M'ATTENDRAIT JUSQU'À CE QUE JE VIENNE !!
NON, MAIS ! QUEL MENTEUR !
CE N'EST VRAIMENT QU'UN MINABLE !
OUI, ENFIN, JE ME SENS SOULAGÉE...
HUF...
COMME ÇA, PLUS RIEN NE VIENDRA ME TROUBLER...
UNE FOIS QUE JE LUI AURAI RENDU CETTE VESTE...
... IL N'Y AURA PLUS RIEN ENTRE AOI ET MOI...
TOUTE CETTE HISTOIRE AVEC LUI...
... C'ÉTAIT COMME UN RÊVE...

GTCHACK !
カチャ
WUP
ドキン
WUP
ドキン
WUP
ドキン
WUP
ドキン
しーーん…
SHEEEEN
AH NON...
IL N'EST PAS VENU !!

QUAND JE PENSE QUE POUR MOI, TU AS REFUSÉ DE PARTIR AILLEURS ...
TU AS TROUVÉ CETTE ASSOCIA-TION POUR MOI...
... ET TU ME DIS QUE TU M'AIMES.
IL FAUT QUE JE METTE UN POINT FINAL À CETTE HISTOIRE AVEC AOI AUJOURD'HUI, POUR TOI !
IL... IL EST TARD...
PISCINE
EST-CE QU'IL EST... ENCORE LÀ ?

SI TU AS LE MOINDRE PROBLÈME, N'HÉSITE PAS À NOUS EN PARLER !
ET SI VOUS N'AVEZ PAS SUFFISAMMENT DE NAGEURS QUAND LE CLUB ROUVRIRA...
... ON VEUT BIEN PARTICIPER !
OUI, ENFIN, ON NE PEUT PAS NAGER...
... MAIS ON PEUT TOUJOURS S'ENTRAÎNER UN PEU !
ET EN PLUS...
... C'EST PLUS MARRANT DE LE FAIRE EN COMPAGNIE !
KAICHI... MERCI...
YES !
J'AI MARQUÉ DES POINTS !
TU ES DÉCIDÉMENT TROP GENTIL, KAICHI ...

BOUARF !
EN FAIT, ON EST TOUS ENTRÉS ICI POUR NOS RÉSULTATS SPORTIFS...
... C'EST UN AMAS DE BRAS CASSÉS QUI...
KA ... KATSU-KIIII ?!
ROUARF !
BON, POUR CERTAINES RAISONS...
EHHÉB
... NOUS AVONS DÉCIDÉ DE CRÉER CETTE ASSOCIATION PAR AMOUR DU SPORT !
C'EST UN TYPE DE MA CLASSE QUI M'A PARLÉ DE CETTE ASSOC...
ALORS JE LEUR AI DEMANDÉ SI ON POUVAIT LES REJOINDRE.
ON NOUS A DIT CE QUI VOUS ARRIVAIT.
ÇA A DÛ ÊTRE DUR POUR VOUS !
C'EST LE CONSEIL DES ÉLÈVES QUI A FAIT FERMER VOTRE CLUB ?
APPAREMMENT, LES PROFS NE PEUVENT PAS S'OPPOSER À CETTE PETITE PESTE DE VICIEUSE DE PRÉSIDENTE...
... CETTE ÉCOLE EST VRAIMENT BIZARRE !
ON DOIT SE SERRER LES COUDES, HEIN ! PLUTÔT QUE D'AVOIR HONTE D'AIMER LE SPORT !
SI TU VEUX, TU PEUX UTILISER CES MACHINES !
C'EST VRAI ?!

ALLEZ, ALLEZ ! FINI DE TRAÎNER ! ON SE CHANGE ET ON COMMENCE !
MOI QUI AVAIS PRIS MA DÉCISION...
QUOI ?
COMMENCER QUOI ?
L'ENTRAÎNEMENT, VOYONS !!
BONJOUUUR, MIYU !! ♡
ON EST L'ASSOCIATION DES AMOUREUX DU SPORT !!
L'ASSOCIATION DES AMOUREUX... DU SPORT ?

キーンコーン
DING
DONG
カーンコーン…
DING
DONG
I－C
WUP
WUP
どきん
どきん
どきん
WUP...
MIYU !!

C'EST PAS AVEC CE QUE TU VIENS DE FAIRE...
... QUE TU VAS NOUS FAIRE OUBLIER QUE TU AS DÉTRUIT NOTRE CLUB !
WUP !
MURMURE
AUJOUR-D'HUI...
J'ATTENDRAI JUSQU'À CE QUE TU VIENNES...

MIYU A UNE BONNE RAISON DE NE PAS AVOIR SON ÉCHARPE...
... POUVEZ-VOUS OUBLIER ÇA POUR AUJOURD'HUI ?
JE SUIS SÛR QUE VOUS N'AUREZ PAS À LE LUI REDIRE.
SBLIF !
POUAH !
BON... SI LE VICE-PRÉSIDENT DU CONSEIL LE DIT...
MAIS LA PROCHAINE FOIS, FAITES BIEN ATTENTION !
QU'EST-CE QUE TU AS À LA SUIVRE ?!
TU VEUX PEUT-ÊTRE TE RACHETER ?!

C'EST LUI QUI A FAIT FERMER LE CLUB DE NATATION SUR LES ORDRES DE LA PRÉSI-DENTE...
QU'EST-CE QU'IL A DE SI IMPOR-TANT À ME DIRE POUR ME VOLER MON ÉCHARPE...
OUI, QUOI ?
MIYU TSUKASA !!
... OUI ?
OUAH, LA SOR-CIÈRE ...
ET TON ÉCHARPE ?! OÙ ELLE EST PASSÉE ?
VOUS N'IMAGINEZ TOUT DE MÊME PAS QUE JE VAIS VOUS LAISSER PARTICIPER À LA CÉRÉ-MONIE DU MATIN SANS ELLE ?
AH, NON...
AOI...
... TU N'AURAIS PAS DÛ ME PIQUER MON ÉCHAR-PE JUSTE AVANT LA CÉRÉMO-NIE...
... MAIS PEUT-ÊTRE QUE C'EST CE QUE TU VOULAIS ?
MADAME SAWAGUCHI !

HIER ?
... AH...
AH, MAIS OUI...
... HIER, IL A BIEN FAILLI M'EMBRASSER ...
AH, HA, HA, HA ! J'AVAIS COMPLÈTEMENT ZAPPÉ ÇA !!
THOMP
QUOI ?
AH BOON ?!
NUIT BLANCHE
EH OUI... COMMENT J'AURAIS PU Y PENSER ?
AOI EST ARRIVÉ JUSTE APRÈS ...
<< JE T'ATTENDRAI À LA PISCINE DEMAIN APRÈS LA FIN DES COURS. >>
<< JE TE RENDRAI TON ÉCHARPE À CE MOMENT ! >>

ET VOILÀ. LA RELATION ENTRE AOI ET NOA A ÉTÉ TIRÉE AU CLAIR.
MAIS AOI MANQUE ENCORE UN PEU D'AUDACE... ON DIRAIT QUE KAICHI ATTIRE PLUS LA SYMPATHIE. JE ME SUIS BEAUCOUP AMUSÉE À DESSINER SA DÉCEPTION EN DÉCOUVRANT QUE SA RELATION AVEC MIYU EST CONDAMNÉE...
C'EST FOU CE QUE MIYU ET AOI TOMBENT DANS CETTE PISCINE... LES DESSINER, C'ÉTAIT UN PEU... IL FAUDRA BIEN UN JOUR QUE JE DESSINE MIYU EN TRAIN DE NAGER EN MAILLOT... MAIS LA FAIRE SANS BONNET DE BAIN, ÇA ME TRACASSAIT UN PEU (RIRE GÊNÉ). SI PAR HASARD VOUS AIMEZ NAGER, CELA DOIT ÊTRE TRÈS IMPORTANT POUR VOUS DE NE PAS SALIR L'EAU. MAIS BON, LE RÉSULTAT EN DESSIN N'ÉTANT PAS TERRIBLE, J'AI OPTÉ POUR CETTE SOLUTION...
AU FAIT ! POUR LES ÉCLABOUSSURES DE LA NATATION, JE REMERCIE MES ASSISTANTES QUI REPRÉSENTENT SI DYNAMIQUEMENT L'EAU !
HI, HI ! DU FOND DU CŒUR...

CINQUIÈME PLONGEON

ON DIT SOUVENT :
TANT QUE LA SANTÉ VA, TOUT VA, C'EST BIEN VRAI, ME SUIS-JE DIT ! LA MALADIE COÛTE TRÈS CHER, AUTANT EN TEMPS QU'EN ARGENT. ENFIN BREF, MON ÉTAT DE SANTÉ VACILLANT A PROVOQUÉ DES REMOUS INOUÏS DANS MA VIE ET JE NE PEUX QUE LE REGRETTER : MA SÉANCE DE DÉDICACE A ÉTÉ ANNULÉE !
J'AI APPRIS QUE CERTAINS D'ENTRE VOUS S'ÉTAIENT DÉPLACÉS DE TRÈS LOIN ET AVAIENT MÊME PASSÉ UNE NUIT DANS LA RÉGION POUR PARTICIPER À CET ÉVÉNEMENT... JE SUIS TOTALEMENT ÉCOEURÉE PAR MA PROPRE MOLLESSE !
C'ÉTAIT MA TOUTE PREMIÈRE SÉANCE DE DÉDICACE, ET EN PLUS, DANS MA RÉGION DU KANTÔ...
J'ÉTAIS DÉVASTÉE ! JE SUIS TRÈS SINCÈREMENT DÉSOLÉE POUR TOUS CEUX À QUI J'AI CAUSÉ DU TORT !
APRÈS ÇA, JE DOUTE D'AVOIR UNE AUTRE OCCASION DE FAIRE DES DÉDICACES...

INCROYABLE ! POUR FÊTER LA SORTIE DE RHAPSODY IN HEAVEN, UNE SÉANCE DE DÉDICACE A ÉTÉ ORGANISÉE DANS LA MÊME LIBRAIRIE ! MERCI, MERCI BEAUCOUP ! LA LIBRAIRIE ORION DE TACHIKAWA A DÉCIDÉ DE TENIR CETTE SÉANCE TROIS JOURS APRÈS LA MISE EN VENTE DU TITRE. CETTE FOIS, CE SERA LA BONNE ! PAS QUESTION DE RECHUTE (COMME AVANT !)
J'Y SERAI ! PROMIS !!
J'ESPÈRE QUE VOUS VIENDREZ NOMBREUX... CE SERAIT SYMPA... CETTE SÉANCE AURA LIEU APRÈS CELLES DE : OSAKA, NAGOYA, YAMAGUCHI, KYÔTO. CE SERA MA CINQUIÈME. JE ME DEMANDE SI À CHAQUE FOIS, JE RÉUSSIRAI À RÉUNIR DU MONDE ?
JE NE ME SENS PAS TRÈS RASSURÉE...
POUR CEUX QUI VIENDRONT ME VOIR À TACHIKAWA, J'ESPÈRE POUVOIR VOUS PARLER ET VOUS SERRER LA MAIN. JE VOUS ATTENDS DE TOUT MON CŒUR.
IL Y AURA AUSSI PEUT-ÊTRE... QUELQUES CADEAUX ?
(SI JE NE FAIS PAS D'ERREURS...)

BIEN, BIEN.
QUE PENSEZ-VOUS DE LA COUVERTURE ?
POUR DIRE LA VÉRITÉ, JE NE L'AI PAS ENCORE VUE...
POUR CETTE FOIS, J'AI DEMANDÉ À UN DESIGNER DIFFÉRENT DE S'EN OCCUPER.
INUTILE DE VOUS DIRE QUE J'ATTENDS DE VOIR LE RÉSULTAT AVEC IMPATIENCE !

ENFIN, UNE BONNE NOUVELLE, J'AI ENFIN PU RÉALISER UN DE MES PLUS CHERS SOUHAITS : TOUTES LES ILLUSTRATIONS DE DÉBUT DE CHAPITRE VONT ÊTRE ÉUNIES EN UN RECUEIL ! VOUS POURREZ VOIR TOUS LES DÉTAILS, Y COMPRIS CEUX CACHÉS PAR LES TITRES.

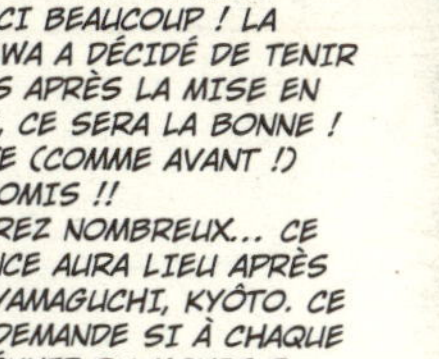

... D'AC-CORD, MAIS LÀ...
APPORTE-LA À LA PISCI-NE, DEMAIN APRÈS LA FIN DES COURS.
QUOI ?
JE TE RENDRAI TON ÉCHARPE À CE MOMENT-LÀ !
JE COMPTE SUR TOI !
...!

WUP
AH... NON ...
WUP
LÂ... LÂCHE-MOI !
S'IL TE PLAÎT ! JUSTE UN MOT !
WUP
JE VEUX QUE TU SACHES UNE CHOSE...
... MIYU !
NE ME TOUCHE PAS !!
JE NE DOIS PAS LE LAISSER ME TOUCHER. ÇA ME FAIT TOUT OUBLIER !
HIIIIIIARGH...
HUF !
HUF !
HUF !
... D'ACCORD...
TU PEUX ME RENDRE MA VESTE ?
CELLE QUE JE T'AI PRÊTÉE PENDANT LES VACANCES ...

ESPÈCE DE SALETÉ...
... AOI !
C'EST À MOI DE DIRE ÇA !
C'EST DE TA FAUTE SI JE T'AI SUIVIE...
... TU REFUSES DE M'ÉCOUTER, ALORS !

GUILI
こちょ
GUILI
こちょ
GUILI
こちょ
POUR ÇA, C'EST PAYANT !!
SÉRIEUX ?!
PARDON, KAICHI !
BON, ALORS JE RÉESSAIERAI !
JE NE SUIS PAS ENCORE PRÊTE !
QUAND JE FERME LES YEUX...
... C'EST TOUJOURS LA CHALEUR D'AOI QUE JE RESSENS...
J'AI BEAU SAVOIR QUE C'EST UN MENSONGE...
JE N'ARRIVE PAS À ÉTEINDRE...
... CETTE PASSION QUI M'A ENVAHIE DÈS LE PREMIER JOUR...

MIYU...
WUP
ドクーン
C'ÉTAIT JUSTE POUR TE REMERCIER !
BAF
BON, ALORS JE COMPTE SUR TOI !
DASH
JE L'AI FAIIIT !
J'ESPÈRE QUE JE NE L'AI PAS EFFRAYÉ...
GNH...
ドクーンッ
WUP !
ドクーン
WUP
ドクーン
WUP

GWSH...
KAICHI ?
S'IL T'ARRIVE QUOI QUE CE SOIT, DIS-LE-MOI.
JE TE PROTÉGERAI TOUJOURS !
POU-POURQUOI TU ME TRAITES BRUSQUEMENT COMME UNE JEUNE FILLE ?
C'EST DÉSAGRÉABLE...
CE N'EST PAS SI SOUDAIN !
JE T'AI TOUJOURS VUE...
... EN TANT QUE JEUNE FILLE.
SI SEULEMENT...
... JE POUVAIS TOMBER AMOUREUSE DE LUI SI FACILEMENT...

ET APRÈS ÇA...
ÇA ME FAIT VRAIMENT TROP BIZARRE DE DONNER LA MAIN À KAICHI ...
TSUKASA
AH... BON, ALORS...
... À DEMAIN !

GTACK !
VIENS, MIYU ! ON VA S'ENTRAÎNER !
OUI ...
MIYU !
GWISH !
BAS LES PATTES !!
BLAF
VA FRICOTER AVEC TA PRÉSIDENTE, TOI !
TOUCHE PAS MA COPINE !
QUOI ? VOUS SORTEZ ENSEMBLE ?
FI !

EUH...
... JE CROIS QUE JE PEUX LE DÉCOUVRIR !
AH NON ! PAS DE DÉCLARATIONS D'INTENTION !!
LA PROCHAINE FOIS QUE JE PARLE À LA PRÉSIDENTE...
...JE L'ENREGISTRE !
SBLIFF !
MIYU !
TU AS UN INSTANT ?
JE PEUX TE PARLER ?

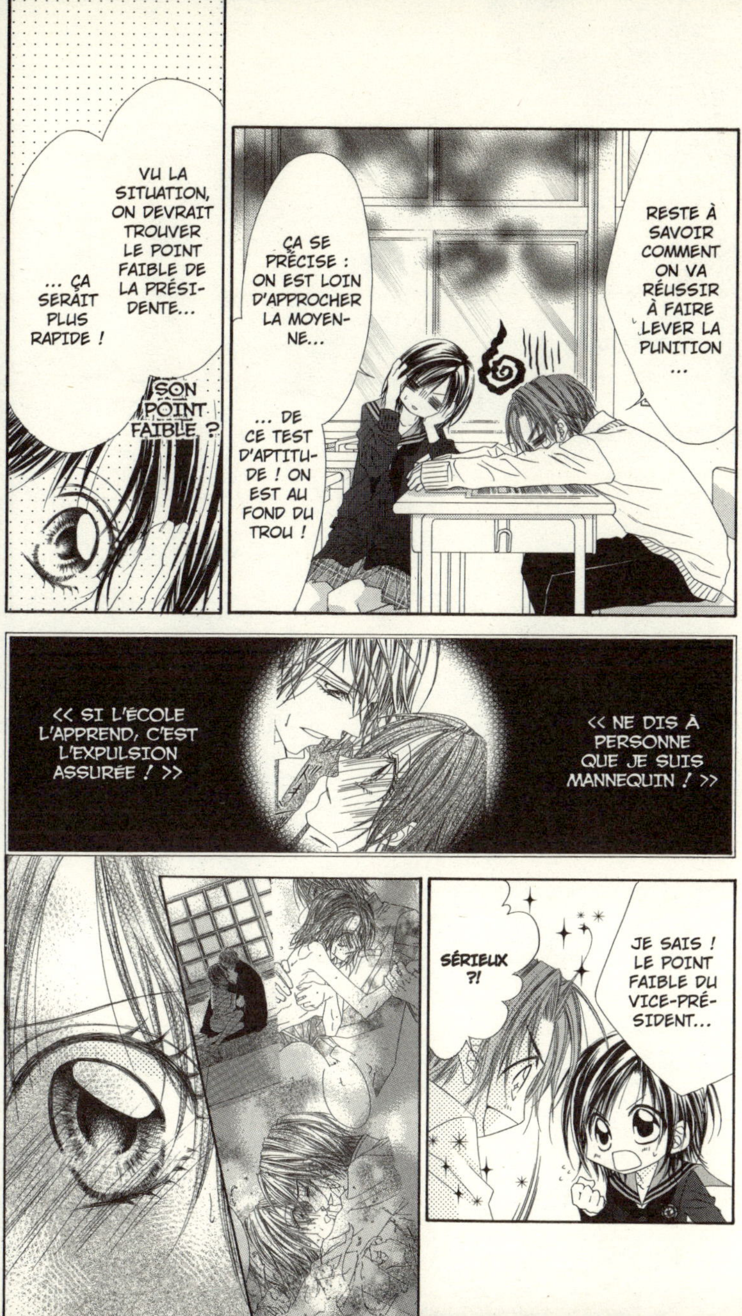

RESTE À SAVOIR COMMENT ON VA RÉUSSIR À FAIRE LEVER LA PUNITION ...
ÇA SE PRÉCISE : ON EST LOIN D'APPROCHER LA MOYENNE...
... DE CE TEST D'APTITUDE ! ON EST AU FOND DU TROU !
VU LA SITUATION, ON DEVRAIT TROUVER LE POINT FAIBLE DE LA PRÉSIDENTE...
... ÇA SERAIT PLUS RAPIDE !
SON POINT FAIBLE ?
<< NE DIS À PERSONNE QUE JE SUIS MANNEQUIN ! >>
<< SI L'ÉCOLE L'APPREND, C'EST L'EXPULSION ASSURÉE ! >>
JE SAIS ! LE POINT FAIBLE DU VICE-PRÉSIDENT...
SÉRIEUX ?!

ALLEZ, HEIN ?
SI JE REFUSE...
... EST-CE QU'IL ME QUITTERA ?
BON, ALORS ...
... JUSTE UN ESSAI...
JE SUIS VRAIMENT HORRIBLE !
... OUI, ENFIN...

MAINTENANT QUE C'EST DIT, TU SORS AVEC MOI ?
ÇA SE PASSERA SUPER BIEN, TU VERRAS !
QUOI ?! NON, MAIS ATTENDS ?!
JE... JE N'AI JAMAIS PENSÉ À TOI DE CETTE FAÇON...
WOUI
WOUI
ET EN PLUS, JE SUIS ENCORE...
EH BIEN TU N'AS QU'À LE FAIRE, MAINTENANT !
OU MIEUX ...
PAS LA PEINE DE PENSER ! Y A QU'À ESSAYER !
TU VEUX PAS QU'ON TENTE L'EXPÉRIENCE ?
POF !
ぽん
ぽん
POF !

KAICHI... TU ES SÛR DE TOI ?
MAIS BIEN SÛR... À LA BASE...
... TOUT CE QUE JE VOULAIS, C'ÉTAIT RESTER AVEC TOI.
C'EST POUR ÇA QUE J'AI COMMENCÉ LA NATATION, TU SAIS ?
QUOI ?
N'IMPORTE QUOI ! MENTEUR !
TOI ALORS !
J'AI TOUJOURS ÉTÉ AMOUREUX DE TOI !

JE SUIS TOUTE SEULE !!
FRSH...
IDIOOOOTE !
JE N'IRAI NULLE PART !
ON VA FAIRE ROU-VRIR LE CLUB DE NATATION ENSEMBLE !

MIYU... JE...
ÇA TOMBE BIEN ! JE VAIS PEUT-ÊTRE EN PROFITER POUR M'ESSAYER À UN AUTRE SPORT !
QU'EST-CE QUE JE VAIS DEVENIR ?
SI KAICHI S'EN VA...
JE POURRAIS ME DÉCOUVRIR D'AUTRES TALENTS CACHÉS !
... JE NE PEUX MÊME PLUS NAGER...
ET JE SUIS COINCÉE ...
AVEC CE COUPLE MAUDIT...
ALLEZ...
... NE T'EN FAIS PAS POUR MOI, VA !

BEN EN FAIT... QUAND LES AUTRES ÉCOLES ONT APPRIS POUR L'ARRÊT DU CLUB...
... ELLES ONT ENVOYÉ DES PROPOSITIONS...
TOUS LES ANCIENS DU CLUB...
... SONT DÉJÀ PARTIS, ALORS...
GWP...
AH... AH BON...
PLF
MAIS C'EST SUPER, NON ?! MAIS OUI, RÉFLÉCHIS !
JE ME SUIS TOUJOURS DIT QUE TU DEVAIS ALLER DANS UN CLUB PLUS PERFORMANT !
TU AS ÉTÉ RECOMMANDÉ DANS BEAUCOUP D'ENDROITS, NON ?
PLF
PLF !
MOI, JE N'AI EU AUCUNE PROPOSITION...

D'AILLEURS, QUI ME DIT...
... QUE CE N'EST PAS VOUS QUI MENTEZ ?
QUÔAAA ?!
EN PLUS, TU N'EN AS RIEN À FAIRE DU CLUB DE NATATION DE CETTE ÉCOLE, HEIN, HAMANO ?
NOUS VENONS DE RECEVOIR POUR TOI UNE DEMANDE DE TRANSFERT À L'ÉCOLE SPÉCIALE DE SPORT RELIÉE À L'UNIVERSITÉ N.
NON... ATT...
CE N'EST PAS LE MOMENT D'EN PARLER...
J'ATTENDS TA RÉPONSE POUR AUJOURD'HUI !
KAICHI ?
VIEILLE BIQUE...
C'EST QUOI CETTE HISTOIRE DE TRANSFERT ?

MIYU...
SALLE DES PROFESSEURS
BAAM !
COMMENT ÇA ?!
C'EST ELLE-MÊME QUI L'A DIT !!
LES MÉGOTS TROUVÉS DANS LE CLUB DE NATATION N'ONT PAS ÉTÉ MIS LÀ PAR LES NAGEURS !
VOUS LE SAVEZ, ALORS POURQUOI VOUS REFUSEZ DE LEVER LA PUNITION ?!
ALLONS ! VOUS N'AVEZ AUCUNE PREUVE DE CE QU'ELLE A DIT !

KOF !
ケホッ
ケホッ
KOF !
JE NE VOUDRAIS PAS TE PAS-SER MON RHUME...
KOF !
... PAS AUJOURD'HUI !
VLAM...
バタン
... OUH...
HUUF...

ON AVAIT CONVENU QUE CETTE HISTOIRE DE MÉGOTS RESTERAIT SECRÈTE !
OH, ALLEZ ! ÇA NE CHANGERA RIEN QU'ON L'APPRENNE !
MAIS DIS PLUTÔT...
... POURQUOI TU NE M'EMBRASSES JAMAIS...
... ALORS QUE TU N'HÉSITES PAS AVEC CETTE FILLE ?
TOUT SIMPLEMENT...
... PARCE QUE C'EST UN MOYEN EFFICACE DE M'ASSURER DE SON SILENCE !
COMME TU VOUDRAS, MAIS EMBRASSE-MOI !
SINON, JE PARLE À MON PÈRE.
... ET IL DESCENDRA LE TIEN !!

JE TE HAIS !!
MIYU !!
VOUS NE PERDEZ RIEN POUR ATTENDRE !
TU N'AS FAIT QUE M'UTILISER !!
PAT PAT PAT
VLAM
RHÔ ! ILS ME CASSENT LES OREILLES ...
NOA !
POURQUOI LEUR AVOIR DIT ÇA ?!

ALORS, CE JOUR-LÀ...
QUOI ? MAIS POUR...
S'IL TE PLAÎT !
...
BOM
... POURQUOI EN FAIRE UN SECRET ?
MIYU ?
WUP
WUP
WUP
ET À CE MOMENT AUSSI...
... NOS SENTIMENTS N'ÉTAIENT PAS DU TOUT RÉCIPROQUES !
ESPÈCE DE...
ZIP
MI...
BAAARF !

L'UN DES MEMBRES DU CLUB M'A JETÉE DEVANT TOUT LE MONDE !
ALORS QUE JE LUI AVAIS FAIT DES AVANCES !
ÇA M'A BEAUCOUP BLESSÉE...
ALORS AOI M'A AIDÉE À LE LUI FAIRE REGRET-TER !
PENDANT CES VACANCES DE PRINTEMPS...
NOA...
... IL S'EST INTRODUIT AU CLUB POUR Y LAISSER DES MÉGOTS DE CIGARETTE !
!!
AH ...
WUP
WUP

IL A TOUJOURS SU ME DONNER ENTIÈRE SATISFACTION !
IL ME DÉBARRASSE TOUJOURS DE TOUT CE QUI ME GÊNE !
... PAR EXEMPLE DU CLUB DE NATATION !
QUOI ?
QU'EST-CE QUE ÇA SIGNIFIE ?

... LUI QUI DISAIT POURTANT RESSENTIR LA MÊME CHOSE QUE MOI !
ENCORE CEUX DU CLUB DE NATATION ?
SI C'EST POUR MATER, ESSAYEZ AU MOINS DE VOUS FAIRE DISCRETS !
ÇA M'EMPÊCHE D'AVOIR UN ORGASME, SINON !
VOUS COMPTEZ RESTER JUS-QU'AU BOUT ?
TOUT REGARDER ?
HI HI
BLUSH
OUH ...
MIYU !
EH OUI ! AOI FAIT TOUT CE QUE JE LUI DIS !!

QUAND ON ME DEMANDE SI KAICHI ET MIYU SONT VRAIMENT ENSEMBLE... JE RÉPONDS QUE TOUS LES DEUX FORMENT UNE SORTE DE DUO COMIQUE. KAICHI A BEAUCOUP PLUS DE SUCCÈS QUE CE QUE J'AURAIS CRU... VOIRE MÊME PLUS QU'AOI ?! C'EST EMBÊTANT, QUAND MÊME... POUR L'INSTANT, AOI EST TOTALEMENT MENÉ À LA BAGUETTE PAR NOA... LE PAUVRE... MAIS ATTENTION ! IL NE VA PAS TARDER À REDRESSER LA TÊTE ! JE VOUS LE DIS, MOI ! (ENFIN, J'ESPÈRE...) ALORS, COMPTEZ SUR LUI ! CELA N'A AUCUN RAPPORT, ET CETTE HISTOIRE N'A PAS GRANDE IMPORTANCE, MAIS LE NOM DE MIYU LUI VIENT DES CARACTÈRES CHINOIS QUI FORMENT LE MOT : GLAÇON (HYÔKET-SU) EN JAPONAIS, AVEC UN TRAIT EN MOINS. SANS LE SAVOIR, J'AI AUSSI EMPRUNTÉ LE NOM D'UNE MARQUE D'ALCOOL. (MAIS ÇA N'A PAS GRAND INTÉRÊT...) LE NOM DE FAMILLE D'AOI, SUZUKI, ME POSE PARFOIS PROBLÈME. IL M'ARRIVE DE LE LIRE À LA FAÇON SINO-JAPONAISE : RYÔKI... MOI ALORS, DIRE QUE J'AI INVENTÉ SON NOM ! ENFIN, QUAND J'Y PENSE, MON NOM DE PLUME N'EST PAS DES PLUS FACILES À LIRE... KANAN MINAMI... NON MAIS VRAIMENT...

5
6
QUATRIÈME PLONGEON

A... AOI ?!
HI, HI !
MIYU !!

CONSEIL DES ÉLÈVES
TOC TOC
コンコン
EXCUSEZ-NOUS ?
TCHACK !
カチャ
C'EST QUOI CE BINZ ? IL N'Y A PERSONNE !
AH OUI...
ATTENDS UNE MINUTE ? TU N'ENTENDS PAS QUELQUE CHOSE ?
AH ?
GNH ...
AAAAH... AAAAH...
ME DIS PAS QUE CETTE VICELARDE REMET LE COUVERT !!
MURMURE
ひそ
MURMURE
ひそ
MURMURE
ひそ
J'HALLUCINE ! ALORS QU'ELLE VIENT DE NOUS CONVOQUER !
ひそ
MURMURE
FRT
こそ
ARRÊTE ! TU VAS PAS MATER, EN PLUS ! ESPÈCE DE VICIEUX !
SBLIF
BLIF !
TOI AUSSI, TU ALLAIS LE FAIRE !
こそ
FRT
BEN OUI... ÇA M'INTRIGUE...
MOI AUSSI, BANANE !!
WUP
ドキ
GNNNH...
ドキ
WUP
ドキ
WUP
AAAAHN...

HIRK
IL T'EST ARRIVÉ UN TRUC BIEN ?
MAIS NON, POURQUOIIII ?!
OUAH...
TROP ÉVIDENT !!
QUOI ? RACONTE !!
HIER, IL VOULAIT DIRE QU'IL ME RENDAIT MES SENTIMENTS, ALORS ?
HURF
JE VAIS TOUT ÉCLAAAATER !!!
BON, JE NE SAIS PAS CE QUI SE PASSE...
... MAIS PAS QUESTION DE ME LAISSER DISTANCER !
AUJOURD'HUI ENCORE, ON SERA SEULS TOUS LES DEUX À LA PISCINE...
DING DONG DING DONG
MIYU TSUKASA DE LA 1-C...
... EST ATTENDUE IMMÉDIATEMENT AU CONSEIL DES ÉLÈVES !
JE RÉPÈTE...
QUOI ? LE CONSEIL DES ÉLÈVES ?
C'EST PEUT-ÊTRE POUR PARLER DE LA PISCINE ?
ALLEZ !!
AH ? ALORS J'EN SUIS, MOI AUSSI !

AOI...
HAA...
NO-NOA ?!
HAA...
OUOOO-OOOO-OOH !!!
FRRT
FRRT
D... DIIIINGUE !!
FRRT
TU AS LA PÊCHE, MIYU !
MOI, J'Y ARRIVE PAS, AVEC TOUTES CES RÉVISIONS...
JE SUIS TOTALEMENT FLAGADA...

... IL VOULAIT JUSTE M'EM-BRAS-SER, MOI ?!
EST-CE QUE JE PEUX LE PRENDRE COMME ÇA ?
ALORS, NOA ?
C'EST BON ?
HA..
TU AS PRIS TON PIED ?
HUF...

... C'ÉTAIT AOI !!
EH BIEN TU VOIS ! ON EST PAREILS !
MOI...
... CE N'EST PAS QUELQUE CHOSE QUE JE VEUX FAIRE AVEC N'IMPORTE QUI !
MOI AUSSI !
VRAIMENT ? C'EST PAREIL POUR TOI ?
ALORS EN FAIT, LUI AUSSI, CE N'EST PAS JUSTE POUR REMERCIER ...

TU N'AVAIS AUCUNE RAISON DE ME REMERCIER.
... ALORS POURQUOI ?
AH...
AOI...
WUP
ドクン
... QU'EST-CE QUE TU RESSENS POUR MOI ?
WUP
ドクン
WUP
ドクン
J'AVAIS JUSTE ENVIE.
J'IMAGINE...
AH... D'ACCORD...
C'ÉTAIT DONC ÇA... MMH...
TU AVAIS ENVIE, ALORS TU L'AS FAIT...
HEIN ?
MAIS ALORS...
OH LÀ LÀ ! LE CHOC !
COMMENT ÇA ?
C'EST DIFFÉRENT POUR TOI ?
JE TE SIGNALE QUE TU N'AS PAS RÉSISTÉ !
OUI, MAIS ÇA, C'EST PARCE QUE...

ポタッ
PLOSH
ポタッ
PLOSH
JE SUIS VRAIMENT DÉSOLÉE !
T'EXCUSE PAS, JE TE DIS ! C'ÉTAIT DE MA FAUTE !
かあっ
BLUSH !
... OUH...
DIS, AOI...
POURQUOI TU FAIS TOUT ÇA ?
POUR TE REMERCIER DE GARDER LE SECRET POUR MON BOULOT, VOYONS !
AH... OUI, MAIS QUAND MÊME...
LES BAISERS ET TOUT ÇA...
POURQUOI ?

OUPS...
SPLAAASH
KYAAAH !
OUAAAH...
J'Y CROIS PAS...
C'EST DE TA FAUTE AUSSI...
EXCUSE-MOI ! SORS VITE DE LÀ !
BOF...
C'EST PLUS IMPORTANT DE TOUTE FAÇON...

... OUH !
... AH...
NON ...
AOI...
...

DÉCIDÉMENT, TU ES TROP CRAQUANTE QUAND TU NAGES...
TU ES SI BELLE !!
ÇA M'EST MONTÉ À LA TÊTE...

PLASH !
SBLAAF !
PFOUUUUUAH !! ♡
TU TE SENS MIEUX ?
OH QUE OUI !!
MERCI !
SPLASH !
GYAAAAAH !
HIIIIIIARGH !
HIIIIIII !!!
SPLASH !
TU AS POURTANT PROMIS DE NE PAS REGARDER !
SALE MENTEUR ! PERVERS !
AH NON ALORS...

D'ACCORD...
SBLASH !

DEMAIN, JE N'OUBLIERAI PAS D'EMPORTER MES AFFAIRES...
CLAC !
HUM, TU ES SI MIGNONNE ...
!!!
ALLEZ ! COMME ÇA, TU NE MOUILLERAS PAS TES VÊTEMENTS...
T'EN FAIS PAS ! JE NE REGARDERAI PAS.
TCHCK !
NAGE TOUT TON SAOUL !!
RECHARGE TES BATTERIES.

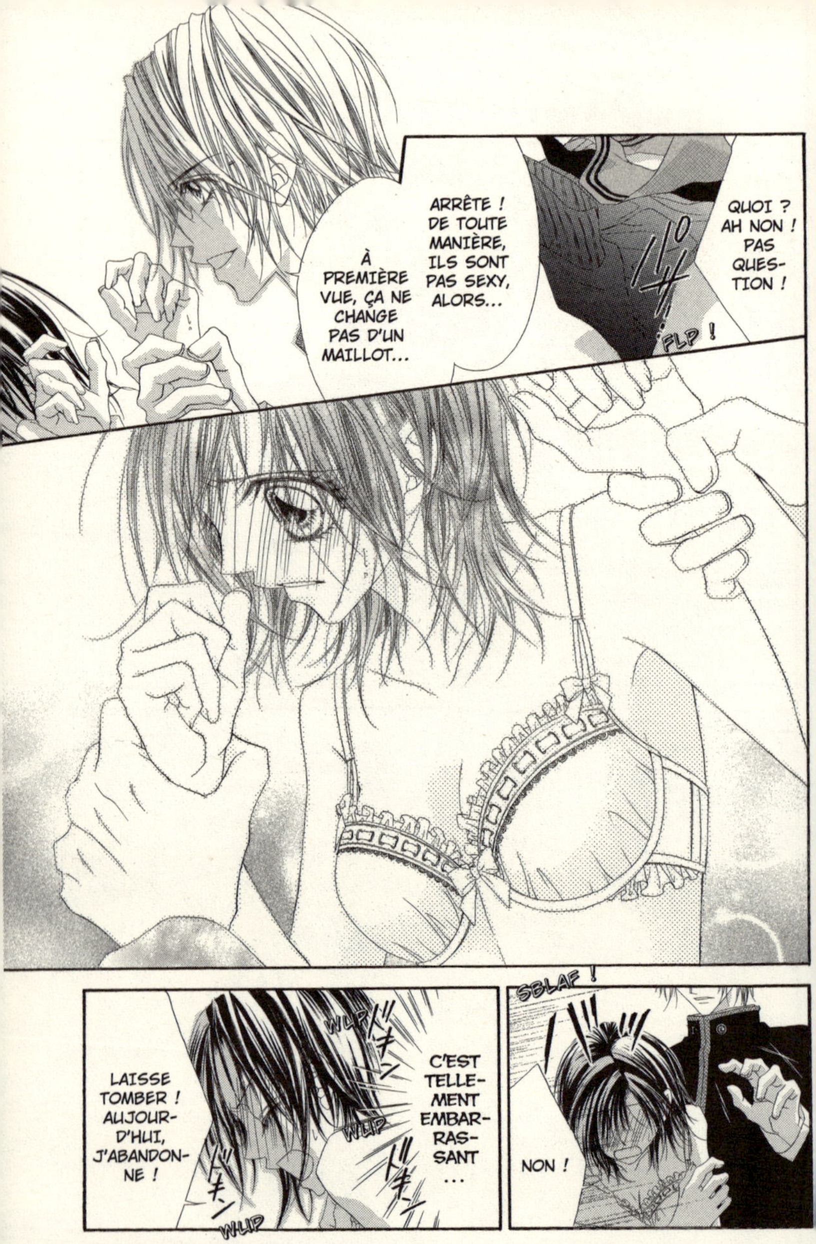
QUOI ? AH NON ! PAS QUES-TION !
FLP !
ARRÊTE ! DE TOUTE MANIÈRE, ILS SONT PAS SEXY, ALORS...
À PREMIÈRE VUE, ÇA NE CHANGE PAS D'UN MAILLOT...
SBLAF !
NON !
WLIP
C'EST TELLE-MENT EMBAR-RAS-SANT ...
WLIP
WLIP
LAISSE TOMBER ! AUJOUR-D'HUI, J'ABANDON-NE !

BON...
ON S'ARRÊTE ICI POUR AUJOURD'HUI !
HOURRAAAA ! À MOI LA PISCINE !
... AH...
* TEST D'APTITUDE - 2005
ARRGH !
OH NOOOON ! JE N'AI PAS MON MAILLOT !
AH BON ?
PAS GRAVE ...
... TU N'AS QU'À NAGER EN SOUS-VÊTEMENTS, COMME L'AUTRE FOIS !
GWISH !
?!!!

D'ACCORD ! JE VAIS FAIRE DE MON MIEUX !!
ALLEZ ! COMMENCE À RÉVISER...
... JE TE PERMETTRAI DE NAGER EN CONSÉQUENCE !
1

SI JE COMPRENDS BIEN, TU NE PEUX PAS TE PASSER DE NAGER ?
AH...
J'AI UNE SOLUTION POUR T'ÉVITER...
... TOUT SYMPTÔME DE MANQUE !
ALLEZ ! VIENS !
OUAAAAAH !!!
INTERDICTION D'ENTRER
C'EST TROP TOOOP ! COMMENT TU AS EU LA CLEF ?
LES MEMBRES DU CONSEIL ONT UN ACCÈS DIRECT PARTOUT, ALORS...
PLASH
PLASH

SI TU CONTINUES COMME ÇA, ÇA VA ÊTRE COTON D'AVOIR LA MOYENNE !!
DE... DE L'EAU...
J'AI TELLEMENT BESOIN DE NAAAGER !!
PAS LE CHOIX.
AH...
* TESTS D'APTITUDE
... ACCRO À LA PISCINE...
... JE VOIS...
RATTLE
JE SUIS DÉSOLÉE, AOI !
JE SERAI PLUS SÉRIEUSE !
NE M'ABANDONNE PAS !

AVEC UN PEU DE CHANCE, ÇA POURRAIT DÉBOUCHER SUR...
NON, ARRÊTE ! ON ÉTUDIE, LÀ !!
GTACK !
AH...
JE LE SAIS, MAIS JE NE PEUX PAS M'EN EMPÊCHER !!
BON. COMMENÇONS PAR CET EXERCICE !
OH LA, LA, LA, LA !
D'ACCOOOOORD !
JE TE LAISSE 5 MIN !!
UN CHRONO ?!
3, 2... ET VOILÀ ! FIN DU TEMPS IMPARTI !
EXERCICE SUIVANT ! TU AS 5 MN !!
TIC
TIC
QUOI ? MAIS JE N'AI PAS ENCORE TROUVÉ...
TIC
SI 5 MN NE TE SUFFISENT PAS POUR COMPRENDRE, C'EST JUSTE DU GÂCHIS DE TEMPS !
ALLEZ ! DÉJÀ 30 SECONDES ÉCOULÉES !
TIC
TIC
TIC
HEIN ? OUH... OUAAAAH ?!
3... 2... SUIVANT !
AH ?
TIC
TIC
TU ABANDONNES DÉJÀ ?
TIC
ON A À PEINE COMMENCÉ DEPUIS 27 MN ET 41 S !!
DÉSOLÉÉÉ ! OUCH...
JE LE SAVAIS ! À QUOI JE M'ATTENDAIS, À TRAVAILLER AVEC UNE TÊTE !!

AH... NON ! JE VOULAIS JUSTE DIRE QU'IL NOUS AVAIT DONNÉ UNE OPPORTUNITÉ D'Y ARRIVER...
... ALORS ON DEVRAIT ESSAYER, NON ?
ON PENSERA À AUTRE CHOSE SI ON N'Y ARRIVE VRAIMENT PAS !
AH... TU AS RAISON ...
BON, ALORS APRÈS LA FIN DES COURS, ON BOSSE ENSEMBLE !
NON !!!
DÉSOLÉE, MAIS JE VOUDRAIS ÊTRE SEULE POUR ME CONCENTRER !
ARGH...
DÉSOLÉE, KAICHI, MAIS VRAIMENT ...
SALLE DE RÉUNION I
... C'EST UN RÊVE DE JEUNE FILLE DE SE RETROUVER SEULE POUR RÉVISER AVEC LE GARÇON DE SES RÊVES !
BON, ON COMMENCE ?
OUI, S'IL TE PLAÎT !
WUP
ドキ
ドキ
WUP

PLUS JE PARTAGE LES SECRETS D'AOI...
BON, ALORS JE DOIS TE REMERCIER...
BOFF !
どーんっ
NON !
ATTENDS !!
EN ÉCHANGE DE MON SILENCE ...
... TU M'AIDES À RÉVISER ?!
HEIN... AH... EUH, D'ACCORD ...
... PLUS ÇA ME DONNE LE SENTIMENT QU'IL EST À MOI...
AOI... TU VEUX PARLER DE SUZUKI, LE VICE-PRÉSIDENT ?
QUOI ? QU'EST-CE QU'IL A FAIT ?
はっ
HA !

EN FAIT, TU SAIS, AOI M'A PROPOSÉ…
EH OUI !
SI ON DÉCOUVRE QUE JE BOSSE, C'EST L'EXCLUSION ASSURÉE !
TU POURRAIS NE PAS EN PARLER ?
… OUI, MAIS BON, TU EN AS DES SECRETS …
OUI ENFIN … C'EST JUSTE ENTRE TOI ET MOI…
JUSTE MOI ?
TU NE M'EN VEUX PAS ?
MAIS NON !
AU CONTRAIRE, JE ME SENS MÊME FLATTÉE !

HIER, TU M'AS PLANTÉ À LA BIBLIOTHÈQUE !
COMMENT AS-TU PU LAISSER TON CARTABLE (ET MOI) SUR PLACE ET RENTRER ?
SI TU CROIS QUE C'EST LE MOMENT ? ALORS QU'ON DOIT BÛCHER POUR OBTENIR QU'ON ROUVRE LE CLUB DE NATATION !!
FROT
MAIS AIEUH !!
FROT
PUISQU'ON SAIT QU'ON N'ARRIVERA JAMAIS À AVOIR LA MOYENNE COMME L'EXIGE LA PRÉSIDENTE...
... ON VA DEVOIR PASSER À UN PLAN B !
SINON, ON N'AURA PLUS DE RAISON DE RESTER ! ON EST LÀ POUR LE SPORT !
QU'EST-CE QUE TU ME CHANTES, KAICHI ?
JE TRAVAILLE COMME UNE BÊTE, MOI !
QUOI ?!
TU AS DIT QUE TU N'Y ARRIVERAIS JAMAIS !

VOICI NOTRE NOUVEAU VICE-PRÉSIDENT : AOI SUZUKI DE LA 1-A !
JE VAIS FAIRE DE MON MIEUX POUR FAIRE RESPECTER L'ORDRE DANS L'ÉCOLE !
CES DERNIERS TEMPS, NOUS AVONS CONSTATÉ UNE RECRUDES-CENCE DE CAS D'ÉLÈVES QUI À L'EXTÉRIEUR, ONT UN JOB SANS PERMISSION.
LES ÉLÈVES PUNIS POUR CETTE RAISON SONT DE PLUS EN PLUS NOMBREUX.
PAR CONSÉQUENT, IL EST INTERDIT D'AVOIR UN TRAVAIL.
QUAND JE PENSE QU'IL EST MANNE-QUIN !
JE VOUS DEMANDERAI DÉSORMAIS DE SUIVRE CE NOUVEAU RÈGLEMENT.
OUH HOU
ENFIN...
POURQUOI TU RICANES COMME ÇA ?!
GWLP !
AÏE, AÏE, AÏE !
ÇA VA PAS LA TÊTE, KAICHI ?!
ET REGARDE QUI DIT ÇA !

TU DOIS LE GARDER POUR TOI !
WUP
WUP
QUOI ? MAIS IL VAUT MIEUX LE DIRE...
WUP
WUP
MIYU...
TU AS LU LE RÈGLEMENT INTÉRIEUR DU LYCÉE ?
BONJOUR ! JE SUIS NOA, LA PRÉSIDENTE DU CONSEIL DES ÉLÈVES DE TENKAI !
JE VAIS PROFITER DE NOTRE TOUTE PREMIÈRE ASSEMBLÉE GÉNÉRALE DU CONSEIL DES ÉLÈVES...
... POUR VOUS PRÉSENTER LES NOUVEAUX NOMMÉS DE CETTE ANNÉE.
NOAA !
TROOOP MIGNONNE !

HUM, TU SAIS...
... JE PRÉFÉRERAIS QUE TU ARRÊTES DE ME COLLER COMME ÇA...
QUOI ? MOI, TE COLLER ?
MAIS NON, CE N'ÉTAIT PAS LE BUT...
JE T'AI APPELÉ JE NE SAIS PAS COMBIEN DE FOIS, MAIS TU N'AS RIEN ENTENDU...
ALORS JE T'AI SUIVI, MAIS JE T'AI PERDU EN COURS DE ROUTE...
MAIS DIS PLUTÔT !
JE NE SAVAIS PAS QUE TU ÉTAIS MANNEQUIN ?!
TROP COOL !!
TU ES DANS QUEL MAGAZINE ?
TU SUIS UN RÉGIME ?!
MAIS NOOON...
DEPUIS QUAND TU FAIS ÇA ?
ARRÊTE, MIYU...
POUR UN MANNEQUIN, C'EST IMPORTANT D'AVOIR DES FANS, NON ?!
JE VAIS LE DIRE À TOUT LE MONDE POUR QU'ILS TE SOUTIENNENT !

SLURP !
!!
CRIC !
CRAAC !
BON TRAVAIL !
C'EST BOOOON !
?!
CRASH
SBLAAF !
MI...
MIYU ?!
AH, HA ! SALUUUT !
AÏE, AÏE, AÏE...
...
TU LA CONNAIS, AOI ?!

AOI EST UN PERSONNAGE TRÈS MYSTÉRIEUX (EN TOUT CAS, BEAUCOUP LE PENSENT)... MAIS OUI, IL EST MANNEQUIN. J'AIME LES GENS ÉLÉGANTS, MAIS MALHEUREUSEMENT, JE N'AI PAS VRAIMENT LE SENS DE LA MODE. JAMAIS JE N'AURAIS IMAGINÉ METTRE LES PIEDS DANS CE MONDE QUI M'ÉCHAPPE TOTALEMENT... MAIS COMME JE VOULAIS ME DOCUMENTER SUR LE SUJET, J'AI ASSISTÉ À DEUX SHOOTINGS. JE REMERCIE MA RESPONSABLE DE PROJET QUI M'A DONNÉ CETTE OCCASION, AINSI QUE LE PHOTOGRAPHE, MONSIEUR TANAKA, ET TOUS CEUX DE LA RÉDACTION.
POUR EN REVENIR À AOI, CELA A ÉTÉ UNE VRAIE BATAILLE QUE DE LE CRÉER ! C'EST LA TOUTE PREMIÈRE FOIS QUE, DANS UNE SÉRIE LONGUE, JE METS EN SCÈNE UN HÉROS QUI N'EST PAS UN SPORTIF. C'ÉTAIT PLUS FACILE AVEC KAICHI (IL EST TELLEMENT BASIQUE...) (RIRES).
ENFIN, DÉJÀ AVEC MITSUXMITSU DROPS, JE DÉCRIVAIS UN UNIVERS LYCÉEN PLUTÔT ÉTRANGE. MÊME EN TENTANT D'ATTÉNUER CETTE IMPRESSION, JE N'AI PAS RÉUSSI À METTRE EN SCÈNE UN LYCÉE NORMAL. CETTE FOIS ENCORE, J'AI MIS UN LIT DE PRINCESSE DANS LA SALLE DU CONSEIL DES ÉLÈVES. (RIRE INCERTAIN) LA NORMALITÉ, CE N'EST PAS VRAIMENT MON TRUC...

BONJOUR ! JE SUIS KANAN MINAMI ! RHAPSODY IN HEAVEN EST FINALEMENT SORTI ! COMMENT DIRE... C'ÉTAIT... ENFIN, ON NE PEUT PAS DIRE QUE ÇA A ÉTÉ... FACILE... J'AI MÊME PENSÉ UN INSTANT QUE CE MANGA NE SORTIRAIT JAMAIS...

BREF. DEPUIS QUE J'AI COMMENCÉ CETTE SÉRIE, JE N'EN FINIS PAS D'AVOIR DES PROBLÈMES DE SANTÉ. JE PASSE TOUT MON TEMPS À L'HÔPITAL ! POUR COMMENCER, J'AI EU UNE INFLAMMATION DES AMYGDALES (DANS LA GORGE) ET J'AI EU UN ABCÈS. JE SUIS RESTÉE ALITÉE DES JOURS ENTIERS AVEC UNE FORTE FIÈVRE. EN FAIT, C'EST UNE MALADIE PLUTÔT COMMUNE. AU TOUT DÉBUT, JE SUIS ALLÉE CHEZ MON MÉDECIN QUI M'A PRESCRIT UN SIROP, MAIS MA TEMPÉRATURE NE DESCENDAIT PAS AU-DESSOUS DE 39, 40 DEGRÉS ET J'AI PANIQUÉ. J'AI ÉTÉ HOSPITALISÉE D'URGENCE.

RDV AU 2 →

JE N'AVAIS JAMAIS EU CETTE MALADIE ET JE NE SAVAIS PAS COMMENT J'ALLAIS POUVOIR GUÉRIR. LA PÉRIODE PENDANT LAQUELLE J'IGNORAIS CE QUE RHAPSODY IN HEAVEN ALLAIT DEVENIR A ÉTÉ PARTICULIÈREMENT PÉNIBLE POUR MOI. LES DATES BUTOIR ONT ÉTÉ UN ENFER, POUR MA GUÉRISON... MAIS QUE VOULEZ-VOUS, MA FIÈVRE REFUSAIT DE BAISSER... PENDANT MON HOSPITALISATION, IL N'ÉTAIT PAS POSSIBLE D'OBTENIR DES MÉDICAMENTS CONTRE LA FIÈVRE SANS POUSSÉE EFFECTIVE DE CETTE DERNIÈRE, ET JE DOIS AVOUER L'AVOIR FAIT MONTER EN PLEURANT. (RIRE AMER).
JE ME SUIS RÉTABLIE APRÈS UNE SEMAINE D'HOSPITALISATION... MAIS À PEINE 10 JOURS APRÈS AVOIR REPRIS MA VIE NORMALE, J'AI FAIT UNE RECHUTE ! PENDANT PLUS D'UNE SEMAINE, J'AI DÛ ME RENDRE À L'HÔPITAL POUR Y SUBIR DES INSTILLATIONS.

LES INSTILLATIONS PERMETTENT DE GUÉRIR PLUS RAPIDEMENT ET ELLES M'ONT BIEN AIDÉE, MAIS PLUS LES JOURS PASSAIENT ET PLUS L'AIGUILLE FAISAIT MAL. SANS COMPTER QUE CERTAINES FOIS, LES INFIRMIÈRES LOUPAIENT LEUR COUP ET C'ÉTAIT ENCORE PLUS DOULOUREUX. MAINTENANT, ÇA ME DONNE DES CAUCHEMARS. ENFIN BREF ! J'AI ENTIÈREMENT RÉCUPÉRÉ À L'HÔPITAL ! ET MAINTENANT, AU TRAVAIL ! C'EST CE QUE JE ME DISAIS, MAIS MON CORPS M'A ENCORE TRAHIE POUR UNE AUTRE RAISON... MA FACULTÉ DE RÉCUPÉRATION M'AVAIT PERMIS DE GAGNER DU TEMPS, MAIS TOUTE MON ÉNERGIE A ÉTÉ ENCORE MISE À CONTRIBUTION POUR GUÉRIR. EN CE MOMENT, MON ÉTAT N'EST TOUJOURS PAS STABLE. ON ME DIT QUE C'EST DÛ À L'ÉPUISEMENT, MAIS QUE VOULEZ-VOUS, DESSINER UN MANGA NE SE FAIT PAS SANS UNE BONNE DOSE DE TRAVAIL ! ALORS JE VAIS M'ACCROCHER, EN TREMBLANT.
J'AI REÇU UNE MONTAGNE DE LETTRES PENDANT MA MALADIE. VOS ENCOURAGEMENTS : << MÉNAGEZ-VOUS ET REVENEZ-NOUS EN BONNE SANTÉ >> M'ONT FAIT ÉNORMÉMENT PLAISIR.
LA SUITE AU 4.

TROISIÈME PLONGEON

SOIS GENTILLE ! LAISSE-LE TRANQUILLE PENDANT LE SHOOTING !
LE SHOOTING ?
AH, MAIS C'EST VRAI ! JE SUIS SUR UNE SÉANCE DE PHOTOS !
ON DIRAIT QUE J'AI EU DE LA CHANCE !
DÉCIDÉMENT, LES MANNEQUINS ONT TROP D'ALLURE !
HÉ ! LE GARÇON DE GAUCHE RESSEMBLE UN PEU À AOI !
BIZARRE...
MAIS... HM ?!
AOIIIIII ?!

PFFF ...
MH ?
HEEEIN ? OÙ EST PASSÉ AOI ?!
OÙ ON EST LÀ ?!
...
BRUSH !
PAR-DOOON !!
GIIIII-IIIII-IAH ?!!
PFOU !
EXCUSE-MOI, MAIS TU POURRAIS M'INDIQUER LA DIRECTION DU LYCÉE TENKAI ?
J'AI PERDU LA TRACE D'AOI ET...
PFOU !
PFOU !
QUOI ?
AOI, TU DIS ?!

BLUSH !
HÉ ! MAIS OÙ ELLE EST ?
AOI !!
DIS, DIS !!
AOIIIII !!!
IL NE ME REMARQUE MÊME PAS !
BLUSH !
EN PLUS, IL NE PORTE PAS LE MÊME UNIFORME QUE D'HABI-TUDE... ET IL N'A PAS SES LUNETTES...
MAIS OÙ EST-IL AUSSI PRESSÉ DE SE RENDRE ?
BOM !
OH, PAR-DON !

ON N'AURA JAMAIS LA MOYENNE !! VA FALLOIR TROUVER UNE AUTRE SOLUTION !
AH OUI...
ON A INTÉGRÉ CETTE ÉCOLE ALORS QU'ON N'A RIEN DE PARTICULIER, MAIS ICI, IL N'Y A QUE DES TÊTES !
ZRAAF !
DIRE QU'AOI A TOUT FAIT POUR M'AIDER ...
!!
AOI !!
VOUN...
UNE AUTRE SOLUTION...
GTACK !
D'ACCORD, JE CROIS QUE JE VAIS DEVOIR PAYER DE MON CORPS !
... HEIN, MIYU ?!

* ANNALES DES TESTS D'APTITUDE 2005
** ANNALE

ON VOUS EN PRIIIIE !!!
FAITES QUELQUE CHOOOOSE !!
HIAAAARGH !! QUELLE HORREUUUR !
ぶわっ
BWARF !
ET SI AU MOINS TU LEUR DONNAIS DES CONDITIONS ?
MH... DES CONDITIONS, TU DIS ?
AH MAIS OUI, ÇA POURRAIT ÊTRE MARRANT...
D'ACCORD...
... ALORS C'EST TOI QUI VAS PAYER DE TON CORPS POUR ME FAIRE PLAISIR ! ♡
QUOI ?!
どき~んっ
AH NON ! C'EST PAS POSSIBLE !
IL EST TOUJOURS PUCEAU, SI VOUS VOULEZ SAVOIR !
ばっ
BAF !
AH MIIIINCE ! ALORS LÀ, C'EST PAS COOL...
SALETÉ...
MAIS EUH ! C'EST LA VÉRITÉ !
かぁぁっ
BLUUSH !
MMH... VOUS ÊTES ENTRÉS ICI GRÂCE AU SPORT...

GTCHCK !
ガチャ
PRÉ...
HÉ ! MAIS LA PORTE EST OUVERTE, SUZUKING !
ガチャ
GTCHCK !
VLAM
バンッ
PRÉSIDENTE ! NOUS SOMMES DU CLUB DE NATA-TION ET ON EST LÀ POUR VOUS SA..
... LUER !
MOURF !
ムスッ
S'IL VOUS PLAÎT, ON NE POURRAIT PAS LEVER CETTE PUNITION ?
PAS QUESTION !!

C'EST MOI QUI AI FAIT FERMER SON CLUB...
RIEN À FAIRE DE SES REMERCIE-MENTS...
QUELLE GOURDE ...
CONSEIL DES ÉLÈVES
PRÉSI-DENTE !
TOC TOC
コン コン
C'EST L'HEURE DE L'ENTRETIEN AVEC LE CLUB DE NATATION.
TU PEUX SORTIR ?

AH ?
D'ACCORD. TU PEUX TE PENCHER UN PEU ?
BLAAF !
C'ÉTAIT JUSTE POUR TE REMERCIER !
BON, ALORS JE COMPTE SUR TOI !
DASH
WUP
JE L'AI FAIIIT !
WUP
WUP
J'ESPÈRE QUE JE NE L'AI PAS EFFRAYÉ...
WUP

JE SUIS UNE DROGUÉE DE LA NATATION !!
D'ACCORD ...
JE VAIS ARRANGER UN ENTRETIEN AVEC ELLE.
VRAIMENT ?!

TU POURRAIS NOUS ARRANGER UN ENTRETIEN AVEC LA PRÉSIDENTE ?
ET TU POURRAIS INTERCÉDER EN NOTRE FAVEUR ?
LE CLUB DE NATATION DOIT ROUVRIR !
ÇA ME SEMBLE UN PEU DIFFICILE...
BOUARF !
がばっ
JE T'EN PRIE ! AIDE-NOUS !
SI JE NE PEUX PAS NAGER...
... COMMENT DIRE...
... JE N'ARRIVE PLUS À RESPIRER ...
NORMALEMENT, C'EST LE CONTRAIRE QUI SE PASSE, NON ?
OUI, MAIS...

BLAM !
AOI ! ATTENDS !
JE... JE PEUX TE POSER UNE QUESTION ?!
AÏEUH !
GNIF ! GNIF !
QU'EST-CE QUE TU FAISAIS DANS LA SALLE DU CONSEIL DES ÉLÈVES, LA FOIS DERNIÈRE ?
TU N'ES POURTANT QU'EN PREMIÈRE ANNÉE !
...
... ON SE CONNAÎT DEPUIS TRÈS LONGTEMPS, AVEC LA PRÉSIDENTE.
ELLE M'A NOMMÉ VICE-PRÉSIDENT DÈS MON ENTRÉE AU LYCÉE.
APPAREMMENT, C'EST ELLE QUI DÉSIGNE LES MEMBRES DU CONSEIL.
C'EST DINGUE !
AH BON ? TOI, VICE-PRÉSIDENT DU CONSEIL ?!
MAIS ALORS...

J'EN AI PERDU …
… JE NE PEUX PLUS PENSER À RIEN…
… TOUS MES MOTS …
OUPS …
WOB …
BON…
… ALORS CONTINUE À GARDER NOTRE SECRET, HEIN ?
HÉ ! ATTENDS !
J'AI QUELQUE CHOSE À LUI DEMANDER !
MAIS RIEN NE SORT …
… DE MA GORGE …

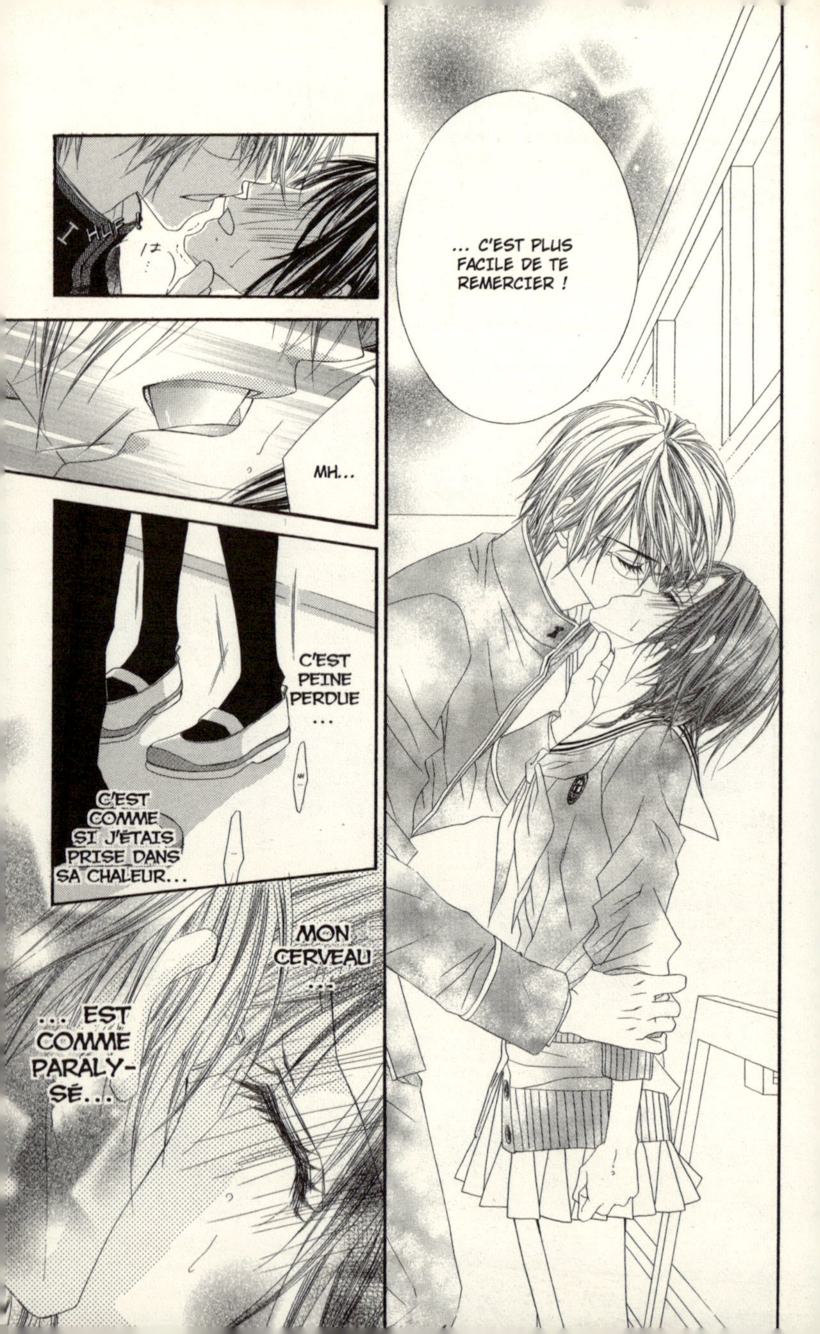
... C'EST PLUS FACILE DE TE REMERCIER !
HUF
MH...
C'EST PEINE PERDUE ...
C'EST COMME SI J'ÉTAIS PRISE DANS SA CHALEUR...
MON CERVEAU ...
... EST COMME PARALY-SÉ...

TU PERMETS, UN INSTANT ?
OUOH ! KYAH !
MA COPIIIIINE !!
MIYU !
OUI, MAIS J'AI SI PEU D'OCCASIONS DE TE PARLER ...
ALORS DU COUP...
POUR ÇA...
C'EST PAS LA PEINE DE HURLER À TOUS LES VENTS !
... TU N'AS QU'À ATTENDRE QU'ON SOIT SEULS TOUS LES DEUX.
COMME ÇA...

ENCORE VOUS, TSUKA-SA ?!
VEUILLEZ RETOURNER IMMÉDIATE-MENT DANS VOTRE CLASSE !
AH NON ! MON COURS A FINI PLUS TÔT !
EH BIEN, PAS LE NÔTRE !
DING DOONG
AH... C'EST LA PAUSE DE MIDI !
EXCUSEZ-MOII !!
DING DOONG
...
KAICHI !
CETTE FOIS, ON VA VOIR LA PRÉ-SIDENTE DU CONSEIL DES ÉLÈVES !
CLAP !
COMPRIS !
AH !
AOIIII !!
FLP
FLP
T'EN FAIS PAS POUR TON SECRET, BOUCHE COUSUE !!
DE QUOI ? QUEL SECRET, MIYU ?!
UN SECRET ?!
BUZZ
...
BLAF !
BUZZ

1-A
PRO-VISION
SH COURSE 1
PRO-VISION
MERCI !
BIEN... SUZUKI, TU PEUX NOUS DONNER LA TRADUCTION ?
ON DIRAIT UN ÉTRANGER !
MOUUF...
ほう…っ
AOI EST VRAIMENT TROP COOL !!
MIYU !!
GTACH !
ガタン

GLOP !
GNNH ?!
DÉSOLÉ …
… MAIS AUJOURD'HUI, JE N'AI PAS DE CAPOTE…
J'ESPÈRE QUE ÇA TE SUFFIRA ?
GNNH …
GNNNH … AAHN …

D'AILLEURS, TU L'AS JOUÉE TRÈS FINEMENT, AOI !
N'OUBLIE PAS, NOA ! J'AI BIEN SUIVI TES INSTRUCTIONS.
LE CLUB DE NATATION A BIEN ÉTÉ FERMÉ !
MAAIS OUI… JE VAIS PARLER À MON PÈRE…
… POUR QU'IL DONNE UNE PROMOTION AU TIEN ! ♡
MERCI.
ET TOI, AOI, TU SERAS MON VICE-PRÉSIDENT !
… TU VAS ME DONNER SATISFACTION, CETTE FOIS-CI, HEIN ?

AH, AOI ! C'ÉTAIT QUOI TOUT CE VACARME ?!
ÇA M'A GÂCHÉ TOUT LE PLAISIR !
J'AI MÊME PAS PU JOUIR !!
C'ÉTAIENT DES RÉCLAMATIONS POUR LA FERMETURE DU CLUB DE NATATION.
LE CLUB DE NATATION ?
DÉCIDÉMENT, TOUS DES RUSTRES, CEUX-LÀ !
ILS SONT BIEN COMME CETTE ESPÈCE DE TARÉ DE LA PISCINE QUI A REPOUSSÉ MES AVANCES !
ON A BIEN FAIT DE LES DÉMOLIR !

OUOH !
OUAIS... ON N'A PAS LE CHOIX, DE TOUTE MANIÈRE.
ON REVIENDRA !
GTCHOK !
À PLUS ! N'HÉSITE PAS À ME RECONVOQUER, NOA !
VLAM...
MAIS OUI ! ♡ À PLUS !
TOC TOC
PRÉSIDENTE NOA...

MINCE ! JE SUIS CONTENT DE T'AVOIR DANS MA CLASSE !
EUH... C'ÉTAIT QUOI TON NOM, DÉJÀ ?
POF ぽん
POF ぽん
SUZUKI...
SUZUKING !!
AAAAAAH, MAIS OUIII !
ET ?
COMMENT ÇA SE FAIT QUE MIYU TE CONNAISSE DÉJÀ ?
AH, ÇA... EN FAIT, IL RESSEMBLE BEAUCOUP À UN GARÇON QUE J'AI CROISÉ DANS LE TRAIN ET QUI ME PLAISAIT BEAUCOUP...
MOTUS ! MOTUS !
J'AI CRU QUE...
... MAIS CE N'ÉTAIT PAS LUI !
TOI ALORS, MIYU ...
TU AS TOUJOURS EU UN FAIBLE POUR LES GARÇONS BEAUCOUP PLUS INTEL-LIGENTS QUE TOI ...
OH, LÂCHE-MOI, TU VEUX ?
BON, EN TOUT CAS, LA PRÉSI-DENTE DU CONSEIL N'EST PAS LÀ AUJOUR-D'HUI ...
VOUS VOULEZ BIEN ME LAISSER ?

QUOI ? MA FERMETURE ÉCLAIR ?
EH OUI !
LE PREMIER JOUR DE LA RENTRÉE, J'AVAIS LA JUPE OUVERTE À TOUS LES VENTS !! ☆
EH HÉ
LA MÉGA HOOOONTE !
OUF... HEUREUSEMENT QUE J'AI PAS VU ÇA !
SBLIF !
OH, HÉ, LUI ! ♥
J'AI PENSÉ QUE CE SERAIT EMBARRASSANT POUR ELLE DE LE LUI DIRE DEVANT TOUT LE MONDE, ALORS...
CONSEIL DES ÉLÈVES
... JE L'AI RAPIDEMENT FAIT ENTRER.
C'EST UNE FILLE, TU VOIS.
KYUUUN !

… IL T'A FRAPPÉE ?!
SBLIIF !
QUOI ?!
TU AS LA LÈVRE FENDUE ET ÇA TE FAIT MAL …
JE VOIS BIEN QUE TU LA PROTÈGES DE TA MAIN !
OUUUUHA !
うおおうっ
JE VAIS TE FAIRE PAYER ÇAAAAA !!!
KYAAAH ! TU VAS T'ARRÊTER, OUI ?!
HÉÉÉ !
QUOI QU'ON EN DISE, MIYU EST UNE FILLE ! ON NE LA TOUCHE PAS !
… LA FERMETURE DE SA JUPE ÉTAIT OUVERTE…
… JE N'AI FAIT QUE L'EN AVERTIR …

IL ÉTAIT POURTANT JUSTE DE L'AUTRE CÔTÉ DE LA PORTE !
OH LÀ LÀ... QU'EST-CE QUI M'ARRIVE, À LA FIN ?
HUF !
MIYU ! QU'EST-CE QUE TU AS AU COIN DE LA LÈVRE ?
HEIN ?
GLP !
NON... NE ME DIS PAS QUE...
QUOI ?! MAIS POURQUOI ?
WUP
QU'EST-CE QU'ELLE A, MA BOUCHE ?
EN PLUS, C'ÉTAIT UN BAISER AVEC LA LANGUE...
WUP
WUP !
UN BAISER, ÇA SE DÉTECTE ?
WUP !
WUP !

GTCHK !
ガチャ
MIYU !!
MH ?
BOURRF !
C'ÉTAIT QUOI ÇA ? QU'EST-CE QUI T'A PRIS D'ENTRER SEULE AVEC LUI DANS CETTE PIÈCE ?
ET EN PLUS, C'ÉTAIT VERROUILLÉ ! QU'EST-CE QUE VOUS FAISIEZ ?
PAS QUESTION DE ME LAISSER EN PLAN...
OH FLÛTE !
AH ... EUH ...
J'AVAIS COMPLÈTEMENT OUBLIÉ LA PRÉSENCE DE KAICHI !!!

MF...
WLIP !
ドキッ
MERCI !
!
WLIP
どきん
WLIP
どきん
どきん
WLIP
HIIIIRK !
IL M'A ENCORE EMBRASSÉE !

CELA FAISAIT SI LONGTEMPS QUE JE N'AVAIS PAS DESSINÉ UN FEUILLETON AVEC UNE HÉROÏNE COMME MIYU : UNE JEUNE FILLE AUX CHEVEUX NOIRS ET UN HÉROS AUX CHEVEUX BLANCS. AH ! SI J'AVAIS LE TEMPS DE METTRE LES CHEVELURES EN COULEUR, MOI QUI ADORE CETTE PARTIE DU DESSIN (RIRE DÉSABUSÉ.)
MAIS BON, LA MINAMI QUI AIME ENCRER EST UNE INCONDITIONNELLE DES FILLES AUX LONGS CHEVEUX BLANCS ! ALORS DU COUP, JE PRÉFÈRE NETTEMENT DESSINER NOA ET J'Y METS BEAUCOUP PLUS D'ÉNERGIE ET D'AMOUR ! (RIRES !) MIS À PART SON CARACTÈRE, NOA REMPORTE PLUS DE SUCCÈS POUR SON APPARENCE. SANS COMPTER QUE L'UNIFORME LUI VA MIEUX. (RIRES) À CE PROPOS, IL Y A UNE EXPLICATION AU FAIT QUE LE COL DU CHEMISIER DE NOA SOIT SURLIGNÉ EN BLANC ET NON PAS EN NOIR : ELLE EST TOUT DE MÊME LA PRÉSIDENTE DU CONSEIL DES ÉLÈVES ! L'UNIFORME PRINTEMPS-ÉTÉ : UN POLO, MAIS NOA EST LA SEULE À DÉTONNER PAR SES TENUES.
EN TOUT CAS, DANS CETTE SÉRIE, J'AI DÉCIDÉ DE METTRE TOUT LE MONDE EN UNIFORME ! C'EST DU MOINS CE QUE J'AVAIS DÉCIDÉ DÈS LE DÉBUT, MAIS MES CRAINTES SE CONFIRMENT : JE NE SUIS PAS DOUÉE POUR LES DESSINER... CE N'EST PAS FACILE DE RENDRE UN EFFET CHIC AVEC... J'ADORE, MAIS IL FAUT AVOUER QUE...

ATTENTION, CETTE RUBRIQUE COMPORTE DES SPOILERS, ALORS LISEZ-LA À LA FIN DU MANGA !

SOUS TES LÈVRES ...
... JE PERDS MON SOUFFLE, ET MES PENSÉES S'ENVO-LENT...
JE ME SENS COMME EMPOR-TÉE ...
... PAR LA FIÈVRE DE CETTE MALADIE QU'EST L'AMOUR ...

DEUXIÈME PLONGEON

TU PROTÉGERAS...
... NOTRE SECRET, HEIN ?
JE NE PEUX PLUS RESPIRER ...
... SANS SON APPROBATION...
JE ME SUIS NOYÉE DANS CE PARADIS ...
PROMIS...
... QUE TU ES POUR MOI.

J'AI POURTANT TANT DE QUESTIONS À LUI POSER...
BOM
BOM
BOM
BOM
HUURF...

QUOI ? MAIS POUR...
S'IL TE PLAÎT !
...!
BOM
MIYU ?!
BOM
... POURQUOI EN FAIRE UN SECRET ?
POURQUOI IL FAIT TOUT ÇA ?!
GNH... NH...

BOM
HÉ, MAIS DIS ?! TU ES NOUVEAU, ALORS ?
QU'EST-CE QUE TU FAISAIS À LA PISCINE ...
BOM
DIS, MIYU...
BOM
SMILE
WUP
OUI, QUOI ?
TU NE VOUDRAIS PAS GARDER SECRÈTE...
... NOTRE RENCONTRE À LA PISCINE ?

JE SUIS MIYU TSUKASA DE LA 1-C !
ET TOI ? COMMENT TU T'APPELLES ?
DIS-LE-MOI !
DIS VOIR, TOI...
CLTCH !
JE...
AOI SUZUKI...
AOI...
ON A LE MÊME ÂGE !
MOI QUI TE CROYAIS PLUS VIEUX QUE MOI !

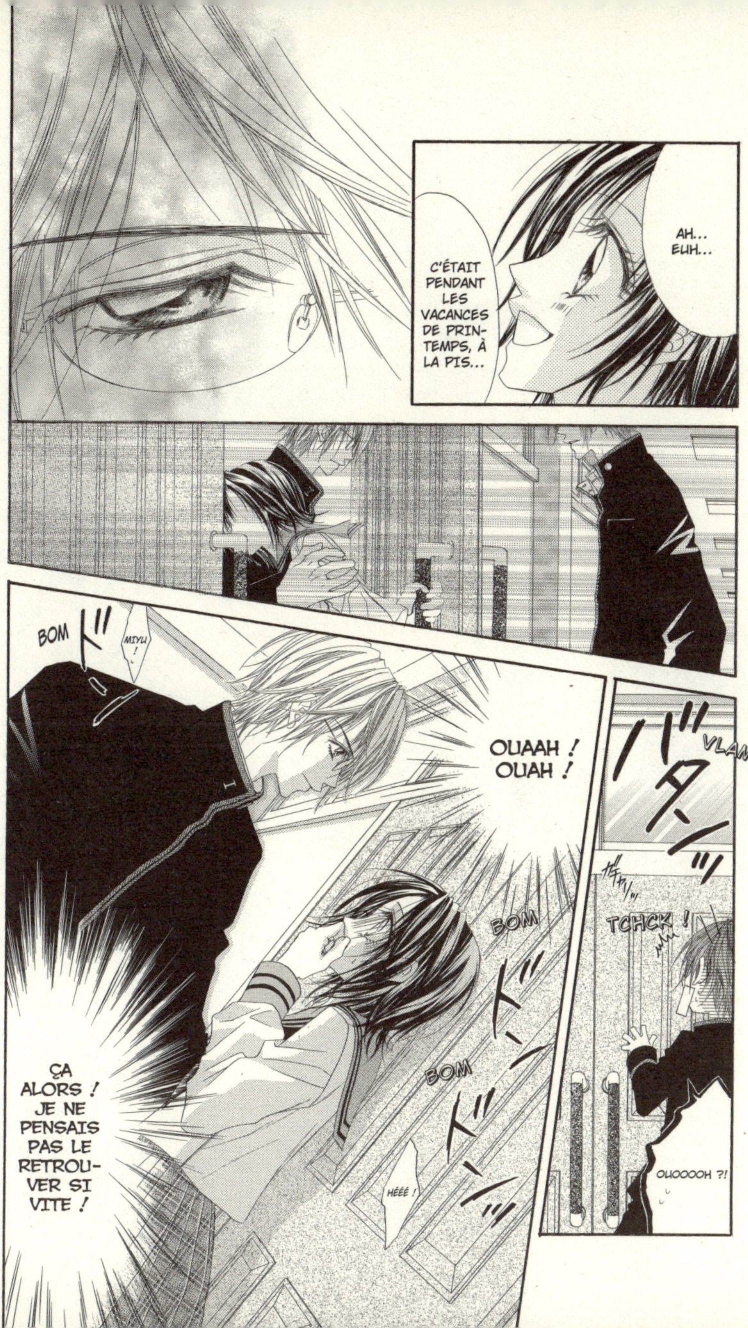
AH... EUH...
C'ÉTAIT PENDANT LES VACANCES DE PRIN-TEMPS, À LA PIS...
VLAM
TCHCK !
OUOOOOH ?!
BOM
MIYU !
OUAAH ! OUAH !
BOM
BOM
HÉÉÉ !
ÇA ALORS ! JE NE PENSAIS PAS LE RETROU-VER SI VITE !

GTCHCK !
AH ...
VOUS ALLEZ VOUS CALMER, OUI ?
LA PRÉSIDENTE EST DÉJÀ...
AH !
MIYU ! TU LE CONNAIS ?
ET TOI, KAICHI ?
ON EST DANS LA MÊME CLASSE.
... CE QUI VEUT DIRE QU'ON A LE MÊME ÂGE !
ET TOI ? D'OÙ TU LE CONNAIS, MIYU ?

INUTILE DE VOUS CRAMPONNER À MOI !
ICI, À TENKAI, CE NE SONT PAS LES PROFESSEURS QUI DÉTERMINENT LES RÈGLES DE BASE...
... C'EST LE CONSEIL DES ÉLÈVES !
CONSEIL DES ÉLÈVES
BOM
BOM
BOM
BOM
OHÉÉÉÉ !!!
OUVREZ, OU JE FAIS TOUT EXPLOSER !!
BOM
MIYU !! PRÉPARE LA POUDRE !
YES, SIR !!
... HÉ... MAIS ON EN A PAS, CRÉTIN !
BOM
AH OUI ...
BOM

BIEN ENTENDU, POUR LES ÉLÈVES ENTRÉS ICI GRÂCE AU SPORT...
BZZ BZZ BZZ
C'EST ELLE, TA SORCIÈRE ?
YES...
MAIS ALORS, QU'EST-CE QU'ON DEVIENT, NOUS ? ON EST VENUS LÀ POUR NAGER !
EH BIEN, VOUS ALLEZ DEVOIR VOUS RÉSIGNER, ET TRAVAILLER !
FAITES EN SORTE DE NE PAS FAIRE BAISSER NOTRE NIVEAU !
KYAAAH !!
LÂCHEZ-MOI !
ON NE PEUT PAS VIVRE SANS NAGER !!
FAITES QUELQUE CHOSE !!

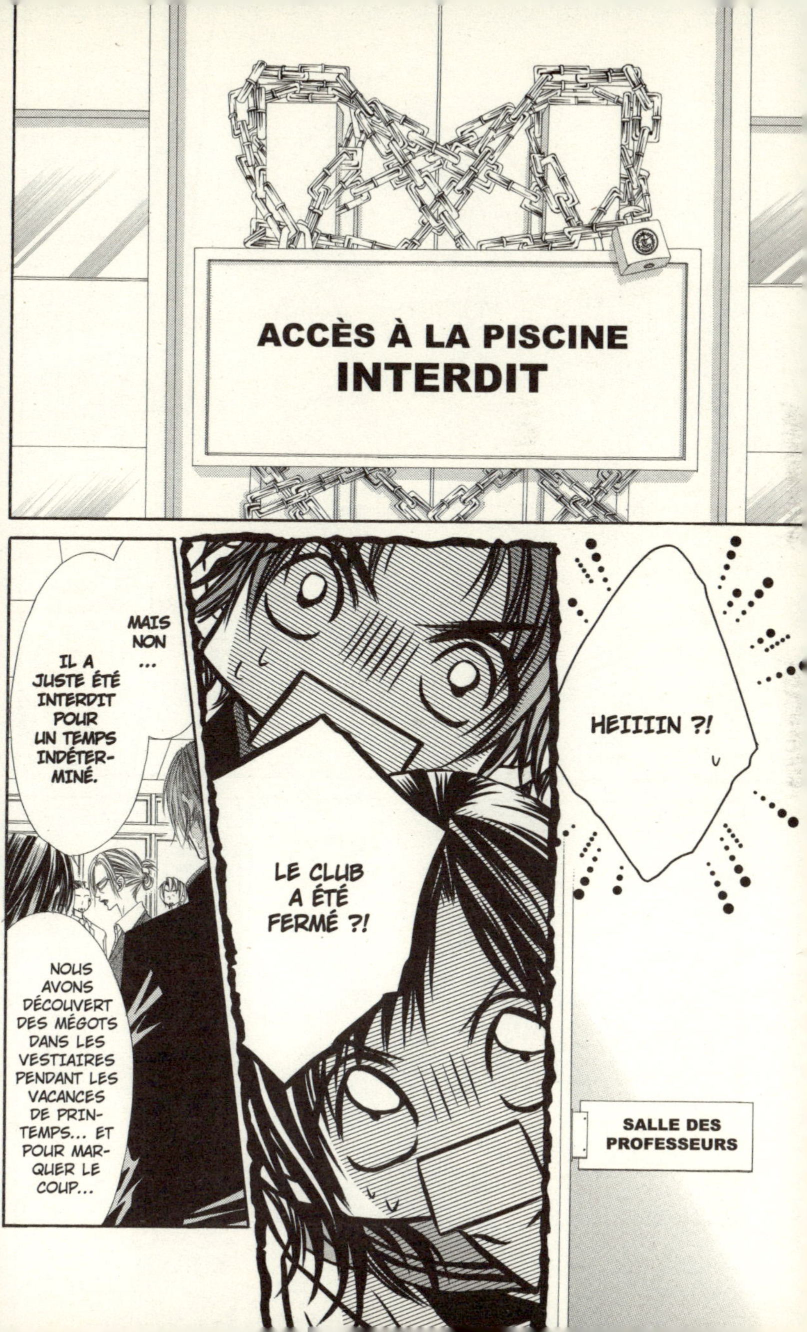
ACCÈS À LA PISCINE
INTERDIT
HEIIIIN ?!
LE CLUB A ÉTÉ FERMÉ ?!
MAIS NON …
IL A JUSTE ÉTÉ INTERDIT POUR UN TEMPS INDÉTERMINÉ.
NOUS AVONS DÉCOUVERT DES MÉGOTS DANS LES VESTIAIRES PENDANT LES VACANCES DE PRINTEMPS… ET POUR MARQUER LE COUP…
SALLE DES PROFESSEURS

... OUI, ENFIN, EN VRAI...
... IL FAUT QUE JE T'AVOUE...
... ÇA FAIT TRÈS LONGTEMPS ...
... QUE JE T'AI...
HEIIIIIN ?!!
REGARDE... KAICHI ! MAIS REGARDE !!
TOI ALORS ...
ばし ばし
BLAF ! BLAF !
LÀÀÀ !!
HEIN ?!

FLP FLP FLP
ばばばっ
MIYU ?
N-N-NON, OUBLIE ! J'AI JUSTE FAIT UNE VISITE.
PASSONS !
TU ES SÛR D'AVOIR FAIT LE BON CHOIX EN T'INSCRIVANT ICI, KAICHI ?
QUOI ? POURQUOI CETTE QUESTION ?
BEN... C'EST JUSTE QUE...
... TU ÉTAIS DEMANDÉ PAR DES ÉCOLES BEAUCOUP PLUS COTÉES POUR LEUR CLUB DE NATATION, ALORS...
JE ME DEMANDAIS JUSTE POURQUOI TU AVAIS CHOISI CE CLUB INCONNU...
WUP !
C'EST JUSTE QUE...
EH BIEN C'EST SIMPLE ! J'AI DÉCIDÉ DE RENDRE CE PETIT CLUB CÉLÈBRE !
TU SAIS... COMME DANS LES MANGA SUR LE SPORT !
AH HA HA !
あははっ
SANS BLAAAAGUE ? QUEL ESPRIT CHEVALERESQUE !

AH... OUI...
... MAIS...
J'AIMERAIS RETROUVER LE GARÇON D'HIER, MOI...
SBLIFF !
OUAH ...
ALLEZ ! C'EST PARTIIII !
J'ESPÈRE QU'ILS ONT UN BON BASSIN, ICI...
QUOI ?! TU L'AS DÉJÀ VU ?
QUE JE T'EXPLIQUE...
TU SAIS, APRÈS LE SERMON DE LA PROF...
AH...
T'EN FAIS PAS, IL EST SUPER !
BOOF !

HÉÉÉ ! MIYU !!
TU AS REPRIS TA COULEUR DE CHEVEUX NATURELLE !
KAICHI !!
PAS LE CHOIX ! J'AI EU DROIT À DES HEURES DE SERMON À CAUSE DE ÇA !
MINCE ALORS ! À PEINE RENTRÉE ET DÉJÀ EN CONSEIL DE DISCIPLINE ?
JE RETROUVE BIEN L'EX-PRÉSIDENT DU CLUB DE PISCINE DE NANCHÛ !
ぎゃははっ
GYAH HA HA !
OUI, HEIN ?!
SBIIIF !
... HÉÉÉ ! IDIOT, VA !
HÉÉ ! ÇA TE DIRAIT D'ALLER VOIR LA PISCINE ...
... NOTRE FUTUR REPAIRE !
ON POURRAIT ALLER SE PRÉSENTER À NOS AÎNÉS DU CLUB !

HA !
MINCE... SON NOM...
J'AI OUBLIÉ DE LE LUI DEMANDER !
JE DOIS LE REVOIR !
JE DOIS ABSOLUMENT LE REVOIR !
DOUZIÈME CÉRÉMONIE DE RENTRÉE DE LA SECTION LYCÉE DE TENKAI

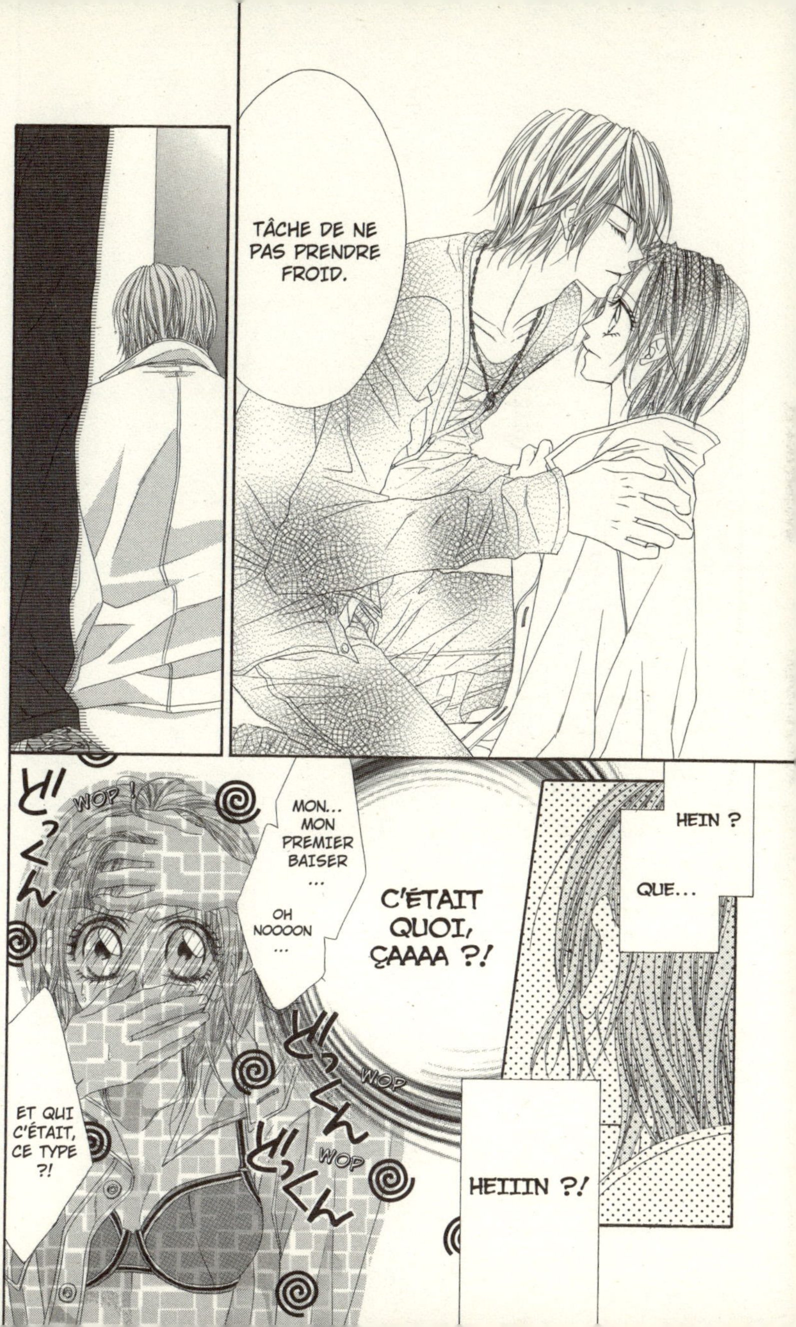
TÂCHE DE NE PAS PRENDRE FROID.
HEIN ?
QUE...
HEIIIN ?!
C'ÉTAIT QUOI, ÇAAAA ?!
MON... MON PREMIER BAISER ...
OH NOOOON ...
WOP !
WOP
WOP
ET QUI C'ÉTAIT, CE TYPE ?!

À PARTIR DE LA RENTRÉE, TU POURRAS NAGER AUTANT QUE TU VEUX.
CESSE TES BÊTISES ET DÉPÊCHE-TOI DE RENTRER !
FRSH !

MERCI. C'EST À MOI.
WLIP ! ドキ
IL EST COLLÉ À MOI...
JE... J'EN AI UN PEU RENVERSÉ. TU NE M'EN VEUX PAS, HEIN ?
C'EST RIEN ! T'EN FAIS PAS POUR ÇA.
WLIP ! ドキ
ドキ
WLIP !
ENFIN BON... JE TE DOIS UN PETIT REMERCIEMENT.
HEIN ?

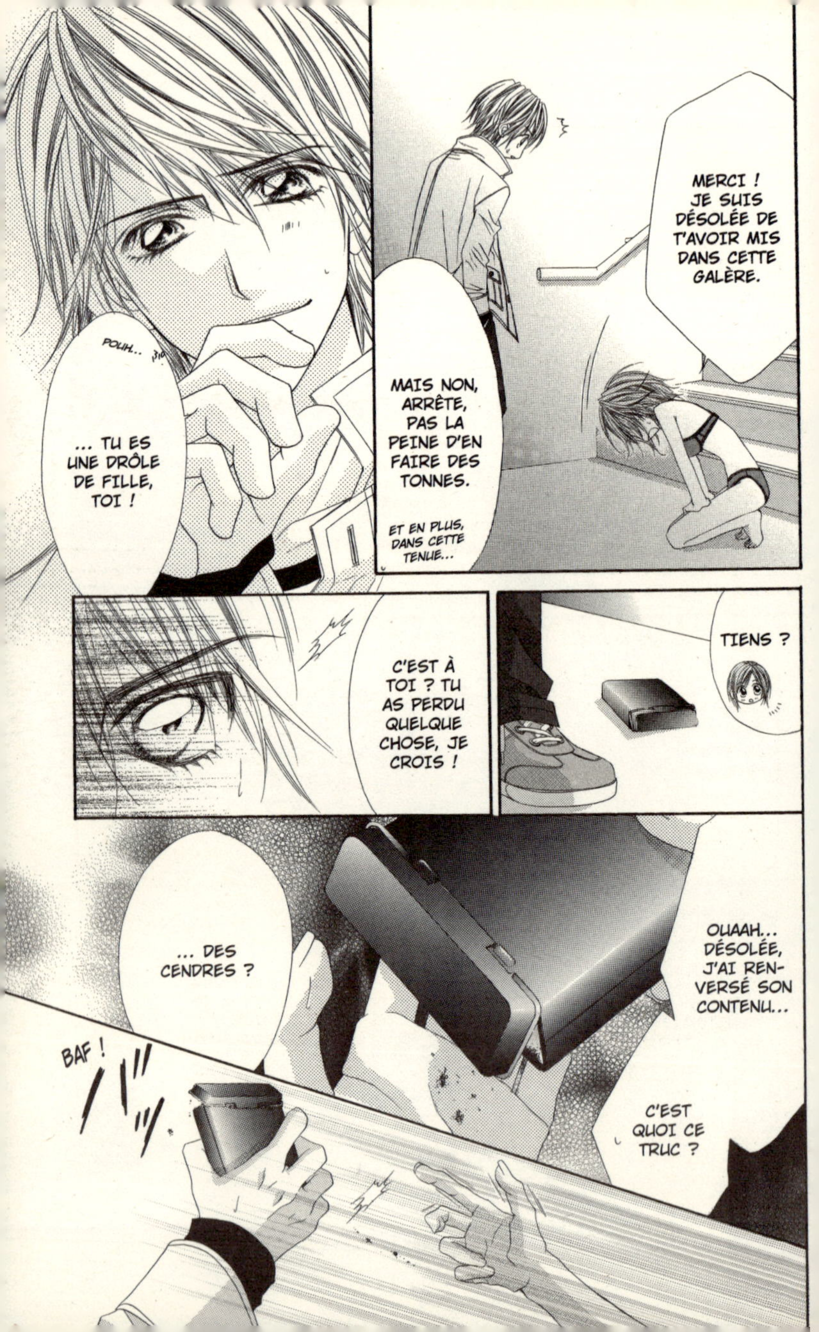
MERCI ! JE SUIS DÉSOLÉE DE T'AVOIR MIS DANS CETTE GALÈRE.
MAIS NON, ARRÊTE, PAS LA PEINE D'EN FAIRE DES TONNES.
ET EN PLUS, DANS CETTE TENUE...
POUH...
... TU ES UNE DRÔLE DE FILLE, TOI !
TIENS ?
C'EST À TOI ? TU AS PERDU QUELQUE CHOSE, JE CROIS !
OUAAH... DÉSOLÉE, J'AI RENVERSÉ SON CONTENU...
C'EST QUOI CE TRUC ?
... DES CENDRES ?
BAF !

GRII...
C'EST MOI, OU...?
RHÔ, MAIS...
ÉPARGNE-MOI ÇA, TU VEUX ?
HA...
JE CROIS QUE LA VOIE EST LIBRE.
NON, ATTENDS !

... MOINS UNE...
MUMUR
J'HALLUCINE... POURQUOI JE ME RETROUVE AUSSI LÀ, MOI ?
MUMUR
MUMUR
TU N'AVAIS QU'À PAS TE MOQUER !
EH TOC !
MUMUR
OUH...
HARK !
BRRRT...
ON GÈLE, ICI...
AH... AAATC...
OUPS ! NE SURTOUT PAS ÉTERNUER !
AATCHHHHH...

OH, ARRÊTE ! COMME SI C'ÉTAIT LE MOMENT DE JOUER LES PRUDES !
OH, ÇA VA !
IL Y A QUELQU'UN ?
HA !
KYAH...
GWIP
AH... J'AI CRU ENTENDRE DES VOIX...

... JE ME SUIS FAIT CHOPER POUR MES CHEVEUX TEINTS ET LE RESTE ...
... LA PROF M'A PASSÉ UN SAVON ET ELLE VIENT À PEINE DE ME LIBÉRER ...
QUAND J'AI VU QUE C'ÉTAIT OUVERT ET QUE LA PISCINE ÉTAIT SI TOP...
J'AI VOULU ME DÉFOULER...
OUI, MAIS SI ON TE SURPREND À NAGER SANS EN AVOIR LA PERMISSION...
... TU VAS TE FAIRE ENCORE GRONDER, NON ?
TU N'AS PAS L'AIR D'IMPRIMER RAPIDEMENT, TOI !
... J'EN CONCLUS QUE C'EST LE SPORT QUI T'A FAIT ENTRER ICI ?
CLING !
ET VOILÀ ! ON ME TRAITE ENCORE DE DÉBILE À CAUSE DU SPORT !
AH, NON !!
SPLAFF !
DÉGAGE !!

FRANCHEMENT PAS SEXY, LES SOUS-VÊTEMENTS !
HEIN ?
?!
OUH...
SPLOTCH !
TU ES NOUVELLE ?
ON PEUT SAVOIR CE QUE TU FAIS ICI À CETTE HEURE ?
... ET EN PLUS À NAGER SANS PERMISSION ?

HEIN ?
QUI C'EST ?
CE QU'IL EST BEAU...
...

ぷはっ
POUARF
PFFOUAAAH !
ÇA FAIT DU BIIIIEN !!

CLUB DE NATATION
TCHCK !
ｶﾞﾘ ﾁｬ
SPLAASH !
パシャーンッ
HIRK !
ビクッ
PISCINE
SPLAASH
パシャッ
パシャーンッ
SPLAASH
CRII...
キ
SPLAASH
パシャ
SPLAASH
パシャッ

JE VAIS NAGER ICI DÈS AVRIL...
どきん
WUP
どきん
WUP
...
WUP
どき
WUP
どき
WUP
どき
CHECK
キョロ
CHECK
キョロ

PISCINE
CRII...
キイ!!
... WOAW...
EXCEL-LEEEENT ! C'EST IMMENSE !!
CE QU'ELLE EST BEEELLE !

MARRE À LA FIN ! QUELLE MÈRE LA MORALE, CELLE-LÀ !!
MOI QUI PENSAIS QU'AU LYCÉE, JE SERAIS BEAUCOUP PLUS LIBRE.
WOB
WOB
GNRF GNRF !
ET VOILÀ.. JE ME SUIS TAPÉE TOUTES SES RÉCRIMI-NATIONS PENDANT DES HEURES...
SANS ISSUE
ET EN PLUS, JE ME SUIS PERDUE !!
OUIIN !
わーんっ

SI J'AI PU INTÉGRER CETTE ÉCOLE, C'EST QUE J'AI RÉUSSI LES CONCOURS !
ALORS POURQUOI IL FAUT QUE J'ENTENDE VOS PETITES INSINUATIONS IRONIQUES ?!
VOUS NE VOYEZ PAS QUE C'EST ABSURDE ?!
かくんっ
SNOP !
OUAH...
FOURMIS DANS LES JAMBES ...
どてーんっ
SBLAM
KYAAAAH !!!
AÏEUUUUH !!
AH NON ! ÔTEZ-VOUS VITE DE LÀ, MADEMOISELLE TSUKASA !!
VOUS EN AVEZ DE BONNES !!

HUF !
はっ
ÔTEZ-MOI D'UN DOUTE... VOUS AVEZ ÉTÉ ADMISE POUR VOS RÉSULTATS SPORTIFS ?
PFF...
フウ...
EH OUI ! EN NATATION !
LE CLUB DE NATATION VA FAIRE DES ÉTINCELLES, CETTE ANNÉE !
JE VOIS ! C'EST BIEN POUR CELA QU'IL FAUDRAIT SUPPRIMER CE SYSTÈME !
ICI, CE SONT TOUJOURS LES SPORTIFS QUI CRÉENT DES PROBLÈMES !
MAIS À QUEL NIVEAU FAUDRA-T-IL QUE NOTRE ÉCOLE TOMBE ?
J'ESPÈRE BIEN EN FAIRE LA REMARQUE AU COURS DU CONSEIL DES ENSEIGNANTS DEMAIN MATIN.
BLANG !
ÇA SUFFIT, À LA FIN !!

BLONG !
BLAF !
MADEMOISELLE TSUKASA !! AVEC MOI EN ÉTUDE ! MAINTENANT !!
SALLE D'ÉTUDE I
VOUS VOUS ÊTES VUE ?!
C'EST UNE HONTE !
UNE TENUE NÉGLIGÉE AUGURE D'UN ESPRIT ÉGALEMENT NÉGLIGEANT !
NOTRE ÉTABLISSE-MENT NE SAURAIT TOLÉRER UN TEL ACCOU-TREMENT !
VOUS ALLEZ RETEINDRE VOS CHEVEUX EN NOIR ET M'EFFACER TOUTE TRACE DE PIERCING AVANT LA CÉRÉMONIE DE RENTRÉE !
BOUAAAAH ?!

MADEMOI-SELLE MIYU TSUKASA...
ELLE-MÊME !!
À PARTIR D'AVRIL, VOUS M'AUREZ SUR LE DOS PEN-DANT 3 ANS !
ENCHANTÉE...
... M'DAME !!

JE T'AIME...
TOI, TOUT ENTIER.
DANS CE PETIT JARDIN POURTANT IMMENSE MAIS ÉTOUFFANT...
JE N'AI PLUS QUE TOI EN TÊTE. ÇA ME REND FOLLE.
JE ME NOIE DANS MON AMOUR POUR TOI.

PREMIER PLONGEON

Les personnages

Miyu Tsukasa

Jeune fille très douée pour la natation, elle a été admise au lycée Tenkai grâce à ses talents de sportive.

Aoi Suzuki

Jeune homme très mystérieux qui a rencontré Miyu par hasard à la piscine.

Kaichi Hamano

Camarade de Miyu depuis le collège. Il a été admis à Tenkai grâce à ses résultats en natation.

Noa Tenryûji

Présidente du conseil des élèves de Tenkai, elle s'accroche à Aoi.

Introduction

Miyu n'a pu intégrer l'excellent lycée Tenkai que grâce à ses talents de nageuse. Elle reste cependant peu de temps sur son nuage car, le lendemain de la rentrée, elle apprend que le club de natation a été fermé. Son avenir au sein de l'établissement est donc compromis, mais elle travaille d'arrache-pied avec **Kaichi**, son ami d'enfance, afin d'obtenir des résultats suffisants pour leur permettre de rester. C'est alors qu'elle rencontre à nouveau le beau et troublant garçon qui lui a volé son premier baiser le jour de la rentrée, **Aoi Suzuki**. Débute ainsi une histoire passionnelle pour notre héroïne qui va connaître la trahison, le sexe, les désillusions… et plus encore !

Kanan Minami

Rhapsody in heaven

L'INTÉGRALE